今、死ぬ夢を見ましたか

辻堂ゆめ

文庫

宝島社

目次 contents

— 物語の舞台 —

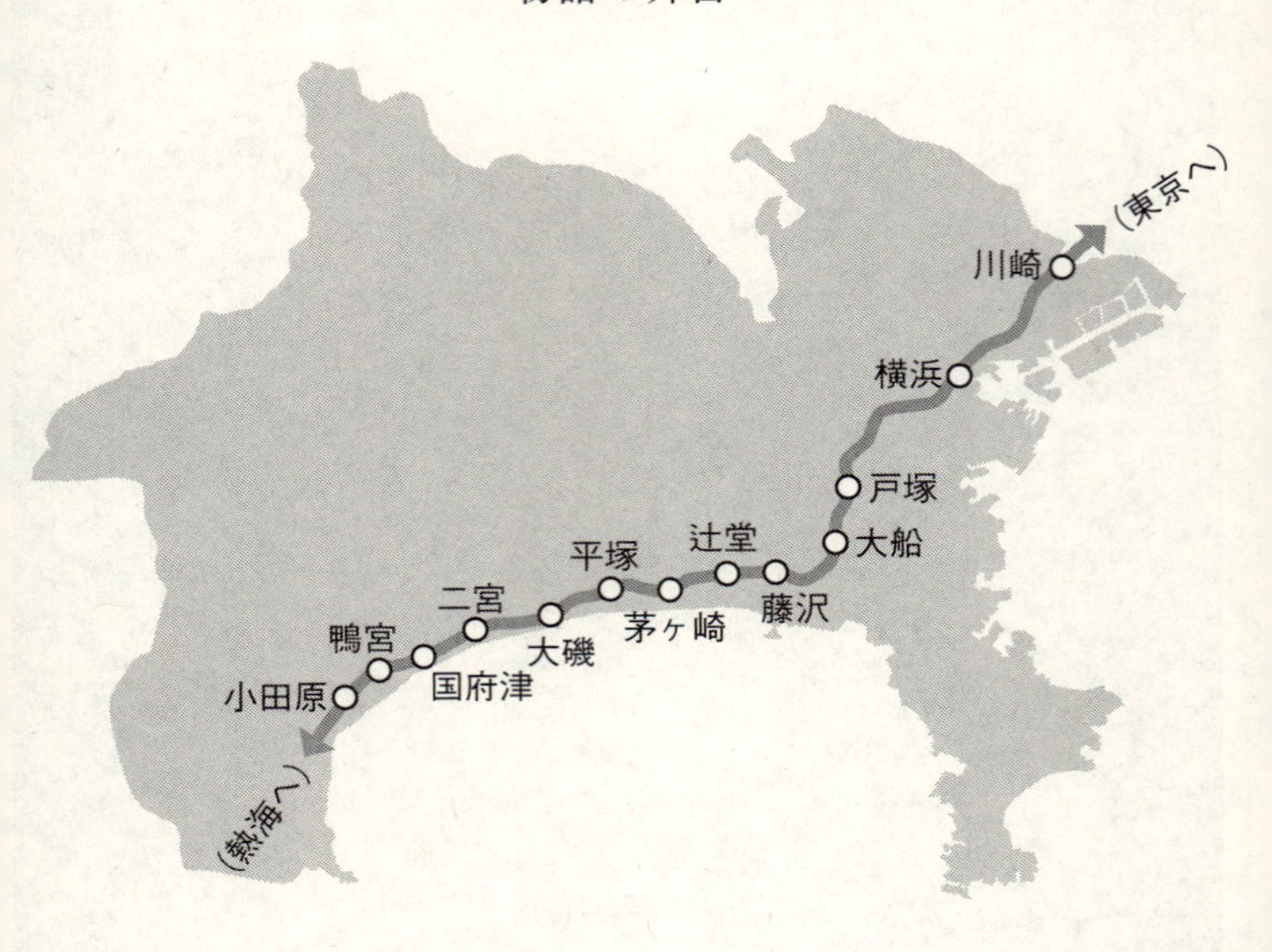

今、死ぬ夢を見ましたか

第一部

最期の日

二〇一八年八月四日（土）

車輪のきしむ音と、鈍い衝撃音がした。

大きく身体が揺すられ、電車が緊急停止する。ボックス席の窓側でまどろんでいた井瀬は、とっさに窓枠をつかんで耐えた。

荒々しく停車した後、車内は沈黙に包まれた。アナウンスも入らない。窓の外では、駅の非常ベルがけたたましく鳴り響いていた。

ぼんやりとしている寝起きの頭で、車内の電光表示板を見上げる。『まもなく茅ケ崎』というオレンジ色の文字を確認してから、井瀬は窓ガラスに頬を寄せ、外を覗いた。

井瀬の乗る先頭車両は、ちょうどホームの中ほどで停まっていた。ホームには大勢の人があふれている。その間を掻き分けて幾人もの駅員が出てきた。「離れてください」という緊迫した声が聞こえてくる。

休日二十一時台のホームがなぜこれほど混雑しているのか、という疑問はすぐに解決された。天井から下がっている駅名表示板の下に、『二〇一八年八月四日（土）茅ヶ崎市花火大会』という横長の幕が吊られている。よく見ると、ホームで逃げ惑う人々の半数ほどは浴衣姿だった。

どうやら、人が線路に落ちたようだった。井瀬の乗る電車が事故を起こしたらしい。ホームの大混雑のせいで押し出されてしまったのだろう、と考えた。さっき聞こえた鈍い音の正体に思い当たり、顔をしかめる。

『――えー、皆様には大変ご迷惑をおかけしております。えー、先ほど茅ヶ崎駅のホームからお客様が転落し、こちらの電車は緊急停止いたしました。しばらくこのまま停車いたします。えー、ただいま状況確認をしておりますので、もうしばらくお待ちいただけますよう――』

ようやく入った車内アナウンスをぼんやりと聞き流しながら、井瀬は目をつむり、窓枠に肘をついて窓ガラスにもたれかかった。

外はさぞ蒸し暑いだろう。それに比べて、電車内は涼しすぎるほどだった。茅ヶ崎駅で汗にまみれた花火大会帰りの客が大勢乗ってくることを見越して、冷房の設定温度を下げておいたのかもしれない。

　向かい側の座席に両足をのせ、身体を伸ばす。なかなか動き始めようとしない電車の中で、井瀬は再び眠りの世界へと戻っていった。


　――ああ、これは夢だな。

と、はっきりと分かったのが不思議だった。

　井瀬は、鴨宮(かものみや)駅のホームに立っていた。あたりは薄暗く、人がまばらなホームには白い蛍光灯がともっていた。

　ホームの外では、雨まじりの雪が降っていた。時おり強い風が吹き、線路沿いに生える雑草を揺らす。

　自分が厚手の黒いコートを羽織り、ポケットに両手を突っ込んでいることに気づいた。口元からは白い息が出ている。

　真冬の夢を見ているようだった。しかし、寒さは感じない。

　視覚以外の五感は、非常にぼんやりとしていた。温度のない水の中に投げ込まれたかのように、耳に届く音は遠く、肌を刺激するものもない。雨や雪の匂いもしなかった。自分の目に映る視覚情報だけが、一つ一つ、やけにはっきりと脳に伝達されていく。

ふと、右手がひとりでに動き、ポケットから携帯電話を出した。

自分の意思と関係なく身体が動くことに驚く。ただ、その感情の揺らぎが見える形で表出することはなかった。その右手は確かに自分のものであるはずなのに、行動を制御する術（すべ）はなく、黙って見下ろしているしかない。暖かくも寒くもない部屋の中で一人、自分の視点で撮影された映画を見ているような感覚だった。

井瀬の視線は、勝手に携帯のホーム画面へと移動した。

『二〇一九年二月四日（月）　十六時五十四分』

ちょうど、今から半年後の日付だった。

自分の中には、何やら激しい感情が渦巻いていた。寒さや冷たさは感じないのに、頭が爆発してしまいそうなほどの強い怒りと焦燥感だけは伝わってくる。

乱暴に足を踏み鳴らす自分を、まるで他人事（ひとごと）のように、自分自身の視点から観察した。夢を見ている自分と、夢の中の自分。その二つが別個の存在であることを、井瀬は何故だか明確に認識していた。

遠くで、電車の警笛の音がしたような気がした――と同時に、井瀬は勢いよく後ろを振り向いた。

すぐ近くで、揉（も）み合っている二人の男がいた。

一人は五味渕（ごみぶち）だった。

もう一人の男は、格子柄のコートを着ていた。五味渕の身体で隠れていて、顔はよく見えない。

井瀬の足が素早く動き、防戦している五味渕のもとへ駆けつけた。格子柄のコートの男から五味渕を引き剝がし、勢いでそのまま反転して線路のほうへと身体を向ける。

その瞬間、目の前の景色が激しくぶれ、自分の胸が大きく反った。

背中を突き飛ばされた井瀬は、五味渕もろともホームから転がり落ちた。落下しながら、首をひねって蛍光灯のともるホームを見上げる。

格子柄のコートを着た男が、ホームの縁(へり)に立ってこちらを見下ろしていた。逆光で顔は見えない。

煌々(こうこう)とライトを照らしながら、電車が迫ってきた。

隣で絶叫する五味渕の声が、不意に浮き上がってきたかのごとく耳を刺激する。

逃げる暇もなかった。

ぶつかる——と覚悟したところで、井瀬は身体をびくりと震わせて飛び起きた。

大きな音がした。ボックス席の向かい側の座席にのせていた足が鞄(かばん)を蹴り上げ、鞄が床へと落ちたのだった。

舌打ちをして、身体を起こす。拾い上げた鞄を向かい側の座席に放り出し、両足を床に下ろして窓の外を眺めた。

電車はまだ、中途半端な位置で停車していた。

遠くから救急車のサイレンが聞こえてくる。ホームでは、駅員たちがせっせと黄色いロープを張っていた。浴衣姿の客たちはぞろぞろと階段に向かって移動を始めている。退避指示が出たようだ。

この様子では、電車が動き出すまでにはまだまだ時間がかかりそうだった。

井瀬は首を伸ばし、車内を見回した。ここ先頭車両には、十数名の乗客がところどころに座っていた。皆、無表情でスマートフォンを操作している。

ふと、通路を挟んで向かい側のボックス席に、制服姿の女子高生が座っていることに気がついた。

水色のシャツに、グレーのプリーツスカート。どこかで見たような制服だった。膝に載せた紺色の学校鞄を両手でしっかりと抱え、驚いた顔でこちらを眺めている。ようやく到着したらしい救急車の赤い光が、ちかちかと彼女の顔を照らしていた。

井瀬は眉を寄せ、人がぞろぞろと移動しているホームへと視線を戻した。悪夢にうなされて鞄を床に落としたのを女子高生に目撃されたのは不本意だった。

自分の額に、冷や汗が伝っているのに気づく。

それにしても——。

いやに具体的で、臨場感のある夢だった。それでいて、他人が作った映画を見ているようだった。

すべての出来事が自分の視点で展開しているのに、自分の意思は一切介在せず、身体や視線が勝手に動いていった。夢だと分かっているのに止められなかった。寒さも感じず、音もほとんど聞こえなかった。ただ、自分が電車に轢かれて死んだという事実だけが、目覚めた後も井瀬の胸の中にずしりとのしかかっていた。

職場の同僚と一緒に、職場の最寄り駅のホームで、何者かに殺される夢。

そんな夢を見たのは、さっきこの電車が緊急停止したせいに違いなかった。現実に茅ヶ崎駅で起きた人身事故が、無意識のうちに井瀬の思考に取り込まれ、形を変えて再現されてしまったのだろう。

「あの」

近くで細い声がした。

「大丈夫ですか」

振り向くと、隣のボックス席にいた女子高生がすぐそばまでやってきて、井瀬の顔を覗き込んでいた。肩の長さくらいの黒髪が白い頬にかかっている。大きく印象的な瞳は、小刻みに震えていた。

怖いのだろう、と考えた。短髪で髭を生やしている外見のせいか、ほとんどの一般人は井瀬を避ける。五年間過ごした少年刑務所を出所してから半年、道案内を頼まれたこともなければ、居酒屋のキャッチに声をかけられたことすらなかった。怯(おび)えるくらいなら話しかけなければいいのに、おかしな女子高生だ。

「何が？」

「鞄です。けっこう、大きな音がしたので」

「ああ、別に」

わざと低い声を出し、また窓の外へと目をやる。井瀬がそっけない態度を取ったにもかかわらず、女子高生は勝手に隣の席に腰かけてきた。

「あの」

もう一度話しかけられて、井瀬は横目で女子高生をじろりと眺めた。彼女の声の調子から、知り合いかと思ったが、やはりその顔に見覚えはなかった。

井瀬の横顔を見つめたまま黙ってしまった女子高生に、「何の用？」と尋ねる。

「どこかで、会ったことがありませんか」

「いいや。気のせいじゃないか」

そう答えながら、胸がざわつく。会ったことはないはずだが、インターネットに顔写真が流出したことならあった。十代の頃の話だ。

「そうですか。すみません」

彼女はしゅんとした顔をして、前を向いてしまった。しかし、井瀬の隣を動こうとはしない。これほど席が空いているのに、迷惑な話だった。

井瀬と女子高生の会話が終わると、再び車内には沈黙が訪れた。

救急車の赤い光が窓から差し込んでくる。外では、救助活動が始まったのか、大勢の救急隊員や消防隊員が階段を下りてきていた。とはいっても、勢いよくホームに滑り込む十五両編成の電車の先頭部分にぶつかったのだから、もう被害者は助からないだろう。

隣でじっとしている女子高生は無視することにして、井瀬は窓ガラスに頭をもたせかけた。ひんやりとした窓ガラスを頬に感じながら、目をつむる。

しばらくの間、電車の外の喧騒（けんそう）に耳を傾けていた。えー、がやたらと多い、慌てた様子の車内アナウンスもたびたび流れる。

そのまま、十分ほどの時間が流れた。

気がつくと、井瀬は砂利の上に立っていた。

息は白い。先ほど見た夢と同じく、厚手の黒いコートを着ている。

オフィスの裏にある駐車場の真ん中に仁王立ちになり、井瀬は両手の拳を震わせていた。

夢だ、ということは理解していた。

しかも、同じような夢だ。視覚以外の情報の大半は遮断されていて、音や匂いはほとんど感じられない。自分の意思で身体を動かすこともできなければ、言葉を発することもできない。

井瀬の腹の中は、またも煮えくり返っていた。眼球が蒸発しそうなほど熱くなり、頭に血が上って視界が歪(ゆが)む。

顔を上げると、すぐそこには見慣れた白いライトバンが停まっていた。毎日足を運んでいる駐車場と、何度乗ったか分からない社用車。しかし、目の前に広がる光景は普通ではなかった。

井瀬の両目が見つめる先には、赤い染みがあった。車の白いボディに点々と飛んでいる、生々しい液体。

社用車のドアは大きく開いていた。

そこにもたれかかるようにして、五味渕が倒れている。

五味渕はうめき声を上げながら、脇腹を両手で押さえていた。黒いダウンジャケットから羽根が飛び出し、本来の色ではない色に濡れている。

赤い。

五味渕の脇腹にべったりとついた血を睨(にら)みつけながら、井瀬は後ろを振り返った。

すぐそばに、見覚えのある顔があった。あまりに久しぶりで、すぐにはその名を思い出せなかった。

粕谷拓実――小学校の頃の同級生。

彼が、なぜ今さら夢に出てくるのだろう。

粕谷の顔は、記憶よりもずっと大人びていた。今の井瀬と同い年くらいに見える。最後に会ったのは六年近く前のことなのに、成長した彼の姿が自然と夢に現れるのは妙だった。

その整った形の唇が、何かを喋り、片手を持ち上げた。その手にはナイフが握られていた。

真っ赤に濡れた、銀色の刃。

井瀬はとっさに手を伸ばした。自分の意思ではない。手が勝手にナイフの柄をつかみ、粕谷の手から取り上げ、そして――。

粕谷の脇腹に、井瀬が突き出したナイフが刺さった。

見つめた先にある粕谷の端正な顔が、苦悶に歪んだ。

叫び出しそうになり、飛び起きた。

赤い光が目に飛び込んできた。先ほどと変わらずに車内を照らしている、救急車のライトだった。

ふう、と小さく息をつく。

全身に汗をかいていた。すっかり目が冴(さ)えている。電車が人身事故で止まってからというもの、夢の内容がおかしかった。

さっきの光景は何だったのだろう。職場の同僚である五味渕が出てきたのはともかくとして、粕谷の登場は解(げ)せなかった。長いあいだ忘れていた、小学校時代の知り合いだ。今はもう、友人でも何でもない。高校以後、すっかり疎遠になっている。

人を刺す夢というのは、気分のいいものではない。

荒い息を落ち着かせながら窓のほうを見やったとき、隣の席にまだ例の女子高生が座っていることに気がついた。

「あの」

三度(みたび)、女子高生に話しかけられた。井瀬はうんざりして、「何だ」と声を荒らげた。

「もしかして、夢を見ていましたか」

「は？」

「明晰夢(めいせきむ)じゃありませんでしたか」

「……明晰夢？」

「夢だと分かっていながら見る夢のことです」

女子高生がそっと囁いた。

「内容は――電車にぶつかって死んでしまう夢、じゃなかったですか」

「なんで」――分かるんだ。

「私も、最近よく見るんです。自分がホームから落ちて、電車と衝突して死んでしまう夢」

「バカ言うな」

井瀬は親指で窓の外を指さした。担架やオレンジ色の毛布が運び込まれている。

「外がああいう騒ぎだからって、当てずっぽうに言ったんだろ」

「そういうわけじゃなくて」

「じゃあ何なんだ」

井瀬が凄むと、女子高生はさすがに怖気づいたのか、黙りこくってしまった。相変わらず、元の座席に戻ろうとする様子はない。

どういうことだろう、と怪訝に思いながら、外の様子を見つめた。車両の前方にブルーシートが張られているのが見えた。

電車はなかなか動く気配がなかった。とはいえ、もう眠ることもできない。立て続けに見た悪夢のせいで、脳はすっかり覚醒していた。

明晰夢――と、言ったか。

確かに、普通の夢ではなかった。五味渕とともに格子柄コートの男にホームから突き落とされる夢も、五味渕が刺されている目の前で粕谷から血まみれのナイフを奪って刺し返す夢も、どこか不気味だ。物の色や形も細部まで鮮明で、目が覚めた後も記憶が一向に薄れない。視点がぶれることも、時間が飛ぶこともなく、自分の一挙一動や周りの光景の変化を余すところなく頭の中に再現することができる。夢の内容を思い出すというよりも、現実の出来事を振り返る感覚に近かった。

夢だということは重々承知しているにもかかわらず、今も手の震えが止まらない。

じきに、電車の前方に張られていたブルーシートが取り払われ、警察官や消防隊員がぞろぞろと階段を上って去っていった。毛布で厳重に覆い隠された担架が、彼らの間からちらりと見えた。

電車が停車してから、すでに五十分以上経過していた。

『――えー、大変お待たせいたしました。こちらの電車、少々前方へ動いてから、まもなくドアが開きます。茅ヶ崎駅でお降りのお客様はご準備ください――』

ようやく車内アナウンスがかかり、電車がのろのろと動き始めた。ホームの中ほどにある階段が後ろへと流れていき、ホームの端まで来たところでゆっくりと停まる。空気が抜ける音がして、ドアが一斉に開いた。

途端に、蒸し暑い空気が流れ込んできた。

隣の席で、女子高生が立ち上がった。何か話したそうにしている気配を感じ取り、井瀬は目線だけそちらへ向けた。

少しためらう様子を見せてから、女子高生は言った。

「私たち、死んでしまうんですよ。夢で見たように。……近い将来、電車の事故で」

彼女は悲しそうに目を伏せた。

「変えたいのに、変えられないんです。どう頑張っても」

そう言い残し、女子高生は電車を降りていった。

二〇一八年八月五日（日）

携帯電話のアラームが鳴る音で、目を覚ました。

朝六時半。いつもの起床時間だ。早朝とはいえ、エアコンも扇風機もない部屋にはむっとする熱気が立ち込めていた。

暗い部屋の中で立ち上がり、電気の紐を引っ張って灯りを点けた。蛍光灯の白い光の下に、三・五畳の和室が浮かび上がる。マンションが近接して建っているせいで、南東向きについている小さな曇りガラスの窓からはほとんど朝日が差し込まない。

薄い敷き布団を三つ折りにして、その上に掛け布団と枕を重ねた。この季節になっても分厚い掛け布団を使い続けているのは、しまっておける収納スペースがないからだ。敷きっぱなしでも誰にも迷惑はかからないのだが、五年ものあいだ生活していた場所のルールは身体に染みついていて、なかなか抜けていかない。

——私たち、死んでしまうんですよ。

昨日東海道線の車内で起こったことは何だったのだろう、と用を足しながら考えた。同時に、ユニットバスの壁に生えたカビがまた増えていることにも気がついた。

顔を洗っていると、隣の部屋の鍵が開く音が聞こえてきた。生活音が筒抜けのボロアパートだが、陽気なフィリピン人たちが寝静まっている早朝の時間帯は、比較的穏やかな空気に包まれていた。

一着しか持っていないスーツに着替え、井瀬は部屋を出た。

家から川崎(かわさき)駅まで二十分歩いてから、東海道線の下り電車に乗る。日曜の朝だけあって、井瀬の乗る最後尾の車両にほとんど乗客はいなかった。

通い始めた当初は果てしなく遠いと思えた約一時間の電車通勤も、慣れてしまえば何ということはなかった。十五両もあれば、端の車両は空く。平日の朝夕はさすがにガラガラとまではいかないが、座席の確保は楽だった。

あいにく、折り畳み式の携帯電話しか所持していないからスマートフォンのように暇つぶしはできないし、小説や新聞を読むような高尚な習慣もない。そんなことをしなくても、ボックス席に席を見つけて腰を下ろし、腕を組んで目を閉じてじっとしていれば、いつの間にか時間は過ぎていく。

しかし――今日は、いつものようにまどろむ気になれなかった。

横浜駅を過ぎ、戸塚駅を通り越しても、井瀬は意識的に目を開けて外の景色を眺めていた。

大船、藤沢、辻堂、茅ヶ崎と下っていくと、湘南地域に入り、同じ住宅街とはいっても土地がだんだんと開けてくる。相模川を渡るときには、水面に反射した朝日が眩しく、思わず目を細めた。平塚駅を過ぎると、電車は小高い山のすぐ横を走り始める。大磯、二宮。反対側には西湘の海が見え隠れし、夏休み中に旅行でもしているらしい観光客が歓声を上げた。

都会から、住宅街を通り、田舎まで。

この通勤風景が嫌いというわけではなかった。ただし、生まれ育った街を通過しなければならないぶん、気分がいいとは言えない。

だが、この四か月間で、それももう慣れた。

幸い、眠気はやってこなかった。昨日の電車で妙にリアルな悪夢を立て続けに見たのは、やはり一過性のものだったのかもしれない。

白い肌をした細身の女子高生のことを思い出す。だんだん、彼女が隣の席に座って話しかけてきたことも、電車に轢かれて死ぬという夢の内容を見抜かれたことも、現実のものではなかったように感じられてきた。

――あの女子高生と会話をしたことこそ、夢だったのではないか。

そんなことを考えながら電車に揺られていくと、気が抜けたのか、目的地一つ手前の国府津駅を出たところでうとうととしてしまった。


これは夢の中だ。――と、井瀬はすぐさま気づいた。

井瀬は鴨宮駅のホームを歩いていた。スーツの上着と通勤鞄をまとめて右手に持ち、改札へと向かっている。自分が東海道線の中で眠りに落ちたと分かっているのに、電車を降りた後の光景を見ているのは不思議な気分だった。

夢の中の井瀬は、手元の携帯電話に視線を落とし、文字を打っていた。誰かからのメールに返信しようとしているのか、『了解』という二文字が画面に浮かび上がる。

メールを送信し、顔を上げた瞬間――目の前に、自動販売機の外扉が勢いよく迫ってきた。

速足で歩いていた井瀬の身体は反射的に横へ飛びのいた。

黄緑色の作業着を身につけた中年男性が飛んできて、へこへこと頭を下げる。口の形を見るに、「すみません」と謝っているようだった。

気をつけろよ、と悪態をつきたくなる。

『まもなく、鴨宮、鴨宮。お出口は、右側です――』

車内アナウンスが流れ、井瀬は目を覚ました。

国府津駅まで見えていた海はもうすっかり視界の外に消えていた。小田原(おだわら)駅一つ手前の鴨宮駅に近づくと、線路の両側の景色が開けて雰囲気ががらりと変わる。遠くに青い山々が連なり、手前には家や工場、古びたアパートなどが低い位置に立ち並んでいた。その光景を、井瀬は座席に背をもたせかけたままぼんやりと見つめた。

妙に生々しい夢だった。昨夜仕事帰りの電車の中で見た二つの夢と同じだ。夢の中の自分は、本物の自分が現在睡眠状態にあることを自覚していた。

そんなことは、頻繁にあるものだろうか。

それ以上に恐ろしいのは、一晩経(た)った今も、昨夜見た明晰夢の内容を詳細に覚えていることだった。格子柄コートの男から無我夢中で五味渕を引き離したことも、粕谷拓実の脇腹にナイフの刃先が沈んでいったことも、すべて順序立てて思い出すことができる。

普通の夢ならばありえないことだった。多少覚えていることはあっても、印象的な一コマのみ頭に浮かぶとか、大まかな内容だけなんとなく言えるとか、その程度しか記憶には残らない。

首をひねりながら、井瀬は電車を降りた。通勤鞄と上着を右手に引っかけ、安物のスーツ姿で、いつものようにホームを速足で歩いていく。

途中で、胸ポケットの中で携帯電話が震えたのに気づいた。取り出して確認すると、五味渕からメールが届いていた。『電話での問い合わせからいくつか案件浮上。今日か明日、回ってほしい』という文面に、『了解』と書いてメールを送信する。

その瞬間、視界に大きな壁が飛び込んできた。

慌てて横へと動き、衝突を回避する。

「あっ、すみません！　見えてませんでした」

壁だと思ったのは、大きく開け放された自動販売機の扉だった。そばに立っていた作業着姿の中年男が、慌てた顔をして幾度も頭を下げる。飲料の入れ替え作業を行おうとして、接近してくる人がいるかどうかの確認もせず、扉を必要以上に開け放してしまったようだった。白いタオルを巻いた額からは汗が伝っていて、黄緑色のポロシャツにも垂れている。

気をつけろよな。

そう言おうとして、口を閉じる。

井瀬は作業員を横目で睨み、急ぎ足でその場を離れた。

どういうことなのか、頭が混乱していた。

国府津駅を出て鴨宮駅に着くまでの短い時間で見た夢と――今、まったく同じことを経験しなかったか。

不気味な感覚に支配されながら、井瀬は職場への道を急いだ。


事務所に入ると、窓側の席から「おう」という明るい声がした。

「井瀬、昨日は大丈夫だったか？　電車止まったろ。茅ヶ崎で人身事故だっけ」

デスクトップパソコンの後ろから、五味渕が爽やかな顔を覗かせる。その日焼けした顔を見て、一瞬ドキリとした。昨夜明晰夢の中で目にした、五味渕が血まみれの状態で社用車に寄りかかっていた姿や、迫ってくる電車のライトを見て絶叫していた姿が脳裏によみがえる。

井瀬は五味渕に向かってぎこちない笑みを返した。

「最悪だよ。事故ったの、俺が乗ってた電車でさ」

「まじ？」

「ああ。おかげで電車の中に一時間近く缶詰め」

「災難だったな。ただでさえ家が遠いのに。川崎だろ」

五味渕が顔をしかめると、隣のデスクで缶コーヒーを飲んでいた越沼が

「井瀬はどうしてこっちに引っ越してこねえんだよ」とだぶついた顎の肉を震わせた。「川崎みたいな都会より、小田原市内のほうがよっぽど安く住めるぞ。鴨宮なら、ここにもすぐ歩いて来られる」

「まあ、気が向いたらな」

越沼は簡単に言うが、井瀬のような前科者が住居を確保するのはそう簡単なことではなかった。川崎の更生保護施設にいたときにボランティア団体から斡旋してもらった今の物件を手放すことはしたくない。

それと――井瀬は、自分の生まれ育った街とまったく似ていない土地に住みたかった。

そういう意味で、都会は落ち着く。

井瀬が自席に腰かけると、ひょいと五味渕の手が伸びてきて、一枚の紙を渡された。見込み顧客の氏名と住所、電話番号が印刷されているリストだ。今日は三名分の情報が載っていた。

「それ、さっきメールしたやつな。今日回れる?」

「たぶん。集金とアポが一件ずつあるけど、全部市内だしな。なるべく今日で調整し

てみるよ」

「サンキュ。こないだの記事、だいぶ反響あったみたいでさ。越沼がわざわざテレアポしなくても客のほうから電話かけてくるんだ」

「へえ、すげえな」

「貧困家庭の子どもを助けたい大人がこれだけいるなんて、日本もまだまだ捨てたもんじゃないな。俺、ホントこの仕事始めてよかったわ」

五味渕がいつものように自画自賛を始めた。実際、それに値するだけのことはしている。

反響があった記事というのは、五味渕が小田原市長に感謝状を贈呈されたという内容だった。先週発行のタウン紙に掲載されたのだ。

『特定非営利活動法人コネクテッド』は、五味渕健介（けんすけ）が大学在学中に設立したNPO法人だった。

勧誘された当初、活動内容を聞いたときはためらった。ITを活用して貧困家庭の子どもを幸せにするという理念の下、百パーセント民間による奨学金基金を運営する団体だというのだ。高校の不良仲間だった五味渕がそんな立派なNPO法人の代表を務めていることが信じられなかったし、そんな崇高な理念を持った団体に自分のような人間が関わる想像ができなかった。

高校三年以来、五年ぶりに会ったかつての悪友に「お前、正気か？」と問うと、「考え直したんだよ。俺らももう二十四なんだから、そろそろ真っ当に生きようぜ」という至極もっともな答えが返ってきた。

井瀬が塀の中でもがいている間に、五味渕の人生観は大きく変わっていたようだった。あれほど遊び惚(ほう)けていたのに、高校卒業後に一年間猛勉強して有名私大の商学部に進学したというのだから驚きだ。

実際、五味渕にはビジネスの才があった。

貯えのある高齢者を中心に寄付を募り、その寄付金を大学への進学を希望している貧困家庭の子どもに支給する、というところまでは普通の給付型奨学金制度だ。他と違うのは、「ITを利用して寄付者と奨学生を一対一で繋(つな)ぐ」ところだった。

高額な支援をしている寄付者には見返りとして通信機能付きタブレットをレンタルし、一か月に一回、支援相手の学生とビデオ通話をする機会を設ける。こうすることで、寄付をする側はまるで自分の子どもか孫の学費を出しているような実感が持て、寄付への意欲も上がる。

「寄付金の使途を見える化するんだ。円グラフにまとめて資料を公開する、みたいなアナログな方法じゃなくて、もっと直接的に。そのほうが安心だし、面白いだろ？」

と、五味渕はたびたび熱く語った。

このアイディア勝負の新しい奨学金モデルで、五味渕は見事成功を収めていた。設立から三年経った今も寄付額はどんどん拡大していて、それに伴い給付対象者の数も右肩上がりに増えている。

先日小田原市長から表彰されたのは、地域密着型のNPO法人として成功を収めているからだった。井瀬と同じ平塚市出身の五味渕がなぜこの地でビジネスを始めたのかはよく知らないが、都心から離れた地域のほうが高齢者の割合が大きいから、というようなことを以前ちらりと言っていた。

井瀬としてはありがたい。職場がかつて暮らしていた平塚だと言われていたら、勧誘を断っていた可能性すらある。

非営利という特性上、給料が低く生活の苦しさは変わらないが、自宅のある生活を維持できるのは職があればこそだ。

「越沼、バナーはできたか？」

五味渕が首を伸ばし、越沼のモニターを覗き込んだ。

「もうすぐ。でも出来には自信がねえな。業者に頼みたかったよ」

「外部委託は金がかかるだろ。削れるところは削らないと、もともと予算も少ないんだから」

二人はそのまま、モニターを指さしながら議論し始めた。そんな五味渕と越沼を横目に、井瀬はパンフレットの束と集金袋を鞄に入れ、目の前にある固定電話の受話器を取った。

先ほど渡されたリストを見ながら電話をかけていき、アポイントを取る。一件は繋がらなかったが、残りの二件は約束の時間が決まった。いずれものんびりとした声の高齢の女性だった。

内勤担当の二人にひとこと声をかけてから、小ぢんまりとした事務所を出た。建物のすぐ横を通っている東海道線の線路を眺めながら外階段を降りて、裏の駐車場へと向かった。その途中で一階の訪問介護事業所の女性スタッフとすれ違い、会釈を交わした。

「あっ、見ましたよ」

声をかけられ、首を後ろに向ける。

「小田原タイムズの記事。お宅のところの五味渕さんが出てたでしょう。すごいですね」

「ああ、ありがとうございます」

井瀬はぼそりと答え、そそくさとその場を離れた。

この二階建ての古びた白い建物には、一階に訪問介護の事業所、二階にNPO法人コネクテッドの事務所が入っていた。一階のスタッフには気軽に挨拶や世間話をしてくる中年女性が多く、井瀬は少々閉口していた。

他人に愛想よく接するのは得意ではない。

そんな自分を、五味渕は高齢者相手の営業員としてよく雇う気になったものだ。それだけでなく、「職務上必要だから」と運転免許を取得する費用まで貸してくれた。

五味渕には「本当に自分でいいのか」と何度も問いただした。すると、「お前は確かに乱暴なところはあるけど、なんだかんだ嘘はつかないだろ。その誠実さと素直さは高齢者相手の営業には生きるさ」という真面目な答えが返ってきた。

確かに、嘘をつくのは好きではない。隠れたり、人を騙したりすることが得意であったなら、あの日の井瀬は、きっと素直に警察に連行されなかっただろう。供述内容によっては、刑期ももっと短かったかもしれない。

建物の裏手にある砂利敷きの駐車場に足を踏み入れる。ここに一台の社用車が停めてあった。

白いライトバンの鍵を開けようとした瞬間――昨夜電車の中で見た夢が、突如頭によみがえった。

この駐車場で、血だらけになって倒れていた五味渕。

真っ赤に染まったナイフをかざしていた粕谷拓実。

そのナイフを奪い、粕谷の脇腹に突き立てた自分。

そして、今朝鴨宮駅のホームで自動販売機のドアが突然開いたことを思い出した。女子高生による死の予言も頭をよぎる。

――いったい何なんだ、あの夢は。

頭に浮かんだ光景を振り払い、運転席に乗り込んでエンジンをかけた。最初の訪問先の住所をナビに入力する。この事務所は鴨宮駅から線路沿いの道を歩いて徒歩三分という好立地だったが、訪問先の家は小田原市内や周辺地域に散らばっているため、効率よく回るには社用車での営業が必須だった。

最初の訪問先は、国府津の方向だった。車で十五分もあれば着く。

井瀬の仕事は大きく分けて二つあった。一つは、既存顧客からの定期集金。もう一つは新規顧客の開拓だ。

午前中は主に集金業務に充てることにしていた。基本的に寄付は全国からホームページ上で受け付けているのだが、比較的金額の大きい寄付をしている顧客のうち、小田原市やその周辺に住んでいる高齢者に対しては、井瀬が戸別訪問して当月分の寄付額を現金で回収することになっている。高齢者の中にはインターネットでの支払いに不慣れな人も多いから、最近始まったこのサービスは非常に喜ばれていた。

特に、一人暮らしの老人の場合、井瀬の定期訪問は歓迎される傾向が強かった。親戚付き合いを経験したことがない井瀬にとって、茶や菓子を出されたり近況を尋ねられたりするのは面映(おもは)ゆい気分だった。

集金業務が一段落すると、昼頃からは新規顧客の開拓業務を始める。五味渕から手渡されたリストにある家を、順番に訪問していくのだ。新規開拓とはいえ、小田原市内の客にテレアポをして見込み顧客を絞るところまでは越沼がやってくれるから、井瀬の負担はそれほど大きくなかった。

一件目は七十代くらいの高齢女性で、「考えておく」という返事だった。二件目は八十前後かと思われる夫婦で、「月五千円くらいなら」という予算感だったためホームページからの手続きを案内した。

手ごたえがあったのは、夕方になってから訪問した三件目の家だった。

小ぢんまりとした日本家屋だった。家に上がり、井瀬が名刺を差し出すと、柔和な雰囲気を持つ高齢女性は「坂口政子(さかぐちまさこ)です」と名乗った。

「素敵なお仕事をされていらっしゃるのね」

井瀬が奨学金制度の仕組みについてパンフレットを指し示しながらぼそぼそと説明する間、坂口政子は何度も頷(うなず)き、感心したようにため息をついた。

「私ね、昨年、主人を亡くしたの。大腸がんだったのよ。もう八十歳を超えてたからゆっくり進むものだと思ったんだけど、病気が分かってから半年くらいで亡くなっちゃってねえ。息子は家族と一緒に上海(シャンハイ)に赴任してるし、普段はなかなか誰にも会う機会がなくて――」

要約すると、こういう話のようだった。去年亡くした夫はちょっとした会社の会長をしていた。遺産と年金が十分あるため生活には苦労していないが、一人息子は海外赴任していて、孫にも会えず寂しい思いをしている。そんなときに越沼から電話をもらって、一度話を聞いてみようと思った。

「孫が一人増えるようなイメージです」と井瀬が五味渕から教えられた文句をそのまま口にすると、政子はにっこりと微笑んだ。

「一か月に一回、相手の子どもの顔を見ながらお話ができるって言ったわよね」

「そうです」

「パソコンもスマートフォンも持っていないんだけど、大丈夫なのかしら」

「タブレットをお貸しします」

「あら嬉しい、貸してもらえるの？　タブレット、前から欲しいと思ってたのよね。指でするするっと操作するの、テレビのコマーシャルで見て、ちょっとだけ憧れてたの。それ、奨学生とのビデオ通話以外に、いろいろ使ってもいいのかしら。上海にいる息子や孫とも同じように話してみたいわ」

「インターネットの利用は自由です」

「それも込みなら、安いものね。タブレットの使い方も、あなたから教えてもらえるのかしら」

「はい」

それも業務の一つだった。ビデオ通話で奨学生と寄付者を繋ぐことを目的としているのに、肝心のタブレットが埃（ほこり）をかぶってしまったら意味がない。納品時に毎回操作方法を教えるうちに、これまで触ったこともなかったタブレットにだいぶ詳しくなってしまった。

坂口政子は、その後一時間にわたって世間話や自分の話を続けた。辛抱強く待っていると、最終的に政子は満足げな様子でパンフレットを引き寄せた。

「新しい孫ができるのが楽しみだわ」

そう言って、坂口政子は井瀬の提示した契約内容に同意した。一人の大学生に対し、月五万円ずつ、四年間にわたって独占的に支援するというものだ。計二百四十万円。ＮＰＯ法人の運営経費を差し引くため、奨学生に支払われる金額はもう少し低くなるが、それでも大金だ。国公立大学であれば、これだけで学費のほとんどを賄うことができる。

「私が支援する子は、男の子？　それとも女の子？」

「まだ分かりません。でも男子のほうが多いです」

「あら、そうなの。最近は女の子の進学希望者も多いと思ってたけどねえ。やっぱり、頭のいい大学に行きたい子は、まだまだ男の子のほうが多いのかしら」

「ですかね」

井瀬は、大学に行こうなどと考えたこともなかった。親も期待したことはなかっただろう。高校卒業後は、適当なところに就職して生活できればいいと思っていた。結果として、井瀬は高校を卒業することも、十代のうちに社会人になることもなかった。

書類に捺印(なついん)をもらってから、井瀬は坂口政子の家を後にした。

時刻は十九時を回っていた。客が長い話を始めると、どうしても途中で遮ることができない。今日もまた、ずいぶんと長居してしまったようだった。

事務所に戻って一日の営業成果を報告すると、五味渕が目を輝かせてハイタッチを求めてきた。

「また、月五万×(かけ)四年か。すげえな！　井瀬に営業してもらうようになってから、大口の寄付者がどんどん増えてるよ。いやあ、やっぱ雇ってよかった」

「そうか？　俺はどう考えても不向きだぞ」

「でも着実に大口案件を取ってきてるじゃないか。やっぱり、寄付する側からすれば、インターネットの手続きだけで大金の支払いを開始するのは怖いんだろうなあ。内勤の事務員より外回りの営業員を増やすことも考えたほうがよさそうだ。人員募集、かけてみるかな」

そう言って電卓をはじき始める。学校を抜け出してつるんでいた高校時代の面影はなく、すっかりビジネスマンの顔だった。

「五味渕は、NPO法人より、IT系のベンチャー企業を立ち上げたほうがいいんじゃないか。そのほうが金持ちになれるぞ」

苦笑いしてコメントすると、五味渕は「いやいや」と手を振って否定した。

「こんなに上手くいくのは、慈善事業だからこそだよ。世の中には人を助けたいという思いを持っている心優しい人たちが大勢いる。ただ、きっかけがないと彼らは動かない。ちょっと入り口を作ってやりさえすればいいんだ。そうすれば大量の金が投下される。通常のビジネスで同じように金を得ようとしたら、今の百倍は大変さ」

「五味渕ならどちらもやれると思うけどな」

「買いかぶりすぎだよ。都内でかっこつけたベンチャー企業なんかをぽんぽん設立できるのは、裕福な家庭で育ったお坊ちゃまどもだ。俺らには、この古くて狭い事務所がお似合いさ。安月給万歳だ」

五味渕は笑って、「井瀬営業部長、その調子で頼むぞ」と親指を立てた。

今日契約した坂口政子の分のタブレット送付手続きを終え、集金管理表への入力を完了してから、井瀬は事務所を出た。携帯電話を取り出して時刻を確認すると、すでに二十一時近かった。

およそ四年前、少年刑務所での日々に絶望していた頃に、五味渕宛てに一通の手紙を送ったことを思い出す。

『出所したら、真っ当な仕事をして普通に生きたい。少年刑務所は地獄だ』

もう絶対に戻りたくはなかった。熾烈な上下関係、刑務官から見えないところで起こる暴力や嫌がらせ、一日の大半を占める職業訓練という名の単純作業。強姦、詐欺、覚醒剤といった低俗な犯罪で逮捕された奴らと暮らすのは苦痛でしかなかった。自分は彼らとは違う人間だと信じて、五年間を生き延びてきた。

その頃すでに有名私大に入学していた五味渕は、その手紙を見て、井瀬の受け入れ先を作ろうと決心したのだという。

五味渕は就職活動をしなかった。企業で働くよりも、自分で組織を立ち上げる道を選んだ。

そうして作られたのがＮＰＯ法人コネクテッドだった。

実際は、出所後すぐに五味渕と連絡が取れず、井瀬はまず川崎で飲食業の仕事に就いた。しかし、他の店員と喧嘩をして二か月で首になった。その後、すぐに五味渕のところに転がり込んだ。前職よりも給料はだいぶ下がったし、生活はひどく苦しいが、五味渕がわざわざ外回りの営業員というポジションを新設してまで迎え入れてくれたことを思うとまったく頭が上がらない。

五味渕の「真っ当に生きようぜ」という言葉が、井瀬の心の支えとなっていた。

いわゆる社会貢献を仕事にすることに対する恥ずかしさや劣等感はまだまだ残っている。それでも、更生して社会人として踏み出すチャンスを与えてくれた親友の五味渕や、事情を知りながら嫌な顔をせず受け入れてくれた同僚の越沼には心から感謝しなければならない。

鴨宮駅のエスカレーターを上り、改札を通った。ホームに着いたとき、ちょうど上り電車がまもなく到着するというアナウンスがかかった。

同時に、一抹の不安が胸をかすめる。

――電車に乗ったら、また、夢を見てしまうだろうか。

いつものように東京寄りの端まで歩いていき、ホームに滑り込んできた東海道線に乗り込んだ。座る席は十分にあったが、井瀬は吊り革をつかんで立った。

立っていれば、さすがに眠らないはずだ。

電車はゆっくりと発車した。

――次は、国府津、国府津。

――次は、二宮、二宮。

——次は、大磯……

小さな食卓テーブルの向かい側に、学生服を着崩した五味渕が座っていた。タバコを口にくわえながら笑っている。

五味渕の髪は青かった。それを見て思い出す。

たぶん、これは、高校三年生のときの——夢だ。

これまでの明晰夢と同じように、井瀬は自らの視点で目の前の光景を見ていた。視界の端には、長くて赤い前髪がちらちらと揺れている。

五味渕が身を乗り出し、井瀬の赤い髪に触れてきた。井瀬の右手も、五味渕の青い髪に向かって伸びる。二人はお互いに髪を引っ張り合い、下品な表情で笑った。

かすかに、自分と五味渕の笑い声が耳に届く。しかしそれは、プールの中で外の音を聞くときのように遠く不明瞭だった。二人の喋る言葉はわんわんと反響していて、まったく聞き取れない。

——赤と青のコンビは、さすがにねえよな。

——芸人かよ。

そんなことを話しているのだろう、と井瀬は想像した。というよりも、おぼろげに覚えているのだった。

これは、実際にあった過去の出来事だ。

その出来事を、夢の中で追体験している。

ゲラゲラと笑い続ける五味渕は、なんだか様子がおかしかった。原因はすぐに分かった。

酔っ払っているのだ。

目の前のテーブルに、缶チューハイの空き缶がいくつも転がっている。半分ほど空いたウイスキーの瓶もあった。

高校生の五味渕と井瀬は、こうやっていつも酒を飲みタバコを吸っていた。井瀬の自宅は、古びた木造住宅だった。食品工場に勤めている母親は夜勤に出ていて、父親はパチンコが趣味で毎日深夜まで帰ってこなかったから、自宅は使い放題だった。どうせ父親がタバコを吸うから、臭いが残ってもバレない。

身体が火照っていて、気分がよくなっているのを感じる。夢であるはずなのに、酒に酔っている感覚はまるで現実のようだった。

五味渕とじゃれ合いながらハイペースで酒を喉に流し込む自分を、自分自身の視点から眺める。

そのうちに、頭の中でサイレンが鳴り始めた。過去の自分ではなく、傍観している現在の自分が発している警告音のようだった。

――帰れ。今すぐ帰れ。

高校生二人による陽気な宅飲みの後に何が起こるか、井瀬は知っていた。しかし、夢の中の自分には通じない。五味渕が缶を倒してテーブルを汚すのも、井瀬が食卓にタバコを落として焦げ目を作るのも、過去の出来事のとおりに進んでいった。

ガチャリ、と玄関のドアが開いた音がした。

――やべっ。

自分の唇が動き、言葉を発する。目の前で顔を赤くしていた五味渕も慌てて立ち上がった。タバコの灰が父親の灰皿から飛び出し、テーブルに降りかかる。

直後、父親が足音を立てながら部屋に入ってきた。

ぶくぶくと太っている、だらしのない赤ら顔をした中年親父だ。昔のままの姿だった。そのくせ、昔柔道をやっていた経験からか、腕っぷしだけは強かった。

五味渕の姿と、食卓テーブルの上の惨状を見て、父親の太い眉が吊り上がった。

――お前ら、何してんだ。高校生だろうが。

聞こえない。しかし、覚えている。

父親が床に落ちた缶を蹴散らしながら詰め寄ってきて、井瀬の胸倉をつかんだ。抵抗する間もなく思い切り突き放され、井瀬は食卓テーブルの上に勢いよく倒れた。折り畳み式テーブルの貧相な脚が外側に向かって折れ、空き缶が音を立てて床へと滑り落ちる。

——その青い髪は何だ。汚らしい。

赤い目をした父親が、今度は五味渕につかみかかった。

——お前が巧（たくみ）の不良仲間か。俺の家に勝手に入り浸りやがって。一人前に灰皿なんか使うんじゃねえ。

言い返そうとする五味渕の頬を父親が殴りつけた。さらに床に転がっていたウイスキーの瓶を拾い上げ、倒れ込んだ五味渕に向かって振るう。井瀬はすかさず立ち上がり、五味渕と父親の間に身体を滑り込ませて父親から瓶を奪った。

——五味渕、逃げろ！

大声を上げ、父親を渾身（こんしん）の力で蹴飛ばす。足元のおぼつかない父親は部屋の隅まで吹き飛び、床に溜（た）まっていた郵便物の山を散らした。

五味渕を助け起こし、そのまま二人して玄関へと走る。

——お前ら、警察に突き出してやるからな！　住居侵入と未成年飲酒だ！　覚悟しとけよ！

後ろから、父の咆哮（ほうこう）が追ってくる。

外に走り出て、それぞれ原付バイクにまたがった。五味渕が口元に手をやると、その手に赤い血がついた。すぐにエンジンをかけ、ヘルメットもつけずに発進する。

——くっそ、何だよあのクソジジイ。

風を切りながら、五味渕が大声で悪態をついた。

——あんなのがお前の親父なのか？

——パチンコ狂いのアル中さ。今日のことも、きっと朝になったら覚えてない。

——お前には同情するよ。あんなのと毎日顔を合わせなきゃならないなんて。家を出たほうがましなんじゃねえか。

バイクで走りながら、五味渕は烈火のごとく怒っていた。井瀬も、赤信号で止まるたびに地面に唾を吐き、足を踏み鳴らして憤怒をぶつけた。


『まもなく、平塚、平塚——』

電車が減速したのを感じ、目が覚めた。井瀬はボックス席の片側の座席を占拠する形で寝転がっていた。身を起こすと、迷惑そうにこちらを見ていた隣のボックス席のサラリーマンが目を逸らした。

いつの間にか、眠ってしまっていたらしい。

二宮駅を過ぎた頃、猛烈な眠気に襲われたのは覚えている。しかし、ボックス席に横になった記憶はなかった。状況からすると、急激にやってきた眠気に勝てず、座席に倒れ込むと同時に意識を手放し、今の今まで夢を見ていたのだろうか。

不意に背筋が寒くなり、井瀬は床に落ちていたスーツの上着を膝に乗せた。

——今のは、何だ？

昨夜や今朝の夢とは違い、過去の体験そのものだった。夢を見ている井瀬自身の意思は介在せず、何も変えることができなかった——という点では、これまでの明晰夢と共通している。

それにしても、嫌な夢だった。

あの日のことは今でもよく覚えていた。

井瀬と五味渕が自宅から逃げ出した直後、父親は五味渕と井瀬が通う高校へと直接電話を入れた。すでに二十二時近くだったが、運悪く、学校には残業中の教師が幾人かいた。未成年飲酒と喫煙が発覚し、五味渕と井瀬は二週間の停学処分を食らった。事はそれだけでは終わらなかった。早々に自動車整備工場への就職が決まっていた五味渕が、内定を取り消される事態となったのだ。父親が、原付バイクの飲酒運転のことまで併せて学校に報告したからだった。

今考えると、この内定取り消しがなければ、五味渕が一念発起して有名私大に行くことも、ＮＰＯ法人の代表に収まることもなかったのだろう。しかし、それはあくまで結果論だ。あの頃、井瀬はしばらくの間、五味渕に対して負い目を感じ続けていた。

父親が親友の五味渕を傷つけさえしなければ——井瀬は、犯罪者にならずに済んだのかもしれない。

電車が平塚駅のホームへと滑り込み、ドアが開いた。

何度か目を瞬く。乗り込んできた数名の客の中に、見覚えのある女子高生がいた。

彼女はすっと近づいてきて、井瀬の目の前で頭を下げた。「こんばんは」と細い声で言い、また井瀬の隣に腰を下ろす。

よく考えてみると、井瀬が乗っているのは昨日とまったく同じ時刻の電車だった。車両も、一番東京寄りの先頭車両と決めている。今までは気がつかなかったが、これまでも幾度か同じ車両に乗り合わせていたのかもしれなかった。

「それ、平塚学院高校の？」

制服を指さして尋ねる。水色のシャツにグレーのプリーツスカート。昨日は思い出せなかったが、さっき過去の夢を見たからか、急にその頃の記憶がよみがえった。

「はい、そうです」

「ってことは、後輩だな」

柄にもなく先輩風を吹かせてみたつもりだったが、女子高生は無言で顔を俯けただけだった。「何年生？」と尋ねると、「一年生です」という返事があった。

彼女はなかなか喋り出そうとしなかった。わざわざ自分から隣に腰かけてきたのに、井瀬に話しかけられるのを待っているような雰囲気をまとっていた。

『まもなく、茅ヶ崎、茅ヶ崎――』

アナウンスがかかり、井瀬は外を眺めた。電車が減速し、茅ヶ崎駅に近づいていく。

「次で降りるんだろ」

「いえ」

「昨日は茅ヶ崎で降りたじゃないか」

「花火大会に行っていた友達と合流しようとしたんです。私は平塚でアルバイトがあったので、行けなかったんですけど」

「ああ、バイト帰りだからこんなに遅いのか」

「はい」

「じゃあ今日はどこまで乗るんだ」

「横浜駅です」

「ふうん。都会っ子だな」

当時、高校がある平塚市内に住み、学校へも原付バイクで通っていた井瀬とは大違いだ。

「名前は？」

「片岡紗世（かたおかさよ）です」

彼女の声はかすかに震えていた。念のため知り合いでないことを確認しようとしただけなのだが、脅されるとでも思ったのかもしれない。

やはり、彼女の名前に覚えはなかった。

「あなたは……井瀬巧さん、ですよね」

「どうして知ってるんだ」

その問いに、片岡紗世は答えなかった。目を伏せてじっと自分の膝を見つめている。

やはりネットの情報を見たことがあるのだろうか、とひやりとした。

逮捕された当時は未成年だったから、本来実名は非公開になるはずだった。しかし、そうはならなかった。井瀬のことを知る誰かがネットに顔写真を流出させたのだ。どうせ、同じ高校の奴らだろう。

その情報を目の前の女子高生に見られたかもしれないというのは、気分のいいものではなかった。

「昨日言っていたことを説明してくれ」

「昨日？」

紗世が首を傾げる。「俺らが二人とも近いうちに死ぬってことだよ。電車の人身事故で」と切り出すと、紗世は「ああ」と顔を上げた。

「井瀬さんも、最近急に見るようになったでしょう。東海道線に乗っているときだけ、変な夢を見るんです。時間軸はバラバラです。過去の夢とか、未来の夢とか……もっと先の夢もあります」

「もっと先の夢?」

「あ、それはまだですかね」紗世は寂しそうに微笑んだ。「とにかく、おかしな夢です。内容が現実の出来事みたいに具体的で、起きてからも内容を忘れることはなくて、自分が今夢を見ているってことが常にきちんと分かってて」

「まあ、そういう気味の悪い夢はいくつか見たな」

これまでに見た明晰夢をぼんやりと思い出す。たった今見た父親と大喧嘩する夢は、高校三年生のときに起きた出来事の追体験だった。また、電車に轢かれる夢の中で見た日付は、半年後の未来のものだった。紗世が言う〝過去の夢〟〝未来の夢〟というのは、そのことを指しているのだろう。

「過去の夢はまだいいんです。もう一回、その出来事を体験すればいいだけなので。でも、未来の夢は困りますよね。素敵な未来の夢ならともかく……電車に轢かれて死ぬ、っていうのはちょっと、つらいです」

「同じような夢を見たんだな」

「はい。本当に怖くて。――夢で見たことがそのまま、いつか自分の身に起こると思うと」

「おい、待て」井瀬はぎょっとして紗世の横顔を見つめた。「夢で見たことがそのまま、ってどういうことだ」

「言葉のとおりですよ」

　紗世の声のトーンは暗かった。意気消沈しているその口調が、井瀬をさらにうろたえさせる。

「あれが、そのまま現実になるって言いたいのか？　電車に轢かれて死ぬ夢が？」

「そうです」

「いやいや、何を根拠にそんなことを言うんだ。確かに俺も電車と衝突して死ぬ夢を見たが、必ず現実になるとは言えないじゃないか。ありえない」

　雪の降る日に、鴨宮駅のホームから突き落とされた夢のことを思い出す。ポケットから出した携帯電話の待ち受け画面に表示されていたのは、ちょうど半年後の日付だった。

「いいえ、現実になるんです。絶対に」

　紗世は静かに断言した。

「死の夢だけじゃないですよ。他の未来の夢も、全部です」

「全部？」

「電車に轢かれる夢以外にも、見ませんでしたか。過去に体験したことがないのに、ものすごく細かくてリアルな内容の夢。あれは全部、予知夢です。ただの夢じゃありません。いつか必ず自分の身に降りかかることなんです。あんなに夢が具体的なのは、本当に起きる未来の出来事を見ているからなんですよ」

そう言われ、昨日の夢を思い出す。血まみれの五味渕。ナイフを持つ粕谷。刃先を粕谷の脇腹に差し込む自分――。

「……嘘だろ。そんなはずない」

「井瀬さんは、夢が現実になった経験、まだしてませんか？」

「それは」

ない、とは言えない。今朝の自動販売機の一件だ。だが、勘違いの可能性もある。

「紗世って言ったか――お前はあるのかよ」

「ありますよ」

「夢がそのまま現実になったのか？」

「はい」

「どうせ一回か二回程度だろ。偶然だよ」

「数えきれないくらい見ました。この五か月間で」

「五か月？」

「最初に明晰夢を見たのが、今から五か月前だったんです。井瀬さんよりも長い間、私は夢を見続けています。だからいろいろなことを経験してるんです。私の話を疑うのはやめて、信じてください」

　紗世の真剣な口調に、少々たじろぐ。彼女が嘘をついているようには見えなかった。

「つまり、こういうことだよな」井瀬はちらりと紗世の顔を見やった。「過去であろうと、未来であろうと、あの変な夢で見た内容はすべて現実の出来事だと」

「はい」

「過去の夢以外は、必ず、未来に起こる出来事を予知していると」

「そのとおりです」

「だとしたら、俺の未来はとんでもないことになるぞ」

「どんな夢を見たんですか」

「起こるはずのないことばかりだ。職場の同僚が血まみれで倒れていたり、小学生のときクラスが一緒だった優等生が血まみれのナイフを振りかざしてきたり、そいつを逆に俺が刺し返したり」

　途端に、紗世がひゅっと息を呑んだ音がした。

「人を、刺す夢を見たんですか」

「だからありえないって言ってんだろ」

　井瀬が吐き捨てると、紗世は悲しそうに顔を歪めた。

「夢で見たのなら……その未来は必ずやってきます」

「どうして断言できるんだよ」井瀬は思わず鼻で笑った。「教祖か何かのつもりか？それとも占い師？」

「違います。本当に体験したことなんです。同じことが、井瀬さんの身にも起こっているんです」

紗世が顔を赤くして訴えた。大人しい顔に似合わない剣幕に押され、井瀬は黙り込む。

しばらく、二人の間に沈黙が流れた。

「私が初めて明晰夢を見たのは、五か月前――中学を卒業する直前、東海道線に乗って高校の合格発表を見に行ったときでした」

先に口を開いたのは紗世のほうだった。膝の上に置いた通学鞄を両手で握りしめ、眉を寄せながら苦しそうな声を絞り出す。

「今から七年後に横浜駅のホームから転落して死ぬ、っていう夢を見たんです。白い杖をついた視覚障害者の方が向こうから来たのを避けようとして、バランスを崩して線路に落ちてしまうんです」

「七年後というと――」

「二十二歳、ですかね。たぶん、夢の中の私は社会人でした。一緒にいた恋人の男性に、最近の仕事の話をちらりとしていましたから」

二〇二五年か、と考える。ずいぶん先の夢を見たものだ。

「驚いたのは、私と一緒に歩いていた男性が、中学に入学してすぐの頃からずっと憧れている一つ年上の先輩だったことです」

紗世がちらりと頬を赤らめた。

「七年後の夢の中で、その先輩と私は付き合っていたんです。私がホームから落ちたとき、その先輩は懸命に手を伸ばしてくれました。でも、届きませんでした。夢の中の私は、大好きな先輩の目の前で、電車に轢かれて死んでしまったんです。その夢はとても怖かったけど——夢の中で憧れの先輩と恋人同士になっていたのは、なんだかすごく嬉しい気もしました」

井瀬は内心辟易(へきえき)した。女子高生の純粋な恋心など、こうやって聞かされても反応に困るだけだ。

「で、それが予知夢だと断言できる理由は何なんだ。最近その先輩に告白でもされたか？」

あえて意地悪く尋ねると、紗世はぶんぶんと首を横に振った。

「今は私が一方的に好きなだけなので、先輩は私の顔も名前も知らないと思います」

「じゃあ、どうして分かるんだよ」

「その直後にまた電車の中で寝てしまって、もう一つ、別の夢を見たんです。第一志望の高校の合格発表を見に行く夢でした。まさにその高校に向かっているところだったので、ちょっと混乱しました」

「夢を見るのは電車内限定なんだな」

「そうみたいですね」紗世はこくりと頷いた。「夢の中の私は、高校に行く途中の道で何人か友達に会って、一緒に掲示板のところまで駆けていきました。合格しているのを見て、手を取り合ってジャンプして、その帰りに校内で憧れの先輩を見かけました」

「ん？　その先輩も同じ高校なのか」

「あ、はい。私、先輩が通っている高校に行きたかったんです。それで平塚学院高校を受けました」

「……動機が不純だな」

「そう言われても仕方ありません」

紗世は少し恥ずかしそうにした。井瀬は心の中でため息をつき、目の前の女子高生から目を逸らして窓の外を眺めた。井瀬が呆(あき)れていることに気づいていないのか、紗世は先ほどと変わらない調子で話を続けた。

「平塚駅で目を覚まして急いで降りて、平塚学院高校に向かう途中に、驚くことがたくさん起こったんです。まず、夢で見たのとまったく同じ順番で中学の知り合いに会いました。友達に手を引っ張られて、走って掲示板を見に行ったら、きちんと合格していました。しかも、私の受験番号が印刷されている位置が、夢で見たのとまったく同じでした。帰る途中に、憧れの先輩がグラウンドでサッカー部の練習をしているのも見えました。これも夢とまったく同じ光景でした。変なんですよ。友達に会うところから最後に先輩の姿を見かけるところまで、全部一致してたんです」

それから紗世は、この五か月の間に見た不思議な夢の話をいくつも語り始めた。

中学の卒業式の後、友達として仲良くしていた男子に告白され、憧れの先輩のことを話して断った夢。

高校の芸術科目選択で音楽を希望したはずが、学校のミスで美術として受理されてしまった夢。

入学式の日に大雨が降ったせいで体育館の入り口の床が濡れていて、校長先生が滑って転ぶのをたまたま目撃してしまった夢。

夢はどんどん現実化していった。合格発表のときと同様、告白された場所や相手の視線の動き、決定した選択科目が印刷されている紙の形状、校長先生が着ていたスーツの色など、紗世が到底予測できるはずのないところまでもが完全に夢と一致していた。

自分は予知夢を見るようになったのだ——ということを、紗世はようやく理解した。

一方、過去の夢も徐々に見るようになった。小学校のときに親友だと思っていた子にいじめられた夢や、亡くなった祖父と遊ぶ夢など、過去に起きた印象的な出来事を追体験するような夢だった。

そして、数か月から数年という遠い先の未来を暗示している夢もたくさん見た。主に、例の憧れの先輩に関する夢だった。

「四月の時点では部活に入らなかったんですけど、夏からサッカー部にマネージャーとして途中入部する夢を見たんです。二人いた二年生のマネージャーが両方とも辞めちゃって、困ってるっていう話でした。最近、未来の夢で見ていたとおり、そのうちの一人が本当に辞めちゃったんです。だから、そろそろ声がかかるかもしれません」

「ふうん。本当に勧誘されたら、予知夢だったことが証明されるわけだな。他には？」

「サッカー部のマネージャーになってしばらくしてから、憧れの先輩と付き合い始める夢を見ました。私が好意を持っていることを人づてに聞いたらしく、向こうから告白してくれたんです。それから、受験生になった先輩が難関大学に合格する夢とか、先輩が大手の食品会社に内定をもらった夢も見ました。その後は、プロポーズをしてくれた夢や、お互いの両親に挨拶に行く夢、それから――」

「いい夢ばかりだな」

井瀬が皮肉交じりに呟（つぶや）くと、紗世は「そんなことないですよ」とぽつりと言った。

「確かに、夢の中で先輩とデートしたり、お話ししたりするのはとても楽しかったです。私の意思で言葉が出ているわけではなくて、喋っているのはあくまで未来の私なんですけど、心から幸せな気分になれました。これが全部予知夢なんだとしたら、私は中学の頃からずっと目で追っていた先輩と付き合うことになるんだ、あの先輩のそばにずっといられるんだ、って胸がときめきました。でも――」

急に、紗世の声のトーンが暗くなった。

「電車に轢かれて死ぬ夢が、どうしても変えられないんです」

紗世の言い回しが気になり、井瀬は窓枠に肘をついて体勢を起こした。

「変えられない、ってのはどういうことだ」

「試したんです」

「……試した？」

「電車に轢かれて死ぬなんて、嫌じゃないですか。せっかく先輩と恋人同士になれるんだから、もっと長く生きたいじゃないですか。だから、七年後にそういう未来が訪れないように、現在の自分の行動を変えることにしたんです」

「ああ」

紗世の言わんとしていたことを理解し、井瀬は頷いた。

「七年後に横浜駅の東海道線ホームで死にたくないのなら、そこに行かなきゃいいだけの話——ってことだな」

「はい。そう思って、忘れないようにメモを書いて、自分の部屋の勉強机に貼ったんです。七年後の何月何日には、絶対に横浜駅の東海道線ホームに行かない、って」

嫌なことを思い出したかのように、紗世が固く目をつむった。通学鞄をつかむ両手が小刻みに震えている。

東海道線がトンネルに入り、走行音が大きくなった。井瀬は紗世の言葉を聞き漏らさないよう、彼女の口元に耳を近づけた。

「メモを書いた次の日、学校に行く電車の中で明晰夢を見たんです。視覚障害者の方を避けようとして線路に落ちて、電車に轢かれて死ぬっていう、最初に見た夢と似たような夢でした。でも、一つだけ、前に見た夢と違うところがありました。私が死んだ場所は——隣の戸塚駅だったんです」

ぞっとして、井瀬は紗世から身を遠ざけた。同時に電車がトンネルを抜け、紗世の話す声が明瞭になった。

「夢の中の私は、横浜から戸塚までをわざわざ横須賀線で移動して、そこから東海道線に乗り換えようとしていたみたいでした」

「横浜駅の東海道線ホームを避ける、っていう行動はきちんと反映されていたわけか」

「それなのに、結末が変わらなかったんです」

紗世が重い口調で先を続ける。

「その夢を見た直後は気が気じゃなくて、学校に着いてからすぐに、『戸塚駅じゃなくて大船駅で乗り換える』って手帳に書き留めました。そうしたら、帰りの電車で、今度は大船駅のホームから落ちる夢を見ました。それからは必死になって、何度もいろんなパターンを試しました。『そもそも駅に行かないようにする』と決めると、親が送ってくれる車が踏切に入ったときに遮断器が閉まって電車と衝突する夢を見ました。『家に閉じこもって一歩も外に出ない』というふうに作戦を変えると、誘拐犯が家に押し入ってきて車に押し込まれる夢を見ました。拉致される途中に、やっぱり踏切で事故に巻き込まれて死んでしまうんです」

「それは、つまり――」

「どんなに頑張っても、七年後に電車に轢かれて死ぬっていう未来は変えられないんです」

紗世が顔を上げ、こちらを見つめてきた。

「それどころか、未来を変えようと焦れば焦るほど、未来はどんどん悲惨になっていきます」

話し始めたときと変わらない、光の宿った目だった。

『まもなく、横浜、横浜。お出口は、左側です――』

電車が減速し始めた。紗世はドアの上の電光表示板を見やり、再びくるりとこちらを向いた。

「実は、こうやって井瀬さんと電車の中で出会うことも、ちょっと前から知ってたんです。未来の夢を見ましたから」

「もしかして」腕を組み、しばし考える。「俺の名前を知ってたのはそのせいか。俺がちょうど明晰夢を見ていたことを当てたのも」

「そういうことになりますね」

紗世は弱々しく微笑んで、通学鞄を肩にかけた。彼女がそっと座席から立ち上がると同時に、電車が横浜駅の広いホームに滑り込む。

「私、どうしてこんなことが起こるんだろうって、考えてみたんです。たぶん、乗客みんながこういう夢を見ているわけじゃありません」

「それはそうだろうな」――そんなことが起きたらパニックになる。

「私や井瀬さんは、近い将来に電車の事故で死ぬという重い運命を背負っています。そのせいで、こんなことになっているんじゃないでしょうか」

「電車にぶつかって死ぬ予定の人間だけが、明晰夢を見るってことか？」

「はい。死ぬ間際には、過去の記憶を走馬灯のように思い出すっていうでしょう。私たちが見ている明晰夢は、何かの間違いがあってちょっと早めに始まってしまった、人生の走馬灯なんじゃないかと思うんです」

「走馬灯……か」

「電車にぶつかるときって、きっとものすごい衝撃でしょう。その瞬間に、時間の流れがこんがらがってしまったんじゃないかなって。普通、死ぬ間際に再体験できるのは過去の出来事だけだけど、私たちは未来の出来事も〝再体験〟できるようになってしまったのかもしれません。条件は、いつか自分の命を奪うこの電車という乗り物に乗っているときだけ、不思議な明晰夢という形で」

横浜駅でドアが開いた。紗世は「またね」と小さく手を振って、電車を降りていった。

――またね、という言葉が出たということは、この先も会う機会があるのだろうか。

今朝、自動販売機の白い扉が迫ってきたときのことを振り返る。

頭が痛くなりそうだった。

まだ半信半疑ではあった。

もし紗世の証言したことが本当で、井瀬の身にも同じことが起きているとしたら、半年後には電車に轢かれて命を落とすことになってしまう。

――そんなのは御免だ。

少年刑務所という地獄で五年間耐えきって、ようやく真っ当な職を見つけて普通に生きようとしているのだ。それなのに、どうして今死ななければならないのか。

昨夜電車の中で見た、二つの明晰夢のことを思い出す。

鴨宮駅のホームで、五味渕と揉み合っていた格子柄コートの男。井瀬は五味渕を男から引き剝がし、その弾みでホームの黄色い線を踏み越え、身体が反転したところを背後から突き飛ばされて線路に落ちた。

あの格子柄コートの男は、いったい何者なのだろう。

そして、事務所裏の砂利敷きの駐車場で、血まみれのナイフを手にしていた粕谷拓実だ。粕谷と最後に会ったのは確か高校三年の初めだから、もう六年ほど前のことになる。

小学校を卒業した後は、粕谷は私立の中高一貫校、井瀬は地元の中学に進み、だんだんと疎遠になった。それでも年に何回かは粕谷から誘いが来て会っていたが、五味渕とつるむようになってからは誘いを無視するようになった。どうやって調べたのか、少年刑務所にも幾度か手紙が届いていたが、開封もせずに破棄した。

ふと、逆光で顔が見えなかった、格子柄コートの男の姿が再び脳裏をよぎった。背が高くもなく低くもない、すらりとしたスタイルの男だった。

その背格好は、夢で見た粕谷拓実と少し似ていたような気がした。

井瀬は、遠くなる意識の中でふと考えた。

運命の二月四日が近づいたら、車通勤にすればいいのではないか、と。そうすれば、自分が鴨宮駅のホームに行くことはなくなるのではないか。

そうだ、そうしよう――。


横浜駅から川崎駅の一区間で、急に夢の世界へと引っ張られた。

夢の中で、井瀬は鴨宮駅のホームに立っていた。

外は雨だった。ホームに人はいない。薄暗い中、ホームには冷たそうな風が吹きつけていた。井瀬は冬用の黒いコートを着ていた。

自分の手がポケットへと入っていき、携帯電話を取り出した。

開かれた待ち受け画面には、『二〇一九年二月四日（金）』という文字があった。

隣には五味渕が立っていた。何やら遠くのほうを指さしている。井瀬も首を伸ばし、その方向に目を凝らそうとした。

その瞬間、後ろから強い力で突き飛ばされた。

五味渕ともつれあいながら、井瀬は線路へと落ちた。

外は雨だった。

五味渕の絶叫が遠く響き渡る。

身体が雨に濡れる間もなく――ホームに滑り込んできた電車が、井瀬を轢いた。

二〇一八年八月二十日（月）

ホームの外に、重そうな雪が舞っていた。

降り始めたばかりなのか、積もってはいない。

『二〇一九年二月四日（月）　十六時五十四分』

ポケットから取り出した携帯電話の画面に、見慣れた文字列が浮かび上がった。

気配を感じて、後ろを振り返る。

五味渕と、格子柄のコートを着た男が揉み合っている。

二人のもとへ駆けつけ、五味渕の肩をつかんで引き離す。

誰かに、背中を突き飛ばされる。

自分の身体が、回転しながら線路へと落下していく。

急速に迫ってくる電車のヘッドライト、ともに落ちていく五味渕の絶叫、自分たちを見下ろす格子柄コートの男、見えないその顔を照らす蛍光灯の光――。

井瀬は全身を震わせて飛び起きた。

電車のドアが開いている。その上の電光表示板には『鴨宮』というオレンジ色の文字があった。

鞄をつかみ、急いでホームに走り出る。背後でドアが音を立てて閉まった。

ホームの端には誰もいなかった。深く息を吸い、次に細く吐きながら気持ちを落ち着ける。

相当な頻度で見ている光景とはいえ、自分が死ぬ瞬間を目撃することの精神的負荷は薄らぐことがなかった。冷房の効いた車内にいたにもかかわらず、背中は汗でじっとりと濡れていた。

ようやく気持ちを立て直し、長いホームをエスカレーターに向かって歩き始める。

――もう、何度見ただろうか。

最近は二、三日にいっぺんの頻度に落ち着いていたが、二週間ほど前はひどかった。往復の電車だけで何度も死の夢を見た。家に帰るなりユニットバスに駆け込み、便器に向かって嘔吐（おうと）したこともあった。

同じような夢が短期間に繰り返されたのは、紗世の話を聞いてから躍起になって、自分の死を回避しようと試みていたからだ。

死の結末を変化させようと行動を起こすたびに、内容が更新された夢を見た。結果は、紗世の言うとおりだった。

一か月前から車通勤にしようと決めると、一月に死ぬ夢を見た。二か月前からにしようと計画を変更すると、十二月に死ぬ夢を見た。すぐに車を購入してやろうと中古車販売店に足を向けると、明日死ぬ夢を見た。恐ろしくなってすべての計画を放棄すると、夢の中の日付はまた二月に戻った。

鴨宮に引っ越して徒歩通勤にしようかと物件を探し出すと、踏切で轢かれる夢を見た。線路を通らない経路にすればいいと血眼になると、地下道の天井や歩道橋が崩落する夢を見た。ならばＮＰＯ法人に勤務するのをやめればいいと退職届を書くと、線路沿いにある事務所の建物に脱線した電車が突っ込む夢を見た。五味渕だけでなく、越沼や一階の訪問介護事業所のスタッフまでもが巻き込まれ、木っ端微塵に吹き飛ばされる夢だった。

抗うことを諦めてからは、夢の内容は元に戻った。

最近は、携帯の待ち受け画面に浮かび上がる『二月』という白い文字を見て、夢の中で安堵してしまう自分がいた。

あれから、片岡紗世には会っていなかった。井瀬は一人で夢を見て、一人で抗おうとし、苦しみ、いったん戦いをやめた。まだ半年あるとも思えたし、あと半年しかないという焦りもある。

空はよく晴れていた。遠くに入道雲が見える。井瀬は日差しに目を細めながら線路沿いの道を歩き、事務所が入っている白い二階建ての建物に辿りついた。

外階段を上り、入り口の扉を開けると、すでに五味渕と越沼が業務を開始していた。この二人はいつも井瀬より早く来て、内勤の仕事を始めている。

「おはよう」

「ん、おは――」

挨拶を返そうとして、ふと言葉を止める。

――今日だったか。

自分の事務机の上を見て、井瀬は思わず唾を呑み込んだ。

数日前に、電車内で短い明晰夢を見た。こうやっていつものように事務所に入り、机の上に置かれた白い封筒を見つける夢だ。近づいて、封筒を裏返すと、よく知った小学校の同級生の名が目に飛び込んでくる――。

井瀬は大股で自分の机へと近寄り、封筒を手に取って裏面を見た。

案の定、そこには『粕谷拓実』という整った文字があった。住所は神奈川県藤沢市となっている。

夢で見たのはここまでだった。

もはや予知夢にも驚かなくなっていた。鴨宮駅のホームで自動販売機のドアにぶつかりそうになる夢を筆頭に、当日から数日後までの間に現実化する夢をいくつも見た。営業先で客が花瓶を倒してしまう夢や、アパートの部屋の電球が切れる夢、近所のコンビニの閉店を知る夢。そういう意味では、たった今経験した現象もそのうちの一つだ。

ただ、出所後の井瀬の生活に粕谷拓実の影が射したのは初めてのことだった。

「これは？」

井瀬は顔を上げ、目の前でパソコンに向かって仕事をしている二人に尋ねた。五味渕が怪訝な顔をして封筒を見やり、越沼が「ああ」と顎の肉をだぶつかせて頷く。

「今朝ポストを開けたら届いてたんだよ。井瀬宛てってのは珍しいよな。客か？」

「いや。仕事とは全然関係ない。小学校の同級生だ」

「小学校？　なんでここの住所を知ってるんだよ」

「さあ」

越沼と言葉を交わしていると、五味渕が「ん？」と腕を組んだ。

「井瀬の小学校の同級生って、もしかしてあいつか。粕谷拓実」

「そうだ。よく覚えてるな」

どうして五味渕が粕谷のことを知っているのだろう、と一瞬考えてから、二人にはわずかだが接点があったことを思い出した。

「高校の頃、何度もうちの学校を訪ねてきてた奴だよな。お前のことを親友か何かだと思ってて、『タバコはよくない』とか『学校をサボるのはやめろ』なんて親みたいなこと抜かしやがんの。中高一貫のエリート校に通ってるだけあって、真面目でおせっかいな感じのお坊ちゃまだった」

五味渕があからさまに顔をしかめた。五味渕の粕谷拓実に対する印象はよくないようだ。

確かに、井瀬が五味渕とつるむようになって粕谷と連絡を取らなくなった頃、粕谷は何度も井瀬の高校を訪ねてきた。しつこく説得を受け、最終的には突き放した覚えがある。

粕谷は傷ついた顔をしていた。小学校時代にはともに『タクミ二人組』と呼ばれ、勉強もスポーツもクラスで一、二を常に争っていた井瀬巧という旧友が、髪を真っ赤に染めて原付バイクを乗り回し、酒とタバコをやっては夜な夜な遊び歩く不良高校生になってしまったことが信じられないようだった。

仕方のないことだ。粕谷と井瀬とでは、育った環境が違う。

「そういや井瀬、知ってるか？　俺、粕谷と大学同じだったんだぜ」

「まじで？」

「ああ。キャンパス内で何回か見かけた。あいつはたぶんストレートで入ってるから、俺より一学年上だったんだろうけどな」

五味渕がふんと鼻を鳴らした。

「いかにもスマートっていうか、いい家庭で育ちましたっていうか、いけすかない奴だったよ。俺、ああいう苦労知らずな人間が一番合わないんだ。粕谷みたいなボンボンには、きっとお前や俺のことは理解できない。あいつとお前が仲良かった時期があるなんて意外だよ」

井瀬にとっては、小学校のクラスで学級委員長を務めていた粕谷と高校の不良仲間だった五味渕が同じ有名私大に行ったことのほうが意外だった。あの粕谷に追いつくほどとなると、五味渕は血のにじむような努力をしたに違いない。

「で、その粕谷が今さら何だって？」

五味渕の声が心なしか尖る。部下であり友人である井瀬に対し、自分の気に入らない人間がコンタクトを取っていることが面白くないようだった。

「あとで読むよ。今日は九時半アポなんだ」

「そうか。まあ、まともに取り合わないほうがいいぞ。どうせ、刑務所から出てきたばかりのお前を心配する内容だろうが、あいつにはお前のことは何も分からない。立場が違うんだからな。その点俺らは、家庭環境といい荒れ果てた高校生活といい、ルーツをともにしてる」

五味渕の言葉は耳に心地よかった。越沼もそばで頷いている。

こうやってありのままの自分を受け入れてくれる場所があるというのは、ありがたいことだった。

粕谷拓実の名が書かれた封筒を無造作に鞄に突っ込み、井瀬は壁にかかっている社用車のキーを取って事務所を出た。

熱気が四方から押し寄せる。

そういえば最近真夏の夢を見たな、と思い出した。未来を暗示する夢ではなく、過去を追体験するタイプの夢だ。

夢の中で、井瀬は小学校のクラスメートとプールに行って、クロールの競争をしていた。水が頬を撫でる感触や、掌が水面を打つときの抵抗感、息継ぎをするときの肺の収縮まで、いやにはっきりと感じ取れた。

あのとき同率一位になったのは、やはり粕谷拓実と井瀬巧の二人だった。クラスメートに賞賛される中、幼き日の粕谷と井瀬はがっちりと握手を交わし、お互いを称え合った。

夢を見ている井瀬は、妙に冷めていた。粕谷拓実と正面から張り合っている自分が滑稽に見えて仕方なかった。

もう、ずいぶん昔の話だ――と、外階段を降り切った井瀬は遠くの入道雲を眺めた。

最初のアポイントが長引いたため、車の中でくつろぐ暇もなく次の約束へと向かった。井瀬がようやく一息ついたのは、訪問と集金を一件ずつ終えた後だった。

コンビニの駐車場に入り、昼飯を買う。車内に戻ってすぐに、井瀬は鞄から例の手紙を取り出した。

中には縦書きの白い便箋（びんせん）が一枚入っていた。パンを片手に持ったまま、粕谷拓実の丁寧な文字を目で追っていった。

井瀬へ

久しぶり。元気にしてる？

突然手紙を送りつけてごめん。小田原に住んでいる祖母の家を訪ねたときに、井瀬の名刺を見つけたんだ。本当に驚いたよ。こんな形で井瀬の消息を知ることになるとは思わなかった。

子どもの進学支援をする団体で働いているんだね。どうやら、うちの祖母のところに寄付のお願いの電話があって、そのあと説明員としてやってきたのが井瀬だったみたいだ。祖母はまだ寄付の申し込みはしていないみたいだけど、「若い人がこういう事業を真剣にやっているなんて」と感激していたよ。

巡りあわせとはこういうことを言うんだろうね。そろそろ出所しているんだろうと思いつつ、井瀬と連絡を取る術もなかったから、ものすごく嬉しかった。

久しぶりに会わないか？　携帯電話番号を書いておくから、連絡してくれたら嬉しい。訊きたいこともあるんだ。

粕谷拓実　080-XXXX-XXXX

電話番号を一瞥し、井瀬はそっと手紙を畳んだ。封筒と一緒にぐしゃぐしゃと丸め、鞄の中に放り込む。

今さら粕谷に合わす顔などなかった。少年刑務所にいた頃に何通も届いた手紙をすべて読まずに捨てたのは、粕谷との繋がりを絶ちたかったからだ。五味渕の言うとおり、エリートとしてまっすぐに育った粕谷が自分の境遇を理解できるとも思えなかったし、勝手に同情されるのも嫌だった。

粕谷は一流企業に勤め、裕福な家庭に育った人間に囲まれて、特段大きな悩みや苦しみもなく毎日を過ごしているのだろう。

それほど恵まれていながら、なぜ井瀬に対してこれほど執着するのかが分からなかった。

——放っておいてくれ。

そう投げやりになる一方、気になることもあった。

——これは罠か？

井瀬が見た予知夢に出てきた粕谷拓実は、真っ赤な血に染まったナイフを手にしていた。そばには重傷を負っている五味渕が倒れていた。そして井瀬は、粕谷の脇腹をためらいもせずに刺した。

理由や経緯は分からないが、近い将来、粕谷拓実と自分は敵対関係に陥るのだ。

それなのに、先ほどの手紙はやけに友好的だった。

——話したいことというのは、何だろう。

いつの間にか深く考え込んでいたらしい。気がつくと、時刻は十二時半を回っていた。

手に持っていたパンを急いで口に詰め込み、キーを回してエンジンをかける。小田原タイムズに記事が載って以来、自ら支援を申し出る高齢者が後を絶たず、井瀬はひっきりなしに客先訪問を続けていた。口コミやインターネットで取り組みの内容が広まったのか、市外からの問い合わせも多かった。

午後だけで三件の新規顧客訪問をこなしてから、井瀬はようやく帰路についた。事務所に帰り着いたときは、やはり十九時を回っていた。そこからデスクワークを始めると、だいたいいつも帰りは二十一時前後になる。

「お疲れ」

五味渕の声が井瀬を迎えた。越沼の姿は席になかった。

「お疲れ。越沼は？」

「もう帰ったよ」

「珍しいな。いつもはこの時間まで残ってるのに」

「今日は高校の奴らと小田原駅で飲み会なんだと。さっき出ていったよ」

へえ、と相槌を打つ。そういえば、越沼は小田原の高校に通っていたと言っていた。嘘か本当か分からないが、「偏差値が低すぎて平塚市内には入れる高校がなかった」というのが、五味渕が越沼をからかうときの常套句だった。

五味渕と越沼は中学が一緒だったらしい。このNPO法人は、代表の五味渕を中心とした人間関係で成り立っていた。

「そういや今日、坂口政子さんから電話があったぞ」

「坂口さん？　クレームじゃないよな」

井瀬は眉をひそめた。今月上旬に月五万円の支援を約束した坂口政子とは、その後も何度かやりとりしていた。タブレットも納品したし、操作方法もきちんと教えた。支援相手の大学生ともマッチングが完了し、初回のビデオ通話も無事に終えたはずだ。

「感謝の電話だったよ。支援先の子どもが真面目そうな優等生で、安心したらしい」

「そんなことでわざわざ電話してきたのか」

「すごく喜んでたぞ。井瀬のこともいたく気に入ってた。タブレットの使い方まで丁寧に説明してくれてありがとうってさ。お前、すげえな。やっぱり営業の素質があるよ。見た目はいかついのにな」

「最後のは余計だ」

「話してみたら意外と怖くなかった、ってパターンかもな。第一印象がよすぎるよりは、伸びしろがあるほうがいいのかもしれない。もしくは、実年齢より年上に見えるその貫禄がプラスに働いているのか」

自分で言って可笑しくなったのか、五味渕はニヤニヤしながら井瀬の顔を眺めた。

坂口政子の支援を受けることになったのは、このあたりでは進学実績がトップの公立校に通う男子高校生ということだった。最近父親が心不全で突然亡くなり、学費が工面できず途方に暮れていたらしい。越沼が管理している奨学生のプロフィールデータには、東大への現役合格を目指している将来有望な生徒という記載があった。

政子に喜んでもらえたと聞いて、悪い気はしなかった。井瀬のような人間でも、まともに人に感謝されることがあるのだ。

毎日毎日机に向かって単純作業をさせられ、ちょっとしたことで叱咤される少年刑務所とは大違いの環境だった。自分でも不思議だが——最近、この仕事に対するやりがいのようなものが少しずつ芽生え始めている気がする。

「いやあ、ごめんな。一生懸命仕事に取り組んでくれてるのに、少ししか給料出せなくて」

五味渕が申し訳なさそうに眉尻を下げ、後頭部を掻いた。

「運営資金はなるべく減らして、少しでも多くの金を奨学金に回さないといけないからさ。もう少し事業規模がでかくなったら、基本給の引き上げを検討するよ」

「いや、いいよ。俺のために仕事を作ってくれただけでもありがたいし。そもそも寄付金の中から給料が出てるって時点でなんだか肩身が狭い」

「そういうふうに考えるのはよせよ。お前の頑張りのおかげで、支援を得られる子どもの人数がどんどん増えてるんだから」

「まあ、それはそうだけどさ」

いくつか言葉を交わすうちに、今朝電車の中で見た夢の光景が脳裏をよぎった。

——五味渕も、半年後に死んでしまうのだろうか。

自分はともかくとして、半年後に五味渕まで命を落とすとしたら大変なことになる。このＮＰＯ法人は代表の五味渕なしでは回っていかないだろう。給付型奨学金を受けられるはずだった多くの子どもが路頭に迷うことになる。五味渕が今死ぬのは、間違いなく社会にとっての損失だ。

顔を上げてちらりと向かいの席を見やる。五味渕が仕事に戻っているのを見て、井瀬もノートパソコンの電源を入れた。

五味渕だけでも助けられたらいいのに、と考える。

小さな事務室に、五味渕が流れるようにキーボードを叩く音が響いていた。井瀬がおぼつかない手つきで数字キーを打ち込む音が、その上にたどたどしく重なる。

二十時四十分を過ぎた頃、井瀬はそそくさと荷物をまとめ、席を立った。

「最近は毎日この時間だな」

五味渕がパソコンの画面から顔を上げ、壁にかかった時計を眺めた。思わずぴくりと頰を動かし、「そうだったか?」と聞き返す。

よく細かいところまで観察しているな、と感心する。最近の井瀬は、毎晩同じ電車に乗って帰宅していた。

「それじゃ」

「お疲れ」

短く挨拶を交わし、井瀬は事務所を出た。

線路沿いの道を歩いていくと、すぐに鴨宮駅の小さなロータリーが見えてくる。この時間は、東京や横浜方面から帰ってきたサラリーマンが多く歩いていた。彼らとすれ違い、井瀬は改札をすり抜けてホームの端へと向かう。電車を待っている人はほとんどいなかった。

十分後に来た上り電車に乗り込み、ボックス席の窓際に座った。

立っていても座っていても、眠くても眠くなくても、結局のところ何も変わらない。夢を見るまいとして吊り革につかまっていても、気がつくと明晰夢の中にいて、座席に倒れ込んだ状態で目を覚ます。この現象に対する一切の抵抗は無駄だということを、井瀬はこの二週間で学んでいた。

電車の外で鳴っていた発車メロディが、急にフェードアウトした。

井瀬は夢の中で目を見開いた。

電車がゆっくりと停車する。ガラス越しに、ホームで紺色の通学鞄を持って佇(たたず)む片岡紗世の姿が見えた。その上には、『平塚』というオレンジ色の文字が表示されている。

音もなく、ドアが左右に開いた。

電車に乗り込んできた紗世に向かって片手を上げ、合図を送った。久しぶり、と自分の口が動く。

紗世が長い睫毛(まつげ)を揺らした。小さく口を開き、何かを呟く。

井瀬は、見える光景からヒントを探そうとした。

――これは、今日これから起ることなのだろうか。

――明日か？　もっと先か？


その瞬間、井瀬の意識は現実に引き戻された。

発車した記憶はないのに、電車はすでに走り出していた。どうやら、鴨宮駅で発車メロディが鳴り終わらないうちに眠りに落ちていたようだった。『次は　国府津』という表示がドアの上に出ている。まだ発車から一、二分しか経っていないようだった。

ずいぶんと短い夢だった。

ただ、片岡紗世に再び会えるというのは朗報だった。毎晩同じ時刻の電車に乗り続けた甲斐があったというものだ。二週間前に二日連続で会って以来、彼女の姿は見ていない。もう二度と会うことはないのかもしれない、とも思っていた。

この半月の間に、井瀬はさまざまな夢を見た。それらが次々と現実になっていく様子や、結果を変えようと画策すると予知夢の内容がさらに悪化する様子も目撃した。今なら、頭ごなしに否定することなく、彼女の話をもう少し落ち着いて聞くことができそうだった。

――今日、紗世は現れるだろうか。

そんなことを考えた瞬間、再び、目の前にある緑色の座席が急激にぼやけた。

新しい夢だった。過去の夢でも、すでに見たことのある未来の夢でもない。

井瀬は、事務所の入り口で仁王立ちになっていた。

目の前には、越沼と五味渕が立っている。その後ろにある窓の外はすっかり暗かった。夜遅い時間なのか、隣に立っている雑居ビルの電気はすでに消えている。

自分がずんずんと前へ進み出て、強い力で越沼の胸倉をつかんだ。越沼のシャツが引き裂けそうなくらい引っ張られ、井瀬の左手がだぶついた顎の肉に埋まる。

やめろよ、と越沼の口が動いた。

それを無視して、井瀬は勢いよく拳をふるった。

右手が越沼の頬を直撃し、越沼の巨体が壁際まで吹っ飛ぶ。一瞬ではあるが、指の付け根の関節が越沼の頬にずっぽりと食い込むのがはっきりと見えた。

机の上に置いてあった資料の山が倒れ、床いっぱいに広がった。

井瀬は息を荒くして、床に崩れ落ちた越沼の口から血が出ているのを眺めた。

そのうちにふと、顔を上げる。

五味渕が冷ややかな目でこちらを見ていた。呆れたような、見下すような――そんな視線が井瀬の心臓を突き刺す。

――また暴力か。

軽蔑の言葉が、五味渕の唇から放たれた。

絶望的な気分で目が覚めた。

思わず小さな声で呟く。いつの間にか向かいの座席に座っていた中年男性がちらりと目を上げてこちらを見た。

「越沼……」

窓の外を見ると、前方に背の高い建物が密集しているのが見えた。夢の中の体感時間よりも長く意識を手放していたらしい。電車は平塚駅へと近づいていた。

今の夢は何だったのだろう、と考える。ホームから転落して死ぬ夢や、粕谷拓実の持つナイフを奪って刺し返す夢と同じくらい不可解な夢だった。

越沼を殴る理由など、何も思いつかなかった。

そもそも、越沼と井瀬は、共通の友人であり職場のリーダーでもある五味渕を介して繋がっているだけで、互いのことを大して知らない。見込み顧客発掘のためにテレアポをしたり、奨学生の情報をまとめたりといった関連業務は越沼が担当しているが、トスアップリストやプロフィールデータを井瀬に手渡して指示を出すのは常に代表の五味渕だから、越沼と井瀬の間に直接のやりとりが発生することもほとんどなかった。事務所で顔を合わせて挨拶や世間話をするだけの仲だ。

わけが分からなかった。

粕谷を刺し、越沼を殴る。

少年刑務所から釈放されたとき、もうあんな地獄のような場所には戻るまいとあれほど心に誓ったのに、自分はまた犯罪を繰り返すつもりなのだろうか。

不意に窓の外が明るくなった。見ると、電車が平塚駅に滑り込んでいた。井瀬の乗る先頭車両は、階段やエスカレーターを次々と通り越し、ホームの一番端まで進んでいく。

電車が速度を落とし、停車する間際、窓ガラスの向こうに制服姿が見えた。通学鞄を持っている片岡紗世の姿が目に飛び込んでくる。

先ほどの夢とまったく同じ光景だった。

思わず腰を浮かせた。ドアが左右に開き、紗世が乗り込んでくるなり、井瀬は片手を上げて紗世を呼んだ。

「久しぶり」

夢の中で発したのとまったく同じ言葉が口をついて出る。別の台詞(せりふ)でもよかったのだが、それ以外の適切な挨拶が思いつかなかった。

紗世は井瀬に気づき、驚いたような顔をして立ち止まった。

「井瀬さん」

細い声が聞こえる。井瀬は隣の席に置いていた鞄を持ち上げて、そこに座るように誘導した。紗世は心なしか動揺している様子で、「失礼します」とためらいがちに隣に腰かけてきた。

前回会ったときと、どこか雰囲気が違うような気がした。もともと白い肌が、今日は病的に青白く見える。

「最近は帰りの時間が違ったのか？　二週間以上会わなかったな」

電車が動き出してすぐ、井瀬は紗世に話しかけた。走行音でよく聞こえなかったのか、「え？」と紗世が訊き返してくる。

「初めて会ったのが花火大会の日だったろ。あれからもう半月だ。二日連続で会ったから毎日この車両に乗ってるのかと思ったら、違ったんだな」

一瞬の間の後、紗世が「はい」と短く答える。彼女はそれ以上喋ろうとせず、目を伏せたままじっと膝に乗せた通学鞄を見つめていた。心配になり、横目で紗世の顔を観察する。

「どうしたんだ。バイト先で何かあったのか」

「あ、いえ」

「じゃあ、部活か？　そういえば、サッカー部のマネージャーに勧誘されそうって言ってたよな」

紗世は慌てたように首を横に振った。それ以上、口を開こうとはしない。

「もしかして、電車に轢かれて死ぬ夢以外に、変な夢を見たか？」

彼女が再びふるふると首を振った。

『次は、茅ヶ崎、茅ヶ崎——』というアナウンスの声が、気まずい沈黙をかろうじて埋めた。電車がちょうど相模川を渡り始め、窓の外に見えていた建物の灯りが急になくなった。

紗世を隣の席に誘導してしまった以上、並んで座っているだけでは落ち着かない。

「死ぬ夢は相変わらず回避できないか」「憧れの先輩と進展はあったか」「サッカー部のマネージャーには勧誘されたのか」などと、前回聞いた話をもとに立て続けに近況を尋ねてみた。しかし、紗世は黙って首を横に振り続けるだけで、どの問いにも答えようとはしなかった。それどころか、吐き気をこらえているかのように、俯いたまま唇を結んでしまった。

「やっぱり変だぞ。体調でも悪いのか」

「……大丈夫です」

前回会ったときはすらすらと明晰夢に関する持論を展開していたのに、今日は人が変わってしまったかのようだった。

「もしかして、腹を立ててるのか？　このあいだ会ったときに、せっかく説明してくれたことを俺が信じなかったから」

「いえ、そういうわけじゃ――」

「あの明晰夢、本当に正夢になるんだな。あれからいろいろなパターンを見て、身をもって体感したよ。ただ、中にはまだ現実化していない夢もある。さっきは職場の同僚を思い切り殴って怪我させる夢を見た。これがすべて予知夢だとしたら、俺は近々警察に捕まるな」

「そんな」紗世が口を押さえて呻いた。「人を殴るなんて」

「もっとひどい夢の話もしただろ」

人を刺す夢を見た、と井瀬が告げたときの、紗世の何とも言えない表情を思い出す。

「まあ、一番ひどいのは電車に轢かれて死ぬ夢だな。事故を回避しようとすればするほど結末が悲惨になるというのは、残念ながら本当みたいだ。死ぬ日が前倒しになったり、大勢の人が巻き込まれたり。全部、お前の言うとおりだった」

いったん言葉を切ってから、「本当に死ぬしかないのかな」と呟く。

何日か前から脳内を巡り続けていることだった。

――私たち、死んでしまうんですよ。夢で見たように。

――変えたいのに、変えられないんです。どう頑張っても。

初めて会ったときに紗世が言い残した台詞が、耳の中で再生される。

「死にたくはないけどな」

井瀬がため息とともに言葉を押し出すと、隣で紗世が小さく頷いた。

ふと、井瀬の中にほんの小さな衝動が生まれた。

「言ったっけ。俺が死ぬ夢だけどさ、ただの人身事故じゃないんだ。ホームから突き落とされる夢なんだよ」

紗世がぱっと顔を上げ、驚いたように目を見張った。

「……突き落とされる？」

「ああ。殺されるんだ」

「嘘でしょう」紗世の顔色がますます悪くなる。「殺されるって、誰にですか」

「分からない。顔がよく見えなかったからな」

「そんな、ひどい」

紗世が泣きそうな表情になる。今から七年後に死ぬという自身の境遇と重ね合わせてしまったのかもしれなかった。

「でもまあ、因果応報なんだよな。今さら誰が俺を殺そうとするのかという部分については全然心当たりがないけど……俺はもともと、そういう恨みを買ってもおかしくない人間ではあるんだ」

「どういうことですか」

紗世が恐る恐る尋ねてくる。

井瀬は、ふと語りたくなったことを、胸の中に生まれた衝動のままに話し始めた。

「このあいだ初めて会ったときに、『どこかで会ったことがありませんか』って訊いてきただろ。あのとき、正直慌てたんだよ。十八の頃に、ネットに顔写真と名前が流出したことがあってな。それを見られたのかと思った」

「流出、ですか」

「ああ。本当は表に出ちゃいけない情報なんだけどな。同じ高校のバカどもが面白がって流したんだ」

「プライベートな情報だったんですか」

「ある意味、な」

井瀬は小さく息を吸った。

「高校三年生のときに、父親を死なせた」

「……え？」

「実の父親を殴って死なせたんだよ。傷害致死事件の犯人として、今もネットで探せば俺の名前と顔写真が出てくる。少年犯の実名は報道されないはずなのにな」

殺すつもりはなかった。普段の喧嘩の延長線上だ。しかし、打ちどころが悪く、父親は頭部からの出血多量で死亡した。

裁判所で下された判決は、懲役五年というものだった。執行猶予はつかなかった。井瀬に殺意がなかったことはかろうじて認められたが、父親の怪我の程度がひどく、情状酌量の余地はないと判断された。

実際、渾身の力で殴った自覚はあった。父親のだらしなく膨れた腹や、酒の飲みすぎで赤くまだらになっている顔に、何度も何度も拳を叩き込んだ。父親が頭を打って致命傷を負ったのは運が悪かったからだが、倒れるきっかけを作ったのが自分であることは分かっていた。だから、井瀬も下された判決に対し抵抗はしなかった。

「十八歳から二十三歳まで、埼玉県にある少年刑務所にいたんだ。その間に、母親は心を病んで自殺した。一人息子が夫を殴って死なせたという現実の重さに耐えきれなくなったんだろう」

ぽつりぽつりと言葉を紡ぐ。隣に座っている紗世は、井瀬の顔を凝視したまま、唇を小さく震わせていた。

彼女の顔はひどく青ざめていた。

きっと紗世は、警戒もせずに井瀬に近づいたことを今ごろ後悔しているだろう。片岡紗世という女子高生からは、育ちのよさが感じられる。人を死なせたことのある犯罪者が、すぐ近くをふらふらと歩いたり、東海道線の同じ車両に乗り合わせたりしているなど、想像したこともなかったに違いない。

「因果応報っていうのは、そのことですか」

「ああ。父親も母親も、俺が死なせたようなものだからな。五年間耐えてようやく娑婆に出てきた途端に変な明晰夢を見るようになったのは、死んだ両親の呪いかもしれない」

　井瀬は自嘲気味に笑った。紗世は何も言わずに、紺色の通学鞄の持ち手を強く握りしめていた。

　そんな紗世の隣で、井瀬は独り言のように語り続けた。

　少年刑務所から出所したのは今年の三月であること。そのため、普通の成人男性として社会人生活を営み始めてからはまだ半年も経っていないということ。今は高校時代の親友の伝手で、契約職員としてＮＰＯ法人に勤めていること。

　ようやく真っ当な人間として生活し始めたのに、再犯をほのめかすような明晰夢を見ること。それが現実に起こるということが、今の自分からするととても信じられないこと。

　電車が辻堂駅を過ぎ、藤沢駅を過ぎた。大船駅を発車した頃には、井瀬の話もあらかた終わっていた。もう何度目か分からない静寂が、二人の間に流れた。

『まもなく、横浜、横浜。お出口は、左側です――』

　紗世がようやく紫色の唇を開いたのは、電車が横浜駅に近づき減速した頃だった。

「井瀬さんは、まだ、過去の夢と未来の夢しか見ていないんですか」

「……しか？」

井瀬は眉を寄せ、紗世の少し潤んだ目を見つめ返した。

「どういうことだ」

「ってことは、まだなんですね」紗世はそっと目を閉じて、胸に手を当てた。「きっと、近いうちに見ると思いますよ。……〝死後の夢〟も」

「〝死後の夢〟？　何だそれは」

紗世はボックス席の座席から立ち上がった。電車が明るい横浜駅のホームに滑り込み、ゆっくりと速度を落として停車する。

「そのときが来たら、分かると思います。すごく不思議な夢ですから」

紺色の通学鞄を肩にかけ、紗世は電車を降りていった。

その後ろ姿を見送ろうと、上半身を回転させて窓の外を覗く。

紗世の姿を見つける前に、あの引っ張られる感覚が訪れた。

頬が窓ガラスに触れる。その冷たさが、溶けてなくなっていく。

あの日の夢だ、と明確に分かった。

さっきまで過去に思いを馳せていたから、無意識下でもこの記憶を呼び出してしまったのかもしれない。

井瀬は、実家の近くにある公園に立っていた。さほど広くない敷地の真ん中に街灯が一つ立っていて、黄色い光をほんのりと放っている。その光の輪の中に落ちている小石を、井瀬はダウンジャケットのポケットに両手を突っ込んだまま、サッカーボールに見立てて一つずつ外へと蹴り出していた。

目の前には、タバコをふかしている五味渕が立っていた。何を言っているのかは分からないが、街灯のポールに寄りかかりながら、暗い空を見上げて愉快そうに笑っている。すでに夜は更けていて、あたりの道に人通りはなかった。

高校三年生の冬。一月の終わりのことだった。

いつものように二人でつるんで、深夜まで家に帰らず外で雑談をしていた。このとき五味渕が何を喋っていたのか、井瀬はまったく覚えていなかった。その後に起こる出来事が、すべてを掻き消してしまったからだ。

やがて、公園の入り口に、黒い影が現れた。

ふらふらと歩くその影の正体に気づき、井瀬は足を止めて大きな舌打ちをした。もちろん、夢を見ている井瀬の意思ではない。すべては過去の出来事どおりに進んでいた。

「――」

街灯が作る黄色い光の円の中に、井瀬の父親が入ってきた。井瀬と五味渕に対して、見下すような目を向けている。その目はとろんとしていて、焦点が定まっていなかった。

——クズどもが。

父はそう言ったのだ。夢の中ではそのいまいましいだみ声が聞こえなかったが、一言一句記憶に残っている。

——学校から聞いたぞ。この期に及んで就職先が見つからないんだってな。

——せいぜい頑張れよ。ま、お前らみたいな社会不適合者を雇いたい奴なんて、どこにもいないだろうけどな。

——どうせお前らは一生、社会のゴミだ。死ぬまで地べたに這いつくばっていればいいんだよ。

自分の身体が、頭のてっぺんから足の先まで熱を帯びるのを感じた。井瀬は父親に躍りかかった。胸倉をつかみ、思い切り引き寄せる。

——全部お前のせいじゃねえか。

——給料全額酒とパチンコに費やす奴に言われたかねえよ。

そんなことを叫んだだろうか。自分が言ったことはよく覚えていなかった。

井瀬の右手が父親の頰に食い込んだ。胸元をつかんだ手を離さないまま、続けざまに膝蹴りを入れる。父の口がだらしなく開き、両手でみぞおちを押さえながら勢いよく後ろに倒れた。

　さらに馬乗りになり、拳を何発か叩き込む。父親の手が伸びてきて、頬を強い力で引っ掻かれた。頬が熱くなり、垂れてきた血が口に入った。その鉄の味が、かすかに感じ取れる。

　殴り合いが続いた。劣勢になったのは、泥酔していた父親だった。井瀬が拳で攻撃を続けるうちに、父は防戦一方になり、呻き始めた。その大きな顔には鼻血が飛び散っていた。

「――」

　耳元で話しかけられ、肩に手が置かれる。

　――そのくらいにしとけ。ＫＯだ。

　振り返ると、五味渕が立っていて、公園の隅を指さしていた。

　――お前、顔も手も血だらけだぞ。水道で洗ってこい。

　井瀬は素直に立ち上がった。よれたスーツ姿の父親はすっかりノックアウトされていて、地面に大の字になっていた。

　公園の隅に走っていき、水道の蛇口をひねる。ほとばしる水に直接顔をあて、手についた父親の鼻血をすすいだ。

血はなかなか落ちなかった。汚らわしかった。夢の中の井瀬も同じことを思っているようだった。何度もごしごしと手をこすり、赤いものを洗い落とす。

ふと顔を上げて振り返ると、五味渕がこちらに向かって全速力で走ってきていた。血相を変えた彼が、慌てた様子で公園の真ん中を指さす。

「──」

五味渕の訴えを聞くや否や、手や顔についた水滴も払わずに、井瀬は五味渕と一緒に父親のもとへと駆け戻った。

──やばいぞ。意識が戻って立ち上がろうとした親父さんが、また倒れて頭を打った。

街灯の光の下には、信じられない光景があった。

仰向け(あおむ)けに倒れている父の頭の周りに、赤い染みができていた。血がどくどくと流れ出し、その染みがみるみるうちに大きくなっていく。

父は白目を剝(む)いていた。白い泡が口から噴き出している。

しばらくの間、井瀬はその場に立ちすくんだ。身体中の血管が収縮し、爆発的な混乱が脳内を駆け巡った。

逃げろ、と井瀬はやっとの思いで五味渕に告げた。ためらった様子を見せる五味渕の背中を押し、公園の出口を指し示す。

——俺の共犯だと思われるぞ。警察が来る前に逃げろ。急げ。

五味渕は強く目をつむってから、一つ頷き、公園の外へと駆けていった。


『まもなく、川崎、川崎——』

電車のアナウンスが、井瀬を東海道線の車内へと連れ戻す。

ぼんやりとした頭で、井瀬は警察に逮捕されたときのことを思い出した。

公園に父と二人きりになった直後、井瀬が立ち尽くしているところに近所の住民が通りかかり、悲鳴を上げた。中年の女性がバタバタと公園を飛び出していった後、十分もしないうちに警察車両が次々と到着し、井瀬はその場で現行犯逮捕された。

なぜこんなことになってしまったのか、思考が追いつかなかった。素手で殴っただけなのに。いつもの喧嘩と変わらなかったはずなのに。

どうしてあんなに、後頭部から血が——。

公園が、くるくると回る赤いライトで照らし出されていたのが目に焼きついた。赤いライトに、赤い血だまり。両隣を警官に固められ、有無を言わさず車内に連れ込まれると、ようやく視界から赤色が消えた。それが、井瀬が最後に見た外の世界の姿だった。

地面に再び倒れた父の頭の真下に、表面の尖ったこぶし大の石が転がっていたということは、後から警察に聞かされて知った。
運が悪かったな——という警察官の無責任な言葉を、井瀬は今でもよく覚えている。

二〇一八年九月三日（月）

井瀬が〝死後の夢〟を見たのは、それから二週間後のことだった。

ゴウッと大きな音がして、井瀬は顔を上げた。

一瞬、自分がどこの景色を見ているのかよく分からなかった。井瀬は広いホームの中央にあるベンチに腰かけて、目の前を勢いよく通り過ぎていく貨物列車をぼんやりと眺めていた。

列車が駅を過ぎ去ってから、ようやく線路の向こうに大きなショッピングモールが見えることに気がついた。降りたことはなかったが、これまでにも東海道線の中から幾度も見たことのある光景だった。

——辻堂駅、か。

風は柔らかく、暖かそうな陽光が青い空から降り注いでいる。気温こそはっきりとは感じ取れないものの、周りを歩く人々の装いからして、季節は春先のようだった。いつもの明晰夢と同じようでいて、感覚はまったく違った。井瀬は今、自分自身の意思で視線を動かし、周りの景色を眺めていた。音もはっきりと聞こえるし、風に潮の香りが混じっているのも分かる。

試しに「あ」と声を出してみると、イメージしたままの音が声帯から発せられた。指先も足も、思うままに動かすことができる。

——どうして俺は、こんなところに座っているのだろう。

未来の夢だろうか、と考えた直後、すぐに違和感に襲われた。今は九月で、井瀬が死ぬのは五か月後の二月だ。すべてが予知夢のとおりに進むのだとしたら、春という季節は井瀬にはもう訪れないはずだった。

「井瀬？」

後ろから、驚いたような声がした。

振り向くと、そこには紺色のスーツを着た青年が立っていた。すらりとした体躯が目を引く。彼は片手に通勤鞄を持ち、上品な青いネクタイを締めていた。

封筒に書かれていた粕谷拓実の住所が神奈川県藤沢市となっていたことを思い出した。小学校卒業と同時に平塚市から引っ越していった後、現在も変わらずこのあたりに住んでいるのかもしれない。

「やっぱり井瀬だ。また会ったね」

「……また？」

不思議なことに、思ったとおりの言葉を発することができた。粕谷が喋る声も明瞭に聞き取ることができる。

夢の中で出会った人物と、自分の意思に基づいて能動的に話をするのは初めてのことだった。

「会話もできるのか」粕谷が目を瞬いた。「覚えてない？　この間もここで会ったんだけど」

そう言って、粕谷は井瀬の隣の席に腰かけてきた。井瀬が黙っているのをちらりと見て、どこか寂しそうな微笑みを浮かべる。

「そっか、死んだ自覚がないんだな」

「死んだ？」——やっぱりそうなのか、と心の中で呟く。「今日の日付は？」

「四月四日だよ。二〇一九年の」

西暦の情報も付加してくるあたり、さすが粕谷だ、と思う。

「井瀬が死んでから、ちょうど二か月になる」

粕谷がそっとため息をついた。複雑な思いを押し殺しているように見えた。

この場所で井瀬と会うのは二回目だ、と粕谷は話した。井瀬のほうには、一回目の記憶がない。

目の前を、東海道線の快速列車が通り過ぎていった。

「最初に見かけたときは驚いたよ。自分に霊感があるとは思ったことがなかったからね。しかも、幽霊にしてはやけにはっきりと見えるし」

「幽霊、か」

今粕谷と会話をしている自分は、死んでいるわけではない。二〇一八年九月に生きている井瀬巧だ。だから厳密には幽霊でないはずなのだが、あえて否定はしなかった。粕谷の目からどう見えているのかはともかくとして、二〇一九年四月時点で、井瀬はすでにこの世に存在しない。それは紛れもない事実のようだった。

「何か言いたいことがあって、僕のところに来たの？」

「いや、特には」

「そうか。未練があって成仏できないってわけじゃないんだな」

井瀬のぶっきらぼうな答えに対し、粕谷は神妙な顔で頷いた。

「僕は、井瀬に何もしてやれなかった。こういう形で死んでしまうなんて思わなかったんだ」

「別に、何かをしてもらう義理はないけどな」

思わず本音を口に出すと、粕谷は驚いたような顔をした。「そうだよね」と粕谷が思いつめたように俯く。

「僕は井瀬に対して、いつも一方的すぎたんだ。一人で空回りしてた」

粕谷が喋るのをやめると、気まずい沈黙が訪れた。ホームに女性の声でアナウンスが流れる。

——本当にこれは、自分の死後の光景なのだろうか。

スーツ姿の粕谷を前に、井瀬は困惑した。

「覚えてるか？　小学校のときのこと」

沈黙に耐えかねたのか、粕谷がショッピングモールの白い建物を眺めながら話しかけてきた。

「ものすごく楽しかった。毎日毎日、井瀬やみんなと暗くなるまで遊んだり、勉強やスポーツで競い合ったりしてさ。……もうあの頃に戻れないのがつらいよ」

辻堂駅のホームに、東京方面行きの電車が入ってきた。

「一緒に乗る？」

「いいや」

ついていく気はせず、井瀬は首を振った。

粕谷が「じゃ、向こうでもお元気で」と片手を上げ、電車のほうへと歩いていった。

そのすらりとした後ろ姿を見て、ふと考えた。

やっぱり、格子柄コートの男に、少し似ている。


そんな夢だった。


鴨宮駅で電車を降り、井瀬は事務所へと歩いた。すでに十九時を回っていて、あたりはすっかり夕闇に包まれていた。

今日は横浜に住む見込み顧客からの問い合わせがあり、日中に電車に乗って訪問してきたのだった。裕福そうな六十代の未亡人で、月七万円の継続支援をいとも簡単に受け入れた。わざわざ時間をかけて往復した甲斐はあったが、おかげで電車に乗る時間が増え、明晰夢をいくつも見ることになった。

そのうちの一つが、自分の死後に粕谷拓実と再会するという夢だった。夢の中で起きる出来事をただ見ているだけというういつもの明晰夢と異なり、まるで現実に粕谷と会話しているかのような感覚が得られたのがどこか不気味だった。

――紗世も、同じような夢を見たのだろうか。

外階段を上がり、事務所の入り口の扉を開けると、「おう、お疲れ」という五味渕の明朗な声が響いた。続いて、越沼の滑舌の悪い挨拶も聞こえてきた。

「井瀬、ニュースだ。なんと全国紙から取材依頼が来たぞ」

五味渕が立ち上がり、自分のパソコン画面を指さした。近くまで来い、と井瀬のことを手招きする。

近づいて覗き込むと、画面には一通のメールが表示されていた。誰もが知っている全国紙の名前と、記者からの取材依頼が綴られている。

「へえ、いいじゃないか。ＰＲのチャンスだ」

「そう思うだろ？」越沼が口から唾を飛ばしながら間に割って入ってきた。「五味渕の奴、取材は断るとか言うんだよ」

「どうしてだ？」

喜んでいたくせに、と訝しがりながら五味渕を振り返る。五味渕は苦笑いして、「目立つことが必ずしもいいとは限らないだろ」と井瀬の肩を叩いた。

「俺は、地元に貢献したくてこの事業を始めたんだよ。小田原タイムズとか県民新聞ならともかく、全国紙となるとリスクが高い。問い合わせの数が三人で捌ける量じゃなくなってパンクするのが関の山だ。人を雇って手広く支援事業を行おうにも、そもそも準備期間が要るし、俺らの抱いている理念が大きな組織全体に浸透するかも分からない。きちんと隅々まで目が行き届く、小規模経営が俺の理想なんだよ」

「そういうもんなのか」

「まあ、俺と越沼とで小ぢんまりと始めた取り組みが、全国紙の記者が注目するほどに成長したってのは素直に嬉しいけど」

五味渕が「な？」と越沼を振り返った。「おうよ」と越沼が呼応し、二人が力強いハイタッチをする。井瀬よりも昔から一緒にいるだけあって、二人の絆は強固なようだった。

「でも、近々佐藤と引本にも声をかけるんだろ」

「そのつもりだ。あと、今度面接することになってる中原っておじさんな」

越沼の言葉を五味渕が肯定したのを見て、井瀬は首を傾げた。

「ん？　従業員を増やすのか」

「その予定だ。内勤担当を二名、井瀬と同じ外回りの営業担当を一名。外回りだけは求人を出したけど、佐藤と引本ってのは中学時代に俺と越沼とよくつるんでた仲間だから、気心が知れてる。来週後半くらいから入ってもらおうと思ってるから、よろしくな。社用車は一台しかないから、新しく来る営業担当には電車で行ける範囲を回ってもらう予定だ」

「それは助かるな」

井瀬はほっと息をついた。ここ最近、小田原市近辺以外からの問い合わせも増えていて困っていたから、外回り要員がもう一人増えるというのはいいニュースだ。

「内勤担当の追加二名は何をするんだ」

「サポート体制の強化とか、ダイレクトマーケティング施策の推進とかかな。本当はやらないといけないのに今できてない部分がたくさんあるから、そういう課題を一つ一つつぶしていきたい。あとは、俺が今やってる業務を引き継いでもらって、俺は代表としての経営判断とか対外交渉に注力しようかな、と」

「そうか。三人から六人ってことは、やれる事業の大きさも倍だな」

「ああ、楽しみだ」

五味渕がガッツポーズを作ってみせた。

鞄を事務机の横に置き、椅子に座った。そのまま本日の訪問の成果を報告する。横浜市在住の未亡人が月七万円の支援に同意したと話すと、「でかした」と五味渕は嬉しそうに手を叩いた。

五味渕は毎回、自分が奨学生の立場であるかのように喜ぶ。高校に入学したときからすでに「あいつには気をつけろ」と噂されていたほど平塚市内では有名な不良少年だった五味渕が、今や貧困家庭の子どものために身を粉にして働いているというのは不思議だった。ただ、納得できる部分もある。五味渕自身が母子家庭で育ち、常に金のことを気にしなければならない環境にあったからこそ、同じような立場の学生を救いたいという気持ちが芽生えるようになったのだろう。

「あ、そうだ。忘れてた」

それぞれが自分の業務へと戻り、三十分ほどの時間が過ぎたとき、越沼がふと事務机の上から白い封筒を取り上げた。

「また井瀬宛てに郵便だ。粕谷拓実とかいう奴から」

越沼が封筒を差し出してきた。――ふと、そのふくよかな頬を力任せに殴る映像が脳裏をよぎる。

一つ身震いして、越沼の顔から目を逸らした。「どうも」と身を乗り出し、片手で封筒を取り上げる。

「お前さ、まだそんな奴とつるんでるのかよ」

向かいの机から、五味渕の呆れたような声が飛んできた。

「つるんでねえよ。一方的に送られてくるんだ」

「どんだけ好かれてんだよ」

封筒から出てきたのは、一枚のコピー用紙だった。『平塚第一小学校　二〇〇六年度卒業生同窓会のお知らせ』という題が印刷されている。クリップで小さなメモ用紙が留められていて、『よかったら井瀬もおいで　粕谷』というメッセージが丁寧な字で書かれていた。どうやら、粕谷のところに届いた同窓会の招待状をわざわざコピーして送ってきたようだった。

「同窓会だってさ」

「小学校の？　珍しいな」

「今さら行くわけないだろ。どの面下げて昔を懐かしめばいいんだ」

刑務所から出てきたばかりの人間が同窓会に行くなど、恥をさらしにいくようなものだ。粕谷の能天気さに腹が立ち、井瀬は事務机のそばにあったゴミ箱に招待状のコピーをそのまま突っ込んだ。

粕谷が何を考えて井瀬にコンタクトを取ろうとしているのか、さっぱり想像がつかなかった。

「高校に入ったばっかりの頃は、井瀬は優等生だったんだぜ」

五味渕が半分ふざけた口調で越沼の耳に口を寄せる。「んなことないだろ。普通だよ」と否定すると、「少なくとも俺とは全然違うタイプの人間だった」と五味渕は断言した。

「高校二年の途中からだよな、俺らがつるむようになったのは。井瀬が親父さんと揉めてさ、家に寄りつかなくなったんだ。知らない人の家に爆竹投げ込んだり、コンビニ前で中学生をカツアゲしたり、いろいろやったよな」

「ああ」——一切のストレスから解放される、楽しい時間だった。

「五味渕も罪なことをするねえ。せっかく頭のいい高校に入った奴を引きずり下ろすような真似して」

越沼が大口を開けて笑った。偏差値が六十に届くか届かないかくらいの高校だが、越沼にとっては超進学校に見えるらしい。実際、五味渕のような荒れた生徒はかなり浮いた存在だったから、その印象も間違いとは言えないのだろう。

「ま、結局こういう仕事に落ち着いてるんだから、俺らも所詮は真面目人間だったのかもな」

五味渕に同意を求められ、井瀬は「そうかもな」と相槌を打った。

気がつくと、二十時五十分に近づいていた。急いでタブレットを詰めた段ボール箱に発送伝票を貼り、鞄とスーツの上着を持って席を立つ。五味渕と越沼に声をかけてから、井瀬はいつもと同じ時間に事務所を出た。

速足で駅まで歩き、ホームに滑り込んできた電車に駆け込む。

ボックス席に腰かけて、隣の席に通勤鞄を置いた。平塚駅で紗世が乗ってきたときに隣に座れるよう、最近は毎日席を確保しておくことにしていた。

発車メロディが鳴りやみ、電車のドアが閉まる。

走り始めた電車の揺れに身を任せているうちに、井瀬は自然と目を閉じていた。

視界がふっと明るくなったとき、井瀬は再び辻堂駅のホームにいた。

ベンチに座ったまま、ぼうっとした頭で目の前に停まっている電車を眺める。日中見た夢とは違って、東海道線のドアには大量のサラリーマンが押し寄せていた。朝の通勤ラッシュ帯のようだった。

目の前のドアに、スーツ姿のサラリーマンが吸い込まれていく。車内の密度が上がり、押し出されそうになった最後の数名が背中から身体を押し込んだ。

そのうちの一人と、ふと目が合った。

粕谷拓実だった。ダークグレーのスーツを着た粕谷が、極限まで目を見開く。

――井瀬、なのか？

彼の唇がかすかに動いた。その瞬間に、電車のドアが閉まった。知らず知らず身を乗り出していたのか、鞄を挟まれそうになり、粕谷が慌てて身を引いた。

粕谷を乗せた電車を見送っている途中、目の前にスポーツ新聞が落ちているのに気がついた。身をかがめて拾い上げ、日付欄を確認する。『二〇一九年三月十八日(月)』という文字が印刷されていた。

前回の夢の中で粕谷が「また会ったね」と言ったのはそういうわけだったのか、と初めて理解する。

過去や未来の夢と同じく、時系列がバラバラになっているようだった。粕谷にとっては、これが死後の井瀬との〝一回目〟の邂逅(かいこう)だったわけだ。

――まもなく、茅ヶ崎、茅ヶ崎。

車内アナウンスが耳に流れ込んできて、井瀬は東海道線の中で目を覚ました。すでに平塚駅を通り越していることに気づき、慌てて身を起こす。すると、隣に制服姿の少女が座っていることに気がついた。

「こんばんは」

紗世がはにかんだように微笑み、ぺこりと頭を下げた。

今日は、彼女の顔色はずいぶんとよかった。美容院にでも行ったのか、髪が少し短くなり、雰囲気も柔らかくなったように見える。

「髪型を変えると、大人っぽくなるな」

「そうですか?」

さらさらとした黒髪に手をやり、紗世が苦笑した。事務所で五味渕や越沼と一緒に仕事をしているときや、三・五畳のワンルームに帰ってちかちかと点滅する蛍光灯を見上げているときには感じたことのない何かが、井瀬の胸の奥をくすぐる。

「〝死後の夢〟、とうとう見たよ」

平塚から横浜までの三十分余りの時間は、決して長いとはいえない。井瀬はさっそく情報共有を開始した。

「本当ですか」紗世が幾度か瞬きをした。「どんな夢でしたか」

「小学校の同級生と再会する夢だった」

「同級生の方と……ですか。どんな話をしたんですか」

「別に何も。幽霊と勘違いされたよ。夢の中なのに自由に喋ったり動いたりできたし、妙にリアルな夢だった」

「不思議ですよね。過去の夢や未来の夢ともまた違って」

遠くを見るような目をして、「私の〝死後の夢〟もそうでした」と紗世は静かな声で言った。

「紗世も」思わず下の名前で呼んでしまってから、気にせず続けることにした。「似たような夢を見たのか」

「はい。井瀬さんと同じように、自分がすでに死んでいる世界の夢を見ました。夢の中で、私は先輩に会っていました」

「例の恋人だな。今は同じ高校の二年生と一年生で、のちのち付き合ってプロポーズされるっていう」

「そうです。その先輩と会話する夢でした。先輩は、私が急に死んでしまって、とても悲しんでいるみたいでした」

「そりゃそうだろうな。婚約者が目の前で電車事故に遭ったんだから」

井瀬の言葉に対し、紗世は寂しそうに微笑んだ。電車事故の夢を思い出してしまったのか、その表情がふと翳る。

「井瀬さんのお友達も、やっぱり悲しんでいましたか」

「どうだろう」夢の中で粕谷が浮かべていた寂しそうな表情を思い出す。「後悔してるみたいだったな。よく分からないけど、自分の働きかけが一方的だったとか何とか」

そう話すと同時に、ふと心の中に疑問が浮かぶ。

「どうして、あいつに会う夢を見たんだろう」

「死んだ後も会いたくなるくらい一番大切な人だった、とか」

「それは紗世にとっての先輩男子だろ。俺にとってのあいつは違う。もう疎遠になって久しいんだよ。死んでまで最優先で会いたい奴じゃない」

今の井瀬にとって、一番距離が近い友人は五味渕だった。その五味渕が井瀬と同時に命を落とすのだとしても、何年も顔を合わせていない粕谷よりは、同僚の越沼のほうがまだ仲がいいし気も合う。

――そもそも、粕谷は。

格子柄のコートが、閉じたまぶたの裏で不気味にはためいた。

「紗世は――〝死後の夢〟を、もう何度も見たのか」

「はい、たくさん」

「毎回、その先輩男子が出てくるのか？」

紗世が黙ってこくりと頷いた。ふうん、と井瀬は小さく呟き、窓に頭をもたせかける。

「まだ付き合ってもいない高校の先輩が、〝死後の夢〟の中ではすっかり社会人になっていて、自分という恋人の死を悲しんでるわけだろ？　変な感じだな」

七年という月日の流れに思いを馳せる。打開策を見つけない限り、これから七年という長い間、紗世は明晰夢と付き合い続けることになるのだ。その間に紗世はおそらく大学に進学し、社会人になる。半年分の猶予しか与えられていない井瀬よりも、紗世はさぞ壮大な未来に直面しているに違いなかった。未来の夢を見るたびに覚える恐怖感は、井瀬の比ではないだろう。

「この間、明晰夢現象について考察してたよな。電車事故をきっかけに時の流れが交錯して、電車に乗ってる間だけ過去や未来の光景を走馬灯として見るようになったんじゃないか、とか何とか」

「はい」

「じゃあ、〝死後の夢〟ってのはいったいどういう仕組みになってるんだ」

「それをずっと考えていたんですけど」

紗世は一瞬口を閉じ、眉間にしわを寄せた。

「私たちは夢の中で、過去や未来の出来事を〝再体験〟していますよね。その『未来』の範囲が、単純に広がってしまったんじゃないでしょうか」

「死後にまで？」

「はい。死後の世界に私たちは存在しないので、再体験と呼ぶわけにはいかないですけど……私たちは、自分の死後に起きる出来事を、夢の中から覗けるようになってしまったんだと思います」

言いたいことは分かる。だが、しっくりこない部分もあった。

「でも変だな。未来の景色を覗いているだけというよりは、自分が身体ごとタイムスリップしたような気分だったぞ。夢の中で会った相手には、こちらの姿がはっきり見えてたみたいだったし」

「普通の人と同じように見えるみたいですね。先輩に、『生きてたのか？』って真剣な顔で訊かれましたから。まあ、さすがに今の私と七年後の私の姿は違うので、すぐにおかしいって気づいたみたいでしたけど」

紗世が思案顔で言い、通学鞄の上で両手を組んだ。

「〝死後の夢〟の中で会った人にだけ見える、幻影みたいなものが作り出されてるのかもしれませんね」

「幻影、か。それこそ、幽霊みたいな」

「不思議ですよね。現在を生きる私たちの姿や声を、死後の未来にいる先輩やお友達が、何らかの方法で感じ取っているんですものね」

普通なら到底信じられる話ではない。だが、あれだけ生々しい粕谷の反応を見てしまった以上、あの夢が井瀬の脳内だけで作り出された架空の話だとは思えないのも事実だった。

『次は、辻堂、辻堂――』

タイミングがいいのか悪いのか、車内アナウンスが辻堂駅への接近を告げた。おそらく、今も粕谷はそこに住んでいる。

「死後の夢の中で、憧れの先輩とはどんな話をしたんだ？　デートでもしたか」

「いえ」

話を振ると、紗世の表情が急に翳った。

「それが――先輩も、明晰夢を見てたんです」

「は？」

混乱しそうになり、井瀬は背もたれから身を起こした。

「俺らと同じやつか？　七年後に、その先輩も同じ現象を経験するのか」

「そうです。『紗世が死んで以来、電車の中で予知夢を見るようになった』って言われたんです。『その夢によると、もうすぐ俺は死ぬらしい。電車に飛び込んで自殺するんだ』って」

「……自殺、か」

「はい。ただでさえ仕事で精神的に追い詰められていたところに婚約者の死が重なって、人生に絶望したって言っていました。私を目の前で死なせてしまったことに深く責任を感じているみたいでした。それで、私の後を追うように自殺してしまうんです」

「ひどい話だな。カップルが揃（そろ）いも揃って」

「本当ですよ」紗世が涙交じりの声で言った。「先輩まで死ぬことなんてないのに」

その声を聞いて初めて、紗世の目が潤んでいることに気がついた。驚いて横顔を見つめると、紗世は片手で目元を隠してしまった。

夢の内容を思い出しただけでこれほど取り乱すところを見るに、紗世は先輩男子のことが心から好きなのだろう。

「でも、死因が自殺なら、自分の気持ち次第でまだどうにかなるんじゃないか。紗世の死はともかくとして、仕事がきついなら職場を変えるとか、いろいろやれることはあるだろ。先輩は、その夢に抵抗しようとはしなかったのか」

「私もそう思ったんです。それで、説得して試してもらいました。でも、ダメでした」

紗世が首を左右に振り、灰色のスカートの生地をぎゅっとつかんだ。

「先輩が何度転職しようとしても、結果は同じなんです。悪徳リフォーム会社とか、ブラック体質の引っ越し業者とか、そういうところにばかり就職する夢を見るって言われました。それどころか、足掻けば足掻くほど環境が悪くなって、自殺までの期間も短くなっていくらしいんです」

「ああ……どうやらその先輩には、仕事運がないみたいだな」

「本当に」

紗世が力なく肩を落とした。

「そういや、このあいだ会ったとき元気がなかったのは、この死後の夢を見たからだったのか」

頭の中でふと話が繋がり、尋ねてみた。彼女が首を傾げたのを見て、「二週間前だよ。病人みたいな顔をしてた」と補足する。

紗世はしばらく考え込んでから、「ああ、あれは」と顔を上げた。

「私……」

そう口を開きかけた途端、彼女の両目から大粒の涙がこぼれ、ぽとりとスカートの膝に落ちた。「大丈夫か」と井瀬が驚くと、紗世は目をつむって首を横に振り、「ごめんなさい」と頭を下げた。

こらえきれなくなったように、彼女が口元を押さえる。

「大変なことをしてしまったんです」

紗世の言葉には、深刻な響きがあった。彼女の頰を、幾筋もの涙が伝う。

「というと？」

「死後の夢──先輩が私の死を悲しんでいる夢を何度も見るうちに、耐えられなくなったんです。先輩と仲良くなっていく過程を夢に見るたびに、電車の中で泣きながら目を覚ますようになりました。高校のグラウンドで部活の練習をしてる先輩をちらっと見かけただけで涙が止まらなくなって、友達にすごく心配されました。七年後に私のせいで先輩まで死んでしまうってことが、どうしても受け入れられなかったんです。それで、どうしたら先輩が死ぬ未来を変えられるんだろうってことを真剣に考えるようになりました」

告白を断ったり、付き合った後に別れを告げたりすればいいのではないかと考えた、と紗世は話した。

だが、それくらいのことでは予知夢の内容はびくともしなかった。好意があるのに付き合わないという矛盾を上手く説明することができず、優柔不断な紗世は先輩や周りに押し切られてしまう。結局、紗世の行動は多少波風を立てるくらいの影響力しかなく、紗世が電車事故で死んだ後に先輩が後追い自殺するという結末は変わらないのだった。

「そこで気がついたんです。だったら、最初から私と先輩が出会わなければいいんじゃないかって。先輩が私のことを知らないままでいれば、私が死んだときに悲しむこともないし、自ら死を選ぶような悲しい結果にもならないんじゃないか、って。それで、衝動的に実行してしまったんです」

「もしかして」井瀬は以前聞いた紗世の話を頭の中で反芻した。「サッカー部のマネージャーの誘いを断ったのか?」

「……はい」

紗世は肩を震わせ、絞り出すように言った。

「そうしたら、未来が大きく変わってしまったんです」

すべてが〝上書き〟された夢を見た、と紗世は言った。

紗世は、年上の男子と付き合う夢を見た。部活でキャプテンを務め、難関大学に入り、大手企業に就職すると同時に紗世にプロポーズをする——そんな輝かしい人生を、憧れの先輩に取って代わって、見知らぬ男性がそっくりそのまま実現していく夢だった。

一方、憧れの先輩の人生は大きく転換した。

「私がマネージャーの誘いを断ったのが先月の初めで、その後はしばらく学校にもバイトにも行かなかったんです。家にいる間は予知夢を見ることもなくて、全然異変に気づきませんでした。それで、二週間前に久しぶりに学校に行ったら、先輩が部活に来なくなったってサッカー部の男子たちが騒いでいたんです。その帰りの電車で、明晰夢を見ました。その夢は――」

紗世はこらえきれずにしゃくりあげた。

「――本当に、悲惨な夢でした。夢の中では、ありえないようなことが起きていました。あんなに素敵で、みんなから慕われていた先輩が――」

紗世が声を詰まらせ、苦しそうにかぶりを振った。

彼女はすぐに続きを話し出そうとしなかった。電車の走行音と、隣のボックス席から聞こえる学生二人組の会話が井瀬の耳に届く。

しばらくの沈黙の後、紗世が憔悴(しょうすい)した様子で言った。

「……私が軽々しく行動してしまったのがいけなかったんです。未来を変えようとして無理やり先輩を遠ざけたせいで、歯車が狂ってしまったんです。私が、先輩の人生を壊してしまったんです。先輩が収まるはずだった居場所を奪ったんです」

詳しいことは詮索しないほうがよさそうだ、と井瀬はちらりと考えた。

「要はさ」

つらそうにしている紗世の代わりに言葉を繋ぐ。

「力ずくで未来を変えようとしたら、想像もしていないような事態が起きたってことだな。で――最終的な結果は変わったのか？　憧れの先輩は、七年後に死なずに済むのか？」

「それが、変わらないんです。全然、何も」

「……そうか」

ずしりと胸の奥が重くなる。自分たちの行動次第で運命は変えられるのではないかと一縷の望みを託していたのだが、紗世がそこまでしても先輩男子の死を防げなかったというのは悪いニュースだった。

「どうせ先輩が死んでしまうなら、変わる前の未来のほうがまだよかったです。私と出会って、付き合って、婚約して、私の死を悲しんで自殺する運命のほうが、別々に死ぬ人生よりもずっとましでした。私は、他の男の人となんか付き合いたくありません。私は先輩がよかったんです。先輩と一緒に楽しく過ごす未来のほうが、ずっとずっとよかったんです」

井瀬は泣きじゃくる紗世をなだめようと、「おい、落ち着いて考えてみろ」と話しかけた。

「まだ、夢で見ただけだろ？　それならとりあえず、元に戻してみればいい。今からでもサッカー部のマネージャーになるとか、先輩に話しかけて接点を作ってみるとか、やりようはいくらでもあるだろ」

「やろうとしましたよ。でも、できないんです」

「できない？」

「サッカー部のマネージャーは、別の女の子に決まってしまいました。先輩に話しかけに行こうにも、学校に来なくなってしまったので接点を作ることもできません。勇気を出して二年生の教室に行って連絡先を聞いてみたんですけど、誰も連絡が取れない状態だって困った顔で言われました。先輩の家の場所を知ってる人もいませんでした」

「教師に聞けば知ってるだろ」

「そう思って担任の先生に尋ねたら、変な顔をされて、進路指導室に呼ばれました。『最近様子がおかしいけど、どうかしたのか』って勘ぐられてしまいました。それでも先輩に会おうといろいろ情報を探していたら、友達にも『紗世、最近変だよ。ストーカーまがいのことしないで』って怒られました。極めつきは、新しい夢のほうに出てきた男の人の登場です」

「先輩の代わりに付き合うことになる男か？」

「はい。それまでの予知夢には一度も出てきていなかったその男の人が、私の前に現れて、距離を縮めてきたんです。これって、もう運命は変わっちゃったってことじゃないんですか。私と先輩が出会って仲良くなるっていう選択肢は、もうなくなっちゃったってことじゃないですか」

紗世は両手で顔を覆い、泣き崩れてしまった。どうしていいのかも分からず、井瀬は黙って隣の女子高生を見守る。

しばらくすると、紗世は涙を拭き、顔を上げた。目の周りは真っ赤になっていて、白い肌との対比が印象的だった。

「井瀬さん」

「ん？」

「どうか、私みたいにはならないでください。夢で見た事実を無理に捻じ曲げようとしないでください。変えようとすればするほど、未来はどんどん悪い方向に向かっていきます。気がついたときにはもう引き返せなくなっています。私たちは、夢で見た時期に死ぬということを受け入れて、残りの日々を生きていかなければいけないんです。予知夢のとおりに進んでいくのは悔しいですけど、それが一番正しい道なんです。命がなくなるその日までをどう過ごすか、私は今、一生懸命考えながら毎日を過ごしています」

悲痛な訴えかけを、井瀬は何とも言えない気持ちで聞いていた。

泣きながら、紗世は横浜駅で下車していった。

第二部

選択

二〇一八年九月十四日（金）

「――それでは、NPO法人コネクテッドの更なる発展と未来を祈念して、乾杯！」

五味渕がジョッキを持つ手を突き出すと同時に、越沼、佐藤、引本の三名が「うぇーい」と大きな声を上げてジョッキをぶつけ合った。井瀬と中原も控えめに合流する。

新入り三名の中でも、五味渕や越沼と中学のときからつるんでいる佐藤や引本と、求人広告を見て応募してきた営業経験者の中原では、だいぶ温度差があるようだった。

髪を脱色していてピアスをいくつもつけている佐藤と、金色の龍神がでかでかと描かれたTシャツを着ている引本。地味で無口な中年の中原とは対照的な風貌だ。

「こいつら、見た目はやばいけど、悪い奴じゃないんだ」

一気に生ビールを飲み干した五味渕が、横に並んで座っている佐藤と引本を指さして言った。

「佐藤は中学卒業後から土木の現場で真面目に働いてたし、引本は高校を卒業してからずっとトラックの運転手をしてた。体力と若さだけは学生並みだ」

「だけは、な。頭のほうは期待しないでくれ」

佐藤が自分の頭を指さしてゲラゲラと笑い、「俺ら四人の中で、五味渕だけが飛び抜けすぎなんだよ」と五味渕の肩を小突いた。

「ああそうだ。頭と言えば、佐藤も引本も、髪は黒染めしてもらうからな」

「ええっ、まじかよ」

「当たり前だろ。今日は初日だから許すけど、お前らのその格好は社会人失格だ」

「くそぉ、このあいだ染めたばっかりなのに」

「俺も。ミスったわ」

五味渕に指摘され、佐藤と引本が自分の髪を引っ張りながら大げさに悶絶した。

「井瀬の髭はセーフなのか？」

佐藤がこちらを指さす。同い年と知られた途端、さっそく呼び捨てだ。

「まあな。いかついけど、清潔感がないわけじゃないし」

「中原さんの髪は？　ちょっと古すぎねえ？」

「七三分けのどこが悪いんだ。高齢者にはむしろ好印象だよ」

「じゃあ、越沼の腹は？」

「アウトだな」

五味渕が真顔で答えると、「おい、関係ねえだろ」と越沼が空になったジョッキを振りかざして二人を威嚇した。

歓迎会のために越沼が予約したのは、小田原駅からすぐの路地裏にある小さな飲み屋だった。表通りにはチェーン店も多いが、ここは見るからに個人経営だ。さっき越沼が店員と仲良さそうに会話していたから、知り合いの店か何かなのだろう。

「井瀬は、五味渕の高校の同級生なんだよな？」

引本の問いに「ああ」と返事をすると、「いやあ、意外だわ」という答えが返ってきた。

「高校の雰囲気が全然合わねえって、入学直後に五味渕がひたすら嘆いてたからさ。高校でつるんでた友達がいたってのが初耳だった」

「まあ、当初は知り合いでもなかったしな」

井瀬が答えると、五味渕が「そうそう」と補足した。

「授業をサボって遊び歩いてた俺に、井瀬が付き合ってくれるようになったんだよ。一回遊んでみたら、意外とノリがよくてさ。平日昼間からカラオケに入ったり、バイクの免許を取って街じゅう乗り回したり、いろいろやった」

「五味渕にしちゃ、わりと大人しい遊び方だな」

「これでも平塚学院の中では不良扱いだよ。自称進学校だから」

五味渕が自嘲気味に笑った。その横から、佐藤が会話に割って入る。

「平塚学院って、あの女子の制服が可愛い高校？　平塚駅によくいるよな。アニメに出てきそうな、赤いチェックスカート姿の女子高生」

「ん？　そんな制服じゃなかったよな」

五味渕に尋ねられ、井瀬は頷いた。

「水色のシャツにグレーのスカートだ。ブレザーは紺色」

井瀬が片岡紗世の服装を思い出しながら答えると、「なんだ、地味だな」と佐藤が不満げな顔をした。

「俺、高校行ってないからさ。憧れなんだよ、ああいう可愛い制服を着た女子高生」

「残念ながら、俺らの高校じゃないな」

五味渕が片方の口角を上げげた。店員を呼びつけ、追加の生ビールを四つ頼む。どうやら、五味渕の中学時代の仲間は三人とも、五味渕と同じく酒豪のようだった。

井瀬も、高校生の頃は五味渕とともに大量の酒をよく飲んでいた。だが、五年間ものあいだ刑務所で暮らしていたせいか、出所後半年経ってもなかなか酒の強さが戻らない。アルコールや薬物依存の治療には刑務所が最適という情報を耳にしたことがあるが、あながち間違いではないのかもしれなかった。

場の話題は、しばらくの間、それぞれの高校時代の話になった。越沼と引本は同じ高校に進学したため、中学時代の延長のような生活を送っていたらしい。一回り以上年上の中原も、ちびちびとビールを飲みながら当時の学校行事や所属していた卓球部についての思い出を語った。

――高校時代、か。

彼らの楽しそうな話を聞くうちに、少しばかり気分が重くなった。

井瀬にとっての高校時代とは、自分の人生が大きく捻じ曲がった時期だった。一年生のときは周りに流されながら漫然と日々を過ごし、二年生になってからは刺激を求めて五味渕と行動し始めた。そのせいで父親と不仲になり、三年生の終わりには近所の公園であの事件が起きた。意図せず死なせてしまったとはいえ、罪状は傷害致死だ。あのときから、井瀬は一般人とは一線を画した世界で生きることになった。

もちろん、五味渕と出会ったことを後悔してはいない。五味渕がいなければ、井瀬は高校生活を少しも楽しいと感じることなく、閉塞感だけを覚えながら毎日家と学校を往復していただろう。

ただ――。

あのとき、あのタイミングで、帰宅途中の父親が現れなかったら。

父親の意識が混濁する前に、殴るのをやめていたら。

地面に、先の尖った石が落ちていなかったら。

長い刑務所生活の間、そんなことを考えなかったと言えば嘘になる。職業訓練や作業が終わった夜、仲の悪い受刑者同士の罵声が飛び交う雑居房の中で、壁に寄りかかって体育座りをしながら幾度となくあの事件のことを振り返った。

「なあ」

中原の昔話が一瞬途切れたタイミングで、井瀬は五味渕に向かって顎をしゃくった。話題を無理やり変えたと思われないよう、ごく自然な声色(こわいろ)を心がける。

「お前らの中学時代のことも聞かせてくれよ」

「俺らの？　いやあ、ここじゃ言えないような話ばっかだぞ」

「警察が飛んでくるわな」

「クスリ以外のことは大抵やったからな」

五味渕ら四人が一斉に笑い声を上げた。佐藤や引本が、嬉々として中学時代の武勇伝を語っていく。

正直なところ、新入りの立場でありながら古株のような振る舞いをする佐藤と引本には、あまり良い印象を抱いていなかった。五味渕の中学時代の友人ということだから仕方がないのかもしれないが、特定のコミュニティ出身の人間が増えると、井瀬はますます肩身が狭くなる。

――これから、やりにくくなりそうだ。

そんなことを考えながら、井瀬はジョッキに入ったビールを喉に流し込んだ。

「井瀬さん」

「はい？」

途中で、中原がぼそぼそと話しかけてきた。井瀬と同じく、場の話題についていけないのだろう。営業経験者のわりに覇気がなく、低いトーンの声だった。目が落ちくぼんでいて濃い隈（くま）ができているのも、暗い印象の一因かもしれない。

「明日からの引き継ぎ、よろしくお願いします。早く仕事を覚えられるよう頑張りますね」

「いや、俺もまだ勤務歴半年もないんで。営業経験者なんだから、すぐに中原さんのほうができるようになりますよ」

「いえいえ、そんな。前職は椅子の営業だったので、毛色がだいぶ違うんです」

「椅子？」

「オフィス用の椅子です。エンジニアの人なんかは一日中座って作業するでしょう。だから、一口に椅子と言ってもいろいろな種類があるんです。価格帯もバラバラでね」

中原は黄色い歯をむき出しにして笑い、前の職場での仕事や今回採用されるまでの経緯について説明した。十八年間勤めていたが、数か月前に社長が夜逃げして会社が潰れたのだという。職を失ってふらふらとしていたところ、ハローワークでこのNPO法人の求人情報を紹介されたということだった。

同情してほしそうな口ぶりだった。

目の前の男が半年前まで刑務所に収監されていたと知ったら、中原はいったいどんな顔をするだろうか――などと想像しながら、井瀬は黙って酒を呷った。

「じゃ、そろそろ中締めといこうか。この六人でいっそう盛り上げていきたいんで、これからもよろしく！　では、佐藤と引本にサラリーマン的常識を教えるためにも、最後は一本締めで」

すっかり酒が入って呂律が回らなくなっている五味渕が音頭を取り、歓迎会はお開きとなった。五味渕、越沼、井瀬の三人で、新人の分まで含めた会費を支払う。良心的な値段の店とはいえ、倍の料金を払うのは痛手だった。月々の手取り額の何分の一が飛んだだろう、と思わず計算してしまう。

ただ、文句は言えなかった。いくら代表とはいえ、五味渕の懐事情もそう大きくは変わらないはずだ。寄付金の中から運営資金を引いている以上、それは仕方のないことだった。

店を出て、狭い路地にわらわらと広がる。顔を真っ赤にした越沼が拳を突き上げ、

「二次会に行くぞ！」と吠えた。

「お、いいね」「乗った！」と、佐藤と引本が即座に呼応する。「それなら私も。花金ですしね」と、意外にも中原が小さく手を挙げた。

「仕方ねえなあ、行くか。でも忘れんなよ、うちは火水休みだ。明日は朝九時から仕事だぞ」

「ええっ、そこは代表権限で何とかしてくれよ」

「するわけないだろ」五味渕が呆れた顔で越沼を見やり、こちらに顔を向けた。「井瀬はどうする？」

「ごめん、俺は遠慮しとく。飲みすぎたわ」

軽く手を振り、「じゃ、また」と背中を向ける。そのまま薄暗い路地を抜け、小田原駅前の大きなロータリーに出た。

そのままずんずんと早歩きで進む。飲み会帰りのサラリーマンの集団をいくつか追い越し、エスカレーターを上って駅構内へと入った。

一人だけ不参加になるのは気が引けたが、仕方がなかった。五味渕や越沼と違って、長い間少年刑務所に入っていた井瀬には貯えも何もない。数日分の食費が飛ぶよりは、付き合いが悪いと思われたほうがまだましだった。

もう夜十時を過ぎているからか、小田原駅構内は思ったよりも静かだった。

日中は大勢いる観光客もほとんどいない。改札の周りにある土産物屋も閉まっていた。

天井付近にでんと構えている巨大な小田原提灯をちらりと見上げ、井瀬は自動改札を通過した。

東海道線上りホームへと向かいながら、ほっと息をついた。こういう大規模な駅だと、あの夢のことを思い出さずに済む。新幹線乗り場を示す案内板も、広々とした構内の雰囲気も、新しいエスカレーターも、すべてが鴨宮駅と異なっていた。

明るいホームに降りると、ちょうど小田原始発の電車が停まっていた。発車メロディが流れたのを聞き、目の前の車両に急いで乗り込む。人がまばらな車内を歩き始めてすぐ、ドアが閉まって電車が発進した。

多少は酔っ払っていたらしく、身体がよろけそうになった。座席の仕切り棒をつかみながら、東京寄りの先頭車両まで移動しようと、次々と引き戸を開けて隣の車両へと進んでいく。

ふらふらと歩いていく途中で、ふと気がついた。

——数日前、こんな光景を見なかったか。

無論、夢の中での話だ。

井瀬は電車の中を一人で歩いている。次の車両、次の車両へと、ドアを乱暴に開けていく。

途中で、不意に後ろから肩を叩かれる。

振り返ろうとしたところで、ふっと目の前の景色が消え、夢から醒める。

そんな明晰夢だった。

電車の中で声をかけてくるのは、片岡紗世しかいないと思っていた。だが、まだ紗世が乗ってくるはずの平塚駅まで二十分はあるし、そもそも時間も遅すぎる。

――じゃあ、誰だ？

背筋がぞわりとした。足を止めようとした瞬間、後ろで足音がして、肩を叩かれた。瞬時に振り返る。夢の中とは違い、後ろの景色がはっきりと見えた。

「やっぱり井瀬だ。やっと会えた」

紺色のスーツ姿の男が、驚きと興奮の入り混じった顔で立っていた。井瀬の肩からゆっくりと手を離し、「久しぶり。六年ぶりくらいかな。ずっと探してたんだよ」とはにかんだ笑みを浮かべる。

「髪、短くしてるんだね。髭を生やしてるところも初めて見るから、人違いだったらどうしようかと思った」

明晰夢の中で何度も見た、いかにも好青年という風貌の男だった。歳は井瀬と同じ二十四のはずだが、周りから見れば粕谷のほうがよっぽど若く見えるだろう。育ちがよさそうなお坊ちゃま、という五味渕の形容も納得できる。

粕谷拓実の印象は、最後に会ったときからほとんど変わらなかった。

井瀬は小さく舌打ちをして、近くの吊り革につかまった。一方的に感動を押しつけられても気持ち悪いだけだ。席はいくらでも空いていたが、腰を落ち着けて話す気にはなれなかった。

「どうしてこんなところにいるんだ」

「言っただろ、探してたって。今日は仕事が早く終わったから、帰りに鴨宮まで足を延ばして名刺にあった事務所を訪問したんだ。でも、電気が消えてて誰もいなかった」

「ああ……今日は全員出払ってたからな」

「せっかくここまで来たのに無駄足になって悔しかったから、ついでに小田原にある祖母の家に寄ってきたところだったんだ。まさかこんなところで会えるなんて」

「俺に何の用だ」

単刀直入に尋ねる。粕谷拓実の姿を視認した瞬間から、酔いがすっかり冷めていた。

「刑務所に何度も手紙を送ったんだけど、届いてなかった？」

「受け取ったよ。けど、読んでない」

そう答えると、粕谷は明らかに落胆した表情をした。「迷惑だったかな」と意気消沈した声で尋ねてくる。

「お前みたいなエリートが今さら俺に関わっても意味がないからな」

「そんなことはないよ」

「悪いが手紙は全部読まずに捨てた」

「……そうか」

粕谷は睫毛の長い目を伏せてから、「電話を取り次いでもらえなかったのもそういうわけか」と首を左右に振った。

「電話？」

「祖母の家で井瀬の名刺を発見してすぐに、記載されていた固定電話の番号に電話をかけてみたんだ。出たのが五味渕だったから驚いたよ。彼、今はＮＰＯ法人の代表を務めているんだな」

「五味渕と話したのか」

「うん。向こうも僕のことを覚えてたみたいでね。『プライベートの電話を職場にかけてくるな』ってすげなく断られた」粕谷は悔しそうに唇を歪めた。「もう少し井瀬の勤め先のことを調べてから電話をかければよかったよ。五味渕が僕のことを疎ましく思ってることは高校の頃から薄々感づいてたからね。まあ、僕は井瀬を五味渕から引き離そうとしてたんだから、嫌われて当然だけど」

小学校の頃の優等生が純粋な心のまま成長してしまったかのようだ、という感想を抱いた。少しも捻じ曲がることなく、大人になった今でも、幼い頃に誰かから教えられた善悪の分別を維持し続けている。

不良少年だった五味渕のもとから井瀬という旧友を取り返すことが自分の使命だと、あの頃の粕谷は心の底から信じ込んでいたようだ。

ほんの一瞬、劣等感が胸の奥にちらついた。

「井瀬、今度ゆっくり会ってくれないか？　僕がずっと訊きたかったのは、井瀬のお父さんのことなんだ。さすがに今ここでは話せないから、日を改めて」

粕谷が鞄から手帳とペンを取り出し、何かを書いてからページを破って差し出してきた。そこには、井瀬がこの間ゴミ箱に放り捨ててしまった粕谷の携帯番号が記されていた。

「親父が死んだ事件のことなら、お前に話すことはねえよ。興味本位で訊かれても困る」

あえて冷たく言い放ったが、粕谷は「そう言わずに」とさらりと受け流し、紙を井瀬のスーツのポケットに無理やり突っ込んだ。

「気持ちの整理がついてからでいいから、必ず連絡してほしい」

「保証はしないぞ」

「で、一つだけ忠告しておきたいんだけど」

井瀬の言葉をろくに聞かずに、粕谷が人差し指を立てた。

「五味渕の下で働くのはやめておいたほうがいい」

「なんでだよ」

「僕と五味渕が同じ大学にいたのは知ってるか？　学生時代、ろくな噂を聞かなかったんだよ。複数の女性と遊び歩いて金を貢がせたり、キャンパス内で暴力沙汰を起こしたり、権威のある教授に他の学生の前で堂々と喧嘩を売ったりね。もちろん講義にはほとんど出てなかったみたいだ。高校の頃からそうだったと思うけど、やばい奴なんだよ。せっかく刑務所から出られたのに、あんな奴と一緒にいたら井瀬がダメになる」

「逆のことを五味渕にも言われたよ。粕谷とつるむのはやめろってな」

「ダメだよ。そんな言葉を信じたら」

「金を巻き上げるのも喧嘩をするのも、五味渕にとっちゃ通常運転さ。全然特別なことじゃない。お前はそういう奴を目の敵にしてるのかもしれないが、五味渕のことは俺が一番よく知ってるし、そもそも俺だって同類だ。それが楽しくて高校時代から付き合ってるんだからな」

「考え直してくれよ。井瀬は五味渕とは違う。新しい仕事なら知り合いの伝手で紹介できるから、とりあえず五味渕のもとを離れて僕のところに来てくれないか」

「無理な相談だ」

井瀬は短く告げ、勝手なことをまくしたてる粕谷に向かって鋭い視線を投げた。

「確かに五味渕は昔からいろいろと悪さをしてきたが、今はまともな事業をしているんだ。文句を言われる筋合いはないだろ」

「でも」

粕谷は不満げな顔でいったん口を閉じ、意を決したように顔を上げた。

「そもそも、井瀬がこんなことになったのは五味渕のせいじゃないか。五味渕が井瀬を変な道に引きずり込まなければ、井瀬はお父さんとトラブルになることもなかっただろうし――」

「ふざけてるのか」

恩人である五味渕を悪く言われ、井瀬は苛立ちを隠さずに言い放った。大きく息を吸ってから、「俺は変わったんだよ」と言葉を吐き出す。

「温室育ちのお前に、俺の何が分かるんだ。いつまでも小学生気分でいるのはやめろ」

「そういうわけじゃ」

「お前が紹介するって言ってる仕事は、ビルの清掃とか工場のライン作業とかだろ？前科持ちの就職先ってのは限られてるんだ。奨学金の支援者募集活動、なんていう高尚な仕事は、俺みたいな人間を信用してくれている五味渕のもとでしかできないんだよ」

そう言い捨てると、粕谷は俯いて黙ってしまった。

――図星か。

失望が井瀬の胸の内に広がった。粕谷は頭のいい人間だと思っていたが、井瀬の境遇や苦労を想像することさえろくにできないらしい。

二人の間に、長い沈黙が流れた。

電車はすでに二宮駅を発車し、大磯駅へと近づいていた。粕谷が下唇を嚙んで考え込んでいるのを横目に、井瀬は身体を窓のほうへとまっすぐに向けた。暗いガラスに、井瀬と粕谷の姿がはっきりと映っている。

不意に、小学六年生で行った修学旅行を思い出した。貸し切り列車で日光へと向かう途中、クラスメートが二人、乗り物酔いをして吐き気を訴えた。井瀬と粕谷は即座に席を立ち、二人分の席を空けて彼らが横になれるようにした。その結果、井瀬と粕谷の座る席がなくなり、目的地までの一時間以上もの間、立ちっぱなしで喋っていたのだった。

トンネルに入ったときに窓ガラスに映った自分たちの姿が何故だか誇らしく、顔を見合わせて照れ笑いをした覚えがある。

それから十二年が経ち、またこうやって横並びになって電車に乗ることになるなど、想像だにしていなかった。

大磯駅が過ぎ、平塚駅が過ぎた。茅ヶ崎駅を発車していくらかの時間が経ったとき、粕谷が「あのさ」とためらいがちに口を開いた。

「さっきは、久しぶりに会ったばかりなのにいろいろ上から目線で喋ってごめん」

答えずに、目だけを粕谷のほうへと向ける。粕谷は真剣な目で、まっすぐにこちらを見つめていた。

「井瀬は――犯罪を起こすような人間じゃないよな」

「……え?」

「ずっと訊きたかったことっていうのはこのことだ。本当は、きちんと時間を作ってから話そうと思ってたんだけど」

粕谷は言い訳をするように早口で呟いてから、「お父さんのことだよ」と声に怒りの色をにじませた。

「井瀬は、相手が死ぬまで殴り続けるなんて残虐な真似をするような人間じゃない。あれは正当防衛だったんだろ? お父さんに暴力を振るわれて、自分のことを守ろうとしただけなんだろ? それなのに、警察か検察が供述内容を歪曲(わいきょく)した調書を作って、井瀬が一方的にお父さんを殴ったことにして――」

粕谷の言わんとしていることを理解すると同時に、周りの音が一切頭に入ってこなくなった。

　正当防衛。

　粕谷の言葉が頭の中で鳴り響く。

　――もしそうだったら、どんなによかっただろう。

「粕谷、もういい」

　井瀬は喉から声を絞り出した。

「言っただろ。俺は変わったんだ」

　粕谷が息を呑んだ。絶妙なタイミングで、電車が辻堂駅のホームへと滑り込む。

「もう職場に手紙を送ってくるな。電話をかけるのもやめろ。それから、俺は小学校の同窓会には行かない。お前と俺はまったく違う世界の人間なんだ。昔の思い出を引きずるのはいい加減やめてくれ」

「そんな、無理だよ。井瀬に話そうと思ってたことも、訊きたいことも、まだまだたくさんあるんだ」

「お前と話したいと思ったらこちらからコンタクトを取る」

「必ずだよ。必ず、連絡してくれよ」

「保証はできないと言ってるだろ」

　電車がゆっくりと停車した。顔を歪めてドアの方向を振り返ってから、粕谷が「それじゃ」と名残惜しそうに手を上げる。

「本当に、会えて嬉しかったよ」

数名の乗客とともに、粕谷は辻堂駅のホームへと降りていった。

同時に、井瀬は速足で車両の中を移動し始めた。東京寄りの先頭車両の方面へと進む。できるだけ早く、粕谷の視界から消えたかった。

電車のドアが閉まり、ゆっくりと走り出した。ようやく先頭車両へと辿りついた井瀬は、ボックス席の空きを探した。人のいない車両に乗りたいからわざわざ端まで移動しているのに、あいにくすべてのボックス席に人が二人ずつ座っていた。

ちっ、と舌打ちをする。何もかもが面白くなかった。

ドアの近くの吊り革につかまり、流れゆく外の景色をぼんやりと眺める。立ったましばらくうつらうつらしていると、不意に鈴の鳴るような声が聞こえた。

「井瀬さん」

驚いて顔を上げると、右側のボックス席から片岡紗世が手を振っていた。今日は制服ではなく、白いブラウスにベージュの膝丈スカートという格好だった。小ぶりの黒いショルダーバッグを膝の上に置いている。

うっすらと化粧もしているようだった。赤みがさした頬がいつもより大人っぽく見え、思わずその顔を無言で見つめてしまう。

「今日は、辻堂から乗ってきたんですか」

「いや、そういうわけじゃない」

「平塚で乗ったときにいなかったので、会えないんだと思ってました。よかった」

あまり認めなくない話だったが、片岡紗世と会うと殺伐とした気持ちが急に晴れていくのは確かだった。逆もまた然りだ。紗世がこの車両に乗り込んでこない日が続くと、だんだんと気分が憂鬱になってくる。

「珍しいな。今日は私服なのか」

窓際に詰めてくれた紗世の隣に腰かけながら、井瀬は彼女の服装を眺めた。

「学校が午前授業だったので、そのあと友達と遊んでたんです」

「へえ、親は怒らないのか？　家に帰るのが十一時過ぎるだろ」

「ちょっと遊びすぎちゃいました。叱られるかもしれません」

紗世が恥ずかしそうに微笑んだ。可愛らしい、という感想を抱くと同時に、十五、六の女子高生を魅力的に感じている自分の神経を疑う。

「元気そうだな。前回会ったときはだいぶ取り乱してたけど」

「ごめんなさい。今日は大丈夫です」

「あれから、憧れの先輩との関係はどうだ」

表情を窺いながら尋ねると、紗世は「やっぱり無理みたいです」と悲しそうな顔をした。

「先輩は相変わらず学校に来ていなくて。噂では、不登校になってしまったみたいです。それから、予知夢の内容も元に戻る様子がなくて……変わった後の内容のままになってしまいました」

「別の男と付き合う夢か」

紗世を手に入れる男が羨ましくなりそうになり、井瀬は慌てて言葉を継ぐ。

「新しい男とは最近初めて会ったって言ってたよな。関係は進展したのか」

「いえ、一度会って話しましたけど、それ以上は」

「どんな奴なんだ」

「先輩のお友達で、同じ二年生です。でも、予知夢の内容からして、私たちが付き合うことになるのは高校卒業後みたいです。まだもう少し先ですね」

「そうか」

前回会ったときに比べ、紗世の口調には諦めの色が濃く出ていた。おそらく、この十日間で、幾度となく試行を繰り返したのだろう。予知夢の内容が元に戻らないことを確信し、失望したのに違いない。

「あと七年、どう生きるつもりなんだ」

「え?」

「敷かれたレールの上を歩くような人生はつまらないだろ。未来の夢の内容を変えようとするとさらに悲惨な事態になるって言ってたけど、だからといって夢で見たとおりに生きようと無理に合わせるのもおかしな話だ。ずっと好きだった《オリジナル先輩》を諦めて、まんまと後釜に座った《お友達先輩》と仲良くやる――で、本当にいいのか？」

「それは」

紗世は一瞬口ごもり、肩の力を抜くように小さく息を吐いた。「その呼び方、分かりやすいですね」と寂しそうに笑う。

「もちろん、私は《オリジナル先輩》と付き合いたかったです。中学の頃から、ずっとずっと大好きでしたから。でも、《お友達先輩》も悪い人ではなさそうなんです。《オリジナル先輩》とこのまますれ違い続けるんだとしたら、私のことを真面目に好いてくれる《お友達先輩》とまずは向き合ってみたほうがいいんじゃないかな、とも思います」

「まあ、そうだな。それも一つの選択肢だ」

「でも、七年後に死ぬって分かってるのに交際を始めるのは、無責任なんじゃないかなって。自分が死んだときに恋人を悲しませるのは、相手が誰であっても絶対に嫌ですから」

これから紗世が生きていく七年という時間に思いを馳せると、気が遠くなりそうになる。医師から余命七年と宣告を受けたようなものだ。

「いやいや、七年は長いぞ。今から人間関係を狭めるのはよくない」

「明晰夢の内容をそのまま受け入れるようにしてからは、ちょっと気持ちが楽になりました」

紗世がほんの少し目を潤ませた。その色白の顔を覗き込むと、ぱっと視線を逸らされてしまった。窓の外に流れていく家々の光を見ながら、そっと目元に手をやっている。

『次は、大船、大船――』

聞き慣れたアナウンスが流れた。この音声を聞くのもあと何回くらいだろう、と考えると感傷的な気分になる。

どうやら、紗世は自分の身の振り方を決めたようだった。明晰夢の内容に抗わず、運命を受け入れて生きていく。これから出会って一緒に人生を歩んでいくはずだった《オリジナル先輩》に未練を残しつつも、変わる前の未来のことは忘れようと努め、新しい恋人や環境に適応しようと前を向く。

一方、もともと半年しか猶予を与えられていない井瀬には、時間がなかった。明晰夢を見るようになってからあっという間に一か月半が経過したが、何も分からないまま時間ばかりが過ぎている。鴨宮駅のホームで線路に突き落とされて死ぬ夢も、事務所で越沼に殴りかかる夢も、駐車場で粕谷のナイフを奪い取って刺す夢も、どうしてそんなことになるのかというヒントさえ見つけられていない。

――なぜ、自分は傷害事件を繰り返そうとするのだろう。

――自分と五味渕を殺そうとしているのは誰だろう。

毎日、自室でカビ臭い布団に寝転びながら、寝る前に自問自答する。だが、答えはなかなか見えてこなかった。

五味渕、越沼、佐藤、引本、中原、そして突然現れた粕谷。井瀬の狭い人間関係の中で、何がどう絡み合って明晰夢の中で見た結末に至るのか、想像もつかない。

「俺は、何とかして自分を殺そうとしている犯人を突き止めてみようと思う。それで、死を回避できるなら回避する。もし未来を変える方法が分かったら、紗世にも教えるよ」

そう話しかけると、窓の外を眺めていた紗世が振り向いた。「そうですか」とぽつりと呟き、「無理はしないでくださいね」と潤んだ目で井瀬の顔を見上げる。

「紗世は、あと七年あるんだ。後悔しないように生きろよ」

「はい」

彼女の寂しそうな微笑みが、まぶたの裏にこびりついてしばらく離れなかった。

紗世は、いつものように横浜駅で降りていった。

そこから八分間ほど電車に揺られ、川崎駅で下車する。家までの道を歩きながら、井瀬はポケットから携帯電話を取り出し、五味渕に電話をかけた。

『おう、井瀬。どうした？』

五味渕は三コールほどで電話に出た。背後がガヤガヤと騒がしい。媚びるような女性の声と、越沼のものと思われる大きな笑い声が聞こえた。

「お楽しみのところすまない。さっき、気になることがあってな」

『気になること？　何だ』

「帰りの電車で、粕谷拓実にばったり会った」

『ええっ、まじか。お前、待ち伏せされてたんじゃねえか？　まるでストーカーだな』

粕谷が五味渕に関して喋ったことを、井瀬は包み隠さず話した。仕事を紹介すると言われたことも伝える。

『粕谷の奴、ふざけんなよな』五味渕は怒り心頭の様子で悪態をついた。『そりゃ俺だって、学生時代はまあ遊んださ。だからって、今の俺がどうこう言われる筋合いはないだろ。この事業にどんだけ力を注いでると思ってんだ』

「だよな」

『くそ、むかつくな。それなら俺だって一つ言わせてもらうぞ』

五味渕が声を潜め、『改めて言う。粕谷には気をつけろ』と囁いてきた。

『学生時代に共通の知り合いからこっそり聞いたんだけどさ、あいつの家、けっこうな借金を抱えてるらしいんだ。学費のやりくりにも相当苦労してるみたいだった。粕谷は立場の弱いお前に近づいて、いろいろと恩を売ってから金を借りようとしているのかもしれないぞ』

「そうなのか」

『ああ。俺の周りにも、金を貸してくれって頼み込まれた奴が何人かいてさ』

粕谷の家が借金を抱えているというのは意外だった。確か粕谷の父親は不動産会社を経営していたはずだが、倒産でもしたのかもしれない。

『だから、下手したら騙されるぞ。気を抜くなよ』

「ああ、分かった」

『それと、井瀬に仕事を辞められるのは困る。お前は、俺らにとっての重要な戦力なんだ』

「辞めるつもりはないさ」

『よかった。ありがとな』

二言三言会話をしてから通話を切り、携帯をポケットに戻した。

まで家までは二十分ほどの距離があった。コンビニ前にたむろしている東南アジア系の若者グループを横目で眺めながら、道路照明灯に照らされた大通り沿いの歩道を歩いていく。数台のトラックが立て続けにそばを通過し、排気ガスの臭いがぷんと漂った。

最近までは夜まで暑かったのに、今日は涼しい風が吹いていた。夏が終わり、秋へと季節が移り変わっていくのが如実に感じられる。

――もう、夏という季節を経験することはないのだろうか。

冷房がない部屋で、ひたすら暑さに耐え続けた三か月間だった。あのいまいましい熱帯夜さえ、なんだか今は妙に懐かしく感じられる。

二〇一八年九月二十日（木）

光を知覚した。

目の前がぼやけているのに気づく。ピントが合っていない顕微鏡を覗き込んでいるかのようだ。

だんだんと視界が晴れていく。

井瀬の視線の先には、大きなモニターがあった。

何をしているのだろう、と考える。自分が木でできたデスクの前に座っていて、右手がマウスの上に置かれているということだけがかろうじて分かった。

全身から力が抜けていく。

──嘘だろ。

モニターに表示された何かを見つめたまま、口がひとりでに動き、言葉を発した。確かにそう言ったはずなのに、自分の声は聞こえてこなかった。

苦しさを感じ、目を覚ました。

朝の光が差し込む東海道線のボックス席で、井瀬は窓ガラスに頭をもたせかけていた。遠くに青い海が見える。電車は二宮駅と国府津駅の間を走っているようだった。

予知夢の内容がさっぱり理解できないのは久しぶりのことだった。

──何を見ていたのだろう。

写真や動画ではなく、記事のようなものだった気がする。だが、不明瞭な視界の中、見出しさえ読むことができなかった。

パソコンは持っていない。職場で使っているのもノートパソコンだし、夢の中で見たような木製のデスクもない。つまり、わざわざどこかにパソコンを使いに行ったのだろうということは推測できる。

あそこだろうか、と川崎市の図書館を思い浮かべた。ちょうど、昨日初めて訪れた場所だ。

仕事のない水曜日にわざわざ図書館に足を運んだのは、情報収集のためだった。インターネットを無料で使える場所、というと、そこしか思いつかなかった。普段は必要があれば事務所のパソコンを使っているのだが、今回調べたかったのは、五人もの同僚の目がある中で閲覧するわけにはいかない内容だった。

一回につき三十分、一日二回が限度という利用制限の中で、井瀬は片っ端から検索ボックスに周りの人物の名前を打ち込んでいった。粕谷拓実、佐藤愛斗（まなと）、引本太陽（たいよう）、中原渉（わたる）。明晰夢に出てきた格子柄コートの男と似た体型をしている四人に加え、顔面を殴るシーンを夢で見た越沼隆一（りゅういち）や、血だらけになって白いライトバンにもたれかかっていた五味渕健介についても念のため情報を集めた。

インターネットで調べてすぐに犯人が絞り込めるとは思っていなかった。そもそも、少年刑務所に五年間入っていた井瀬の手元には情報が少ない。まずは彼らの素性や経歴を知るところから始めるつもりだった。

新入りの三人に関しては、大した情報は手に入らなかった。

佐藤は、本名で登録しているSNSの個人ページくらいしか出てこなかった。初日と同じような明るい金髪で、サーフボードを片手にピースサインを作っている姿がプロフィール写真に設定されていた。引本については、めぼしい情報がまったく出てこなかった。中原は、同姓同名が多く、彼自身に関する情報を探すのに苦労した。ようやく見つけたのは、中原が以前働いていたというオフィスチェアの企業のホームページだった。前職が椅子の販売というのは本当のようだ。

粕谷拓実は、想像していたとおりのエリートだった。大学の入学パンフレットに寄稿したらしい『卒業生からのメッセージ』のページに、簡単な経歴が記載されていた。神奈川県内でも有名な中高一貫校を卒業後、有名私大の経済学部に進学。卒業後はメガバンクに就職し、法人営業を担当。

順風満帆という言葉がぴったりの人生だ。高校時代には英作文のコンテストで県一位を獲得したこともあるらしく、その結果報告が高校のホームページに載っている。SNSでは数百人もの友人と繋がっているようだった。大学の卒業式でガウンを羽織っている写真がプロフィールに設定されていた。

五味渕が言っていた親の借金に関する情報はさすがに見つからなかった。マイナスな情報が一切なく、検索結果を見れば見るほど胸がむかついた。

一方の五味渕は、ほとんどインターネット上に名前が出ていなかった。SNSに興味を示さないのは昔から変わっていないようだ。一つだけ、女性のものとみられるブログの投稿が見つかった。四年前の日付で、『五味渕健介、逃げるとかまじありえない。死ね』という恐ろしい一言が書かれている。

大学在学中に複数の女性と遊び歩いて金を貢がせていたと粕谷が話していたことからして、おおよそこの女性も捨てられたうちの一人なのだろう、と推測した。五味渕のような男がルックスにも頭のよさにも恵まれているのは、女性にとっては不幸なことだ。

——原因は、五味渕なのだろうか。

調べながら、そんなことを考えた。

思えば、明晰夢の中で格子柄コートの男と最初に揉み合っていたのは五味渕のほうだ。親を死なせて五年間外の世界から隔離されていた井瀬よりも、大学時代も暴力や女性関係などの噂があった五味渕のほうが、殺人のターゲットになる可能性は高いように思える。もしかすると、井瀬は五味渕に起因するトラブルに巻き込まれただけなのかもしれない。

そんなことを考えながら、最後に越沼の名を打ち込んだ。

ヒットした件数の多さに面食らい、井瀬は表示されたページをまじまじと見つめた。名前が似ている有名人でもいるのかと思ったが、そうではなかった。

検索結果の大半は、掲示板サイトだった。オークションサイトで大量の福袋を出品し、詐欺を働いた人物として、『越沼隆一』という名前の男がさらしあげられていた。一万円スタートで販売した福袋の中身が、どう見ても古着屋で適当に買ってきたような安物ばかりで、金額に見合わないと大炎上したらしい。しかし、ネットオークションは自己責任の範疇（はんちゅう）で行う個人売買であり、購入者の中には満足する品物を受け取った人もいたため、被害者は泣き寝入りになったということだった。販売総数は二百点を超えていたらしい。

越沼に関するほとんどの投稿は三年前の日付になっていた。NPO法人コネクテッドが立ち上がる前の話だ。オークションサイトで使っていたIDとSNSのIDが同一だったことから、掲示板の住人に本名を特定されてしまったようだった。

被害者の怒りの声や批判が集まる掲示板のスレッドを読みながら、井瀬は頭の中の疑念が大きくなっていくのを感じた。「時間、過ぎてますよ」と図書館のスタッフに注意されるまで、井瀬はオークション詐欺の情報を閲覧し続けていた。

――あの越沼が、過去にこんなことを？

ぐるぐると思考を巡らせているうちに、電車は鴨宮駅に到着した。ホームへと降り立ち、エスカレーターを上って改札へと向かう。

九月も終わりに近づき、今日は涼しい風が吹いていた。徒歩三分の道のりを急ぎ足で歩き、井瀬は始業時間五分前に事務所へと足を踏み入れた。

「お、井瀬。おはよう」

奥の席で、五味渕が爽やかに片手を上げる。見回すと、部屋の中には越沼と中原もいた。佐藤と引本はまだ来ていないようだ。

人数が倍になって、事務所はすっかり狭くなっていた。事務机を六つ入れるスペースはないため、これまで井瀬が使っていた机を内勤担当の佐藤と引本に明け渡すことにして、机の追加は一つに抑えた。外回り担当の中原と井瀬は、部屋の隅に小さなテーブルを置いて作業することになった。今も、中原は一番奥で縮こまるようにしながらパンフレットやチラシを整理している。

井瀬も中原のそばに歩いていき、今日の訪問に必要な分の資料を鞄に入れ始めた。しばらくして、入り口のドアが大きく開き、佐藤と引本が大きな笑い声を上げながら出社してきた。時計を見ると、始業時間を三分回っていた。

「ちょい遅刻だな」

五味渕が開口一番に言うと、「すまんすまん」と佐藤が両手を合わせた。

「昨日、引本と朝三時まで飲んでてさ。きちんと起きただけでも褒めてほしいわ」

「遅れて来たくせによく言うな」

五味渕が笑うと、「いやあ、本当に美味い店だったんだよ。酒の種類も多くて」と引本が舌なめずりをした。

「どこの店だ？」

「小田原駅からすぐ。この間、歓迎会やってもらったところのすぐそばだな」

「歓迎会ってのは――」越沼が会話に割って入る。「一次会で使った居酒屋と、二次会で連れてってやった店、どっちだ」

「一次会のほうだよ」

引本はそう答えた後、「二次会のキャバクラ、けっこうレベル高かったな」と顔をにやけさせた。おどけた調子で「越沼先生、全おごりさすがっす」と手を叩く。

「ま、歓迎会だからな。それくらいわけねえよ」

越沼が太った身体を満足げに揺すった。

――キャバクラ？　全おごり？

井瀬は思わず手を止め、眉を寄せた。

図書館で閲覧した情報が脳裏で点滅する。

視線をずらすと、ちょうどこちらを見ていた五味渕と目が合った。井瀬と同じように、五味渕も顔をしかめていた。

五味渕が親指をドアのほうへと向け、他の四人に気づかれないように小さく合図した。井瀬は急いでパンフレットや申込書を鞄に詰め、集金袋を投げ込むと、壁から社用車のキーを取って外へと出た。後ろから「俺もタバコ吸ってくるわ」という声がして、五味渕がついてくる。

外階段を降り、建物の裏手へと回った。五味渕はタバコに火をつけ、井瀬にも一本勧めてきた。箱から引き抜き、ライターから火をもらう。

「さっきの会話、何か気になったか」

五味渕が尋ねてきた。「そりゃな」と煙を吐き出しながら返す。

「越沼の給料は、俺とそう変わらないんだろ。五人でキャバクラに行って会計を全部持つなんて……いったいいくらかかるんだよ」

「だよな。俺も不思議だったんだよ。酔っ払った越沼が全額出すって言うからその場は任せたけど、さすがに羽振りがよすぎる」

「越沼の奴、だいぶ貯め込んでるのかな」

「いや、あいつはコツコツ貯金ができるタイプの人間じゃねえよ。もしかしたら、手当を不正に使ってるのかもしれない」

「手当？」

オークション詐欺のことを考えていた井瀬は、聞き慣れない言葉に目を瞬いた。

「単身赴任手当だよ」

「は？　あいつ結婚してたのか？」

驚いて目を見開くと、「一年くらい前にそう言われた」と五味渕がため息をついた。

「相手は名古屋に住んでるんだってさ。このままの給料だと会いに行くための交通費を捻出するのが苦しいって言ってたから、単身赴任手当って形で給料を増額してやることにしたんだ。あまり額は大きくないが、一応家賃手当も出してる。でも、名古屋に行ってる様子はないんだよな。指輪もしてないし、写真も見たことがない。そろそろ問いただささなきゃいけないとは思ってた」

「結婚自体が嘘だったりしてな」

「だったらやばいな」

五味渕は苦笑いし、「とりあえず調べておくわ」とタバコの煙の間から答えた。

このことが明晰夢の内容にどう繋がってくるのかは分からないが、ひとまず越沼の動向には注意しておく必要がありそうだった。

「あ、そういや、今日は坂口さんとこの訪問だっけ」

「ああ。朝一でな」

「頑張ってこいよ。朗報を待ってる」

五味渕が声を上ずらせた。黙って頷き、吸い終わったタバコを駐車場の隅に設置されている灰皿へと押し込む。「じゃ」と五味渕に声をかけてから社用車に乗り込んだ。

まだ時間が早かったが、ここ最近で一番重要な訪問に行くのだから気合いを入れるに越したことはない。

普段は放任主義の五味渕が、今日の井瀬のスケジュールを把握しているのにはわけがあった。

一か月前に初回訪問をしたときに月五万円の支援に同意した坂口政子が、支援金額の増額を検討していると連絡してきたのだ。すでに始まっている一人を合わせて、合計三人の子どものために、なんと月十五万円を寄付したいのだという。申し出を受け、井瀬は電話口で何度も礼を言った。自分が携わる奨学金制度に心から賛同してくれる支援者が現れたのは、まだ働いて五か月しか経たない井瀬にとっては喜ばしいことだった。これでまた、進学の道を諦めなくて済む高校生が増える。

――ビルの清掃や工場のライン作業よりは、こっちのほうがよっぽどましだな。

慈善事業以外の何物でもない仕事に対して責任感とやりがいを感じられるようになってきたのは、更生の一途を辿っている証拠なのかもしれなかった。就職した当初は、正直違和感が圧倒的に上回っていた。今は、この仕事や環境にも馴染んできている。そんな日々もあと半年も経たずに終わるのかもしれない――と思うと、虚しさが井瀬の胸中に広がった。

坂口政子が一人で住む家の前に社用車を横づけし、門の前についているインターホンを押した。「はあい」という嬉しそうな声がして、ゆっくりと玄関のドアが開く。少し曲がった腰に手を当てた政子が、満面の笑みで井瀬を迎えた。

　祖母というのは孫から見たらこういうふうに見えるのだろうか、とおぼろげに考える。親戚付き合いのない井瀬にとって、経験のない光景だった。

　居間に通され、勧められるままに座卓の前に座った。政子はそのまま暖簾(のれん)をくぐって台所へと向かい、湯気の立っている湯飲みを両手に持って戻ってきた。

　会話を始める瞬間というのが、井瀬はもっとも苦手だった。世間話を振ろうにも、引き出しもなければ話術もない。いきなり申込書を取り出してよいものかどうか逡巡(しゅんじゅん)していると、目の前に腰を下ろした政子が「井瀬さん」と話しかけてきた。はい、と返事をして、座布団の上で姿勢を正す。

「あなたが紹介してくれた海老原遼(えびはらりょう)くんね、大人っぽくてしっかりしていて、本当に素敵な子なのよ。東大を志望していて、将来は電子工学を勉強したいんですって」

「優秀ですね」

　支援者と奨学生のマッチングは内勤担当の仕事だから、厳密に言うと井瀬が紹介したわけではない。名前も今政子の口から聞いて初めて知ったくらいだ。だが、悪い気はしなかった。

「こういうお話を持ってきてくれて、本当にありがとうね。正直、夫に先立たれてからは、息子家族ともなかなか会えないし、何を目的に生きればいいのかすっかり分からなくなってたの。でも、これで目標ができたわ。遼くんをはじめ、そのほかの子どもたちを応援してあげて、立派な大人になってもらうっていう大きな目標がね」

これはきっと私の生きがいになるわ、と政子は顔をしわだらけにして笑った。

「ただお金を出すだけならいくらでも寄付先はあるけれど、毎月子どもと話せるっていうのはなかなかいいわね。ここは駅から遠いから、もし実際に会うとなったら大変だけど、タブレットで顔を見ながら電話をするだけならとっても簡単だし。忙しい高校生にとっても一番いい方法だと思うわ。さすが、お若い方は考えることが違うわね」

「いえいえ、そんな」

「私はこんな七十五歳のおばあちゃんだけど、今誰のために生きているのかっていうのがはっきりするのはやっぱり嬉しいものよ。井瀬さんのおかげで、また新しい一歩を踏み出せそう。本当にありがとうね」

政子は何度も感謝の言葉を口にした。

世の中にはこういう人間もいるのだな——と、何とも言えない気分になる。

子どもの頃は親からろくに金を与えられず、こうやって大人になっても月々の手取りの中でギリギリの生活をしていると、政子のような支援者たちが別世界の人間のような気がしてくる。

彼らは、自分だけでなく他人のことまで考える余裕があって、それを支えるだけの財力を持っている。よっぽど恵まれた環境で生きてきたのだろう、と卑屈に考えてしまえばそれまでだが、自分が似たような立場になったときに同じ考え方ができるかは自信がなかった。

もしかしたら五味渕も、健全な家族関係や人間関係というものに飢えていたのかもしれない。自分になかったものを五味渕が間接的にでも取り戻そうとした結果が、このＮＰＯ法人だったのではないだろうか。

政子はその後しばらく、亡くなった夫について語った。先月ここを訪問したときは夫のことを「ちょっとした企業の会長」と言っていたが、よくよく聞いてみると大手自動車メーカーの代表取締役を長年務めていた人物だったらしい。小ぢんまりとした古い日本家屋に住んでいるのは、「一人で大きな家に住むのはもったいないから、貸してるの」ということだった。一人きりで贅沢をすることに意味を見出せず、夫が残した多額の遺産と年金をどう処理していいか途方に暮れていたところに越沼からのテレアポの電話がかかってきたのだという。

そういうわけか、と井瀬は内心ほっとした。月十五万もの支払い能力が果たしてあるのだろうかと疑っていたのだが、心配する必要はなかったようだ。

「遼くんの他に支援するお二人はどんな子たちなの？」

政子に訊かれ、井瀬は鞄の中からクリアファイルを取り出した。事前に政子と電話をしたときに、必ず契約するから支援先の奨学生のプロフィールデータを持ってきてほしいと言われていたのだった。越沼にプリントアウトしてもらった紙には、氏名、居住地、高校名、志望している大学名が簡易的に記載されていた。

政子の支援を新しく受けることになる二人は、いずれも小田原市内の高校三年生ということだった。半年後に有名大学に合格することを目指して猛勉強している、未来ある優等生たちだ。面接をしたときの印象も特によかった二人だ、と五味渕が太鼓判を押していた。

「あら、どちらも男の子なのねえ。最近は進学希望の女の子も多いんだと思ってたけど、そうでもないのかしら」

「いえ、女子もいますよ。ただ、今回は全員男子みたいですね」

奨学生の男女比は偏っていた。特に、井瀬が直接営業をかけた大口案件に関しては、男の奨学生ばかりが割り当てられる。こういう不平等が生じるのは、おそらく面接を担当している五味渕の選考基準のせいだった。

昔から男同士でしかつるんでこなかったせいか、五味渕は女性をあまり信用していない。職場にも女性を採用しないし、奨学生の選考でもどちらかというと男子生徒に甘いように見える。無意識にやっているのかもしれないが、そろそろ注意したほうがよさそうだった。

「千葉大貴（ちばだいき）くんと、竹井聡志（たけいさとし）くんね。どんな子かしら。写真はないの？」

「すみません、手元になくて」

「じゃあ、ビデオ通話の日を楽しみに待つことにするわ」

政子は窓の外を見やり、目を細くして微笑んだ。

「海老原遼くんはね、いかにも優等生って感じ。銀縁の眼鏡をかけてるの。『コンタクトのほうがかっこよく見えるわよ』って伝えたんだけど、今はお金を節約したいから眼鏡のままでいいんですって。今度コンタクト代も出してあげようかしら。でも、『そんなお金をもらうくらいなら学費や生活費に回したい』って言うでしょうねえ。本当に真面目な子なのよ」

一か月前に支援を始めたばかりの高校生のことを、政子はまるで自分の孫のように話した。

ひととおり聞き終わってから、井瀬はクリアファイルから申込書を取り出してテーブルの上に置いた。政子はさらさらと二通の申込書に記入しながら、「私、昔は秘書をやってたのよ。事務仕事は得意なの」と懐かしそうな声で言った。政子が理知的な喋り方をするのは企業で働いていた経験があるからか、と腑（ふ）に落ちた。

最後に今月分の十五万円を現金で回収し、井瀬は坂口政子の家を後にした。もうすでに時刻は十一時近かった。

「じゃ、また来月ね。お気をつけて」

門まで出てきてくれた政子が、名残惜しそうに小さな手を振った。

初回訪問と集金を二件ずつ終え、十九時半過ぎに事務所に戻った。部屋の片隅で一台のノートパソコンを中原と融通し合いながら集金管理表の記入を行い、タブレットの配送準備を行う。パソコンが中原と共用になってから、事務作業の効率が大幅に下がってしまった。本当は経費でもう一台買ってほしいところだが、五味渕の切り詰め方を見る限り、すぐには難しそうだ。

結局、事務所を出たときには二十一時半近くになっていた。

人がまばらな夜道を歩きながら、今日は会えないだろう、と予想する。バイト帰りの紗世と遭遇する確率が高い電車は、三十分前に鴨宮駅を出てしまっていた。

紗世といつ会えるのかも、今後会う機会があるのかも予測がつかないことが、井瀬にとってだんだんと苦痛になりつつあった。予知夢の中に出てくれればまだ希望が持てるが、そう都合よく彼女が登場することはない。

——次は、連絡先でも聞くことにしよう。

あれだけ明晰夢について話し込んでおいて、たまに同じ車両に乗り合わせる人、という距離感をいつまでも崩さないのはむしろ不自然だろう。

静かな鴨宮駅のホームに滑り込んできた上り電車に、井瀬はゆっくりと乗り込んだ。ボックス席に座り、窓枠に肘を乗せてじっと外の暗い景色を見る。

今度はどんな夢を見るだろう、と思考を巡らせた。願わくは、血なまぐさい過去や未来の光景は見たくなかった。

珍しく、二宮駅を過ぎ大磯駅を後にしてもなお、井瀬に眠気は訪れなかった。正確には、眠気というよりは、意識が空間の向こう側に引っ張られるような感覚だ。今いる世界から無理やり引き剝がされるような感じ、と形容してもいい。

平塚駅で、片岡紗世は乗ってこなかった。失望感を抱きながら、井瀬は背もたれに寄りかかり、目をつむった。

以前、紗世が言っていたことを思い出す。

――私たちが見ている明晰夢は、何かの間違いがあってちょっと早めに始まってしまった、人生の走馬灯なんじゃないかと思うんです。

そうだとしたら、これは時間軸の狂った、壮大な走馬灯だ。電車事故で命を散らす運命にある者だけが見ることのできる、短くやるせない人生を凝縮したハイライト映像。

明るい光を感じ、顔を上げた。

井瀬は、昼間の電車内にいた。太陽の光が差し込んでいる。さっきまで座っていたはずのボックス席は消え、井瀬は横並びの席の真ん中あたりに腰かけていた。向かい側の窓の外では、線路沿いに立つ独立型の店舗やオフィスビルが、右から左へと高速で流れている。外の景色からして、電車は辻堂駅と藤沢駅の間を走行しているようだった。

「井瀬」

横から柔らかい声がして、井瀬は振り向いた。隣には、半袖のポロシャツにジーンズというカジュアルな服を着た粕谷拓実が座っていた。

——また、死後の夢か。

車内の冷房はさほど効いていないようだった。五月くらいだろうか、と井瀬は青々とした空を眺めながら推測した。

「また会えたね。いつからそこにいたの？　びっくりしたよ」

粕谷はぎこちなく微笑んだ。三回目ともなると、井瀬の〝幽霊〟に会うことの驚きは少ないようだった。

「さあ」

ぶっきらぼうに答える。声帯も表情筋も、すべて自分の意思で動かすことができた。

「今日は二〇一九年五月四日だよ。ゴールデンウィークなんだ」

「そうか」

「井瀬が死んでからちょうど三か月だね」

「みたいだな」

「もう一度会えたら訊こうと思ってたことがあるんだけど、いい？」

　まどろっこしい言い方が気になった。「何だ」と唸(うな)るように返すと、粕谷が小さく息を吸った。

「亡くなったお父さんのこと、最近はどう思ってたの？」

　予想もしていない質問だった。井瀬は向かい側の窓に視線を固定したまま、粕谷の言葉を頭の中で反芻した。

　夢の中だからだろうか。なんとなく、感傷的な気分になった。答える気などなかったのに、ぽつりと言葉がこぼれ出た。

「死なす必要は、なかったな」

　あまりにも小さな声だったから、よく聞こえなかったのかもしれない。「え？」と粕谷が耳を近づけてきた。

「ろくでなしの父親だったが、極悪人ではなかった」

　ゴミのような連中を、少年刑務所で大勢見てきた。頭のねじが吹き飛んでいる薬物中毒者や、良心などという言葉とは縁のない詐欺師たち。女のことしか考えていない強姦魔や、他人の金や命を奪ったことを反省もしていない強盗殺人犯。ああいう連中が、事件当時に未成年だったからという理由で社会復帰を遂げていくのだ。ああいう連中に比べれば、父親はまだまともだった。酒を飲んでは暴れ、母親が稼いできた金にまで手をつけていたとはいえ、死という結果はあまりに重すぎた。

そうか、と粕谷は小さく呟いた。

「井瀬は大変だったよな」

分かったような口調で言い、顔を俯ける。

「小学校の頃から、朝食抜きで学校に来ることがしょっちゅうだったし、ボロボロになった手提げや上履き入れもそのまま使い続けてた。親父さんと殴り合いの喧嘩になったって言って、背中のあざを見せてくれたこともあった。でも、あのときは何も気づけなかったんだ。誰もが自分みたいに充足した環境で生きてるわけじゃないってことが分からなかった。うちには楽しそうに遊びに来る井瀬がどうして自分の家に僕を呼んでくれないのか、理由を想像することもできなかった」

粕谷が静かな声で言った。その声には悔しさがにじみ出ていた。

「僕は、井瀬を助けたかった。それだけだったんだよ」

その言葉を、井瀬は複雑な気持ちで聞いた。

じゃあ、血まみれのナイフを持っていたのはなぜなんだ、どうして俺は粕谷を刺すんだ――そう問いただしたかったが、唇が動かなかった。

小学校の頃、クラスでドッジボールをしたときのことを思い出す。クラスメートは、「タクミ二人組」を必ず別チームに入れたがった。粕谷と井瀬が同じチームになると圧勝してしまうから、というのが彼らの主張だった。

――パス！

――井瀬が取ったぞ。

――粕谷、行け！

粕谷が投げた青いボールが、井瀬の顔面へと迫ってくる。

『まもなく、川崎、川崎――』

アナウンスの声が耳に入り、目が覚めた。ずいぶんと長く寝ていたようだった。

電車が停車し、空気の抜ける音がしてドアが開いた。改札に向かう人の流れには乗らず、ホームの真ん中まで歩いていって立ち止まる。スーツのポケットに手を突っ込んで、手に触れたものを引っ張り出した。

くしゃくしゃになった紙の切れ端が出てきた。走り書きの字で、粕谷の電話番号が書かれている。このあいだ無理やりスーツのポケットに突っ込まれたのを、そのままにしていたのだった。

数秒間迷ってから、井瀬は鞄を両脚で挟んで下に置いた。上着の内ポケットから携帯を取り出し、書かれている番号を打ち込んでいく。

携帯を耳に当てた。発信音が鳴り始める。井瀬は身体を硬くして、聞こえてくる音に耳を傾けた。

三回目の途中で、ベルの音が途切れた。

『はい、粕谷です』

柔らかいトーンの声がする。どう切り出していいか分からなくなり、「あの」と呟くと、途端に興奮を帯びた声が返ってきた。

『井瀬か？　井瀬だな？』

「……そうだ」

『やっと電話をくれたか。ずっと待ってたんだよ』

「まだ一週間も経ってないだろ」

『かけてくる気はないのかと思って心配してたんだ。よかった。本当によかった』

心から喜んでいる声を聞いて、一瞬電話をかけたことを後悔しそうになった。その気持ちを抑え、短く用件を告げる。

「どうして俺のことをしつこく追い回すのか、その理由くらいは聞いてやってもいいと思ってな」

『もちろん話すよ。直近で会おう。今週末はどうだ？』

粕谷の勢いに気圧(けお)されつつ、「土日は仕事だ」と答える。

『そうか、じゃあ直近の休みの日はいつ？　井瀬に合わせるよ』

火水という曜日を挙げると、『それなら来週の火曜にしよう』という前のめりの提案が返ってきた。『仕事を抜けていくから、申し訳ないけど東京駅でもいい？』そう言って、てきぱきと駅構内の喫茶店を指定する。

『よろしく。楽しみにしてるから』

ああ、と投げやりな返事をして、井瀬は電話を切った。

――まずは、相手を知るところから始めなくてはならない。

二〇一八年九月二十五日（火）

目を開けると、そこは校庭だった。

細く筋肉質な腕が、青いボールを抱えている。その腕が視界の後方へと消えていき、戻ってくると同時にボールを放した。

井瀬がアンダーハンドで投げた球は、勢いよくホームベースへと転がっていった。

待ち構えていた色白の男子が、助走とともに思い切りボールを蹴る。

頭上を越えていく球へと井瀬は大きくジャンプした。太陽の光が直接目に差し込んで、一瞬視界が真っ白になった。井瀬の指先をかすめて、ボールは外野へと飛んでいった。

おそらく、六年生のときの昼休みの光景だった。クラス全員で、毎日のように蹴り野球をやっていた。

投げるのが一番上手いのは井瀬、蹴るのが得意なのは粕谷。

——おい、一塁いけるぞ！

誰かがそんなことを叫んだような気がした。見ると、とっくに一塁に着いているはずだった粕谷が、何故か大きく道を外れて鉄棒のほうへと走っていた。その行く先へ目を向けるなり、井瀬は目を見開いた。

三、四年生くらいの男子が数人、地面に横たわった何かを殴っているのが見えた。

とっさに守備を投げ出して、粕谷のもとへと走る。

——こら、離すんだ！

怒った顔で、粕谷が男子たちに呼びかけている。羽交い絞めにして引き離し、鉄棒の下の砂場に投げ飛ばす。井瀬もすぐに合流して、残りのいじめっ子たちを蹴散らした。

地面に四つん這いになって震えていたのは、髪をおさげにした女子だった。二年生くらいだろうか。目にいっぱい涙を溜めて、こちらを見上げていた。

すっかり忘れていた出来事だった。しかし、見れば思い出す。音ははるか遠くにしか聞こえないが、井瀬は自分たちの言葉を頭の中で再現しながら夢を見続けた。

——低学年の子を一方的に殴るなんて、何考えてるんだ！

砂場に転がっている二つか三つ年下の男子たちを振り返り、怒鳴りつける。彼らは反省していない様子で、泣いているおさげ髪の女子を指さした。

——だって、あいつが生意気なんだもん。俺らが空中逆上がりをやろうとして失敗したとき、手を叩いて笑ったんだぜ。

——理由にならない。言葉で言われたのに、暴力で返していいわけないだろ。

——殴ったほうが悪いよ。きちんと謝って。

井瀬と粕谷が有無を言わさぬ口調で詰め寄ると、男子たちはたじろいだ。

しばらくして、ごめん、と男子たちがぼそぼそと呟く。頭を下げるや否や、彼らは一目散に逃げていった。

やったな、と粕谷がハイタッチを求めてきた。その手に自分の手を勢いよく重ねる。

――さすがだな。井瀬も後からすぐに駆けつけてくれるって、信じてたよ。

夢の中で、六年生の粕谷が嬉しそうに笑い、親指を立ててみせた。

いつからだろうか。

――と、夢を見ている井瀬はふと考える。

人に感謝されるということが、ほとんどない人生だと思い込んでいた。


目を覚ますと同時に、井瀬の乗る電車が東京駅のホームへと滑り込んだ。

都内に足を踏み入れるのは久しぶりだった。平塚で生まれ育ち、市内の学校に行き、そのまま埼玉にある少年刑務所へと送られた身としては、東京という場所は少々異質だ。そして、自分の過去と重なるところがないぶん、安心感があった。

多くの旅行客や会社員がうごめいている駅直結の地下街を歩き回り、ようやく粕谷に指定された喫茶店を見つけた。女性客の多いベーカリーカフェのようで、ここで合っているだろうかと何度か店名を確認した。

井瀬、と後ろから声をかけられた。振り向く間もなく、隣に自分と同じくらいの背丈の男が現れた。

今日はダークグレーのスーツ姿だ。粕谷は昔と変わらない上品な笑顔を作り、「さ、入ろう」と中を指し示した。

粕谷に誘導されるままに、端の席に腰を下ろした。持ってきた折り畳み傘を床に置く。雨が降りそうな天気だったから、念のため持参したのだった。会社が近いからか、粕谷は傘を持ってきていなかった。

「サンドイッチとコーヒーでいい?」という粕谷の問いに、無言で頷いた。粕谷は手際よくレジカウンターで会計を済ませ、サンドイッチの袋とコーヒーカップを二つずつ載せたトレーを持って戻ってきた。

「こうやってカフェなんかで会うのは初めてだから、なんだか照れ臭いね」

粕谷は椅子に腰を下ろしながら、はにかんだ笑みを浮かべた。

「きちんと約束して会ったのはいつぶりかな。高校一年以来?」

「そんなもんじゃないか」

おそらくそうだ。五味渕とつるむようになる前までは、粕谷からの定期的な誘いに応じてたまに顔を合わせていた。ただ、中学生になりたての頃からすでに居心地の悪さはあった。地元の公立中学に進学し、入部したバスケ部でいきなり中学三年の先輩から目をつけられるようになった井瀬と、名門中高一貫校で平和なブラスバンド部に入って高校生の先輩から丁寧に指導をしてもらっていた粕谷とでは、普段の生活に占める〝危機〟の割合がずいぶんと異なっていたようだった。

「あの頃は、平塚駅のそばのファミレスで会ってたんだっけ。帰りにゲーセンに行ったこともあったよね。確か、井瀬がものすごくUFOキャッチャーが上手くて――」

「思い出話をしに来たわけじゃないぞ」

念を押すと、粕谷は「ごめんごめん」と苦笑して後頭部に手をやった。

「どうして僕がしつこく井瀬に連絡を取ろうとしていたのか、だよね。僕も仕事の合間で時間がないし、本題に入ろうか。まあ、食べながら聞いてよ」

言われなくてもそうするつもりだった。サンドイッチの包みを開けながら、粕谷の様子を観察する。

――俺の周りにも、金を貸してくれって頼み込まれた奴が何人かいてさ。

――下手したら騙されるぞ。気を抜くなよ。

五味渕の言葉が頭の中で響いた。粕谷は金を無心するために、いったいどのような手段を使う気だろう。刑務所から出てきたばかりの井瀬にまで目をつけるくらいだから、よほど困っているに違いない。

粕谷はコーヒーを一口飲んでから、通勤鞄へと手を伸ばした。鞄の中から彼がスマートな仕草で取り出したのは、分厚い紙が入ったクリアファイルだった。井瀬の顔色を窺うようにしながら、粕谷がそっと机の上にファイルを置く。

クリアファイルの中には、何やら小難しい文章がずらずらと並んでいる紙が挟まれていた。

一見、契約書のように見えた。借金の連帯保証人にでもさせる気だろうか、と身構える。

「何だこれは」

「読めば分かると思うよ。よく見てごらん」

粕谷に諭され、もう一度クリアファイルへと目を落とす。

コピー用紙の冒頭に『主文』という二文字があるのを見つけ、井瀬ははっと息を呑んだ。

「……判決文か」

井瀬は舌打ちし、クリアファイルを乱暴に突き返した。

「こんなものをわざわざ持ってきて、いったい何のつもりだ。俺の過去をネタにして脅そうってか？」

「いやいや、脅すなんてとんでもない。この裁判記録について、いくつか訊きたいことがあるだけだよ」

「今さら何を知りたいんだ。判決文を全部読んだなら、それ以上言うことはない。そこに書いてあることがすべてだ」

井瀬は判決文を顎で示した。『被告人を懲役五年に処する』という無機質な文字を睨む。たった十文字やそこらの一文と、井瀬が失った五年間は釣り合わないように思えた。

「井瀬は、この判決文をきちんと読んだか」

「ああ。裁判で読み上げられたからな」

「主文だけじゃなく、理由の部分まで細かく聞いたか」

「さあな」

「記憶にないってことは、聞いていなかったんだろうね」

粕谷は勝手に決めつけ、幾度か頷いた。

「でも、僕が井瀬の立場だったとしてもそうなると思う。懲役五年って言葉を先に聞いてしまったら、あとの長ったらしい説明にゆっくり耳を傾けてなんていられないよ」

「何を言いたいんだ」

「この判決文のすべてが真実だとは到底思えない、ってことだよ」

例えばここ、と粕谷はクリアファイルから紙の束を取り出し、ページをめくった。

『平成二十五年一月十八日午後十一時頃、神奈川県内の自宅付近にある児童遊園において、被告人が、酩酊状態で通りかかった被告人の父親に対し、数分にわたって殴打足蹴にするなど暴行を加え』

粕谷が文字を指で追いながら、難解な文章をすらすらと読み上げた。

「それは全部事実だ」

「本当か？　じゃあ、どうして井瀬は深夜十一時に一人で公園なんかにいたんだ」

「それは――」

鋭い指摘を受け、一瞬思考が止まる。さすがは粕谷拓実だ。五年前、同じようなことを警察にも訊かれた。

取り調べの中で、井瀬は五味渕と一緒にいたという事実を隠した。しかし、現場の足跡を調べたのか、それとも通行人の目撃証言があったのかは分からないが、警察は最後まで井瀬に共犯がいたことを疑っていた。正直に五味渕の名前を出していたら、どうなっていたか分からない。冤罪を防ぐためにも、あのとき先に五味渕を逃がしたのは英断だった。

「――タバコを吸ってたんだよ。家で吸うわけにはいかないだろ」

「そうか」案外簡単に納得して、粕谷は再び判決文に視線を落とした。「次は、『酩酊状態で通りかかった被告人の父親』ってところだ。判決文によると、ただ歩いていただけの父親に井瀬が突然殴りかかったように見える。でも、実際はそうじゃないはずだ。井瀬はいくらなんでもそんなことをする人間じゃない」

粕谷は強い口調で言い、まっすぐな視線をこちらに向けてきた。「井瀬の親父さんのことだから、向こうから喧嘩をけしかけてきたり、暴力を振るってきたりしたんじゃないか」

「正当防衛だったんじゃないか、ってか」

このあいだ電車の中で会ったときもそんなことを口走っていたな、と思い出した。

「残念だったな。先に手を出したのは俺だよ」

「でも、いきなり殴ったわけじゃないだろ。何か理由があったはずだ」

「まあ、煽ってきたのは親父のほうだ。就職先が決まっていないことを嘲笑ってきたから、むかついてな」

「それで一方的にやったのか」

「いや、あいつも殴り返してきた。いつもの喧嘩と同じだ」

自分だけならまだよかった。五味渕のことまで悪く言われ、かっとなったのだ。そもそも、五味渕が就職先の内定を取り消されたのは、バイクの飲酒運転のことを父親が高校に告げ口したからだ。すべての元凶は父親だった。

「ほら、やっぱりそうだ。それなのに、ここにはそういう事実が何も書いてない。親父さんが小さい頃から井瀬に暴力を振るっていたことも、事件当日に喧嘩をふっかけたのが親父さんのほうだったってことも、全部無視されてる」

粕谷は勢いづいたのか、「取り調べのときに話さなかったのか」と熱い口調で尋ねてきた。

「言ったよ。でも相手にされなかった。警察には何度か補導されたことがあったからな。どうせお前が一方的にやったんだろうって決めつけられた」

「ひどいな。どうりでこんな判決文がまかり通るわけだ。検察側にとって都合がいいように書かれすぎてる」

憤慨した口調で言い、粕谷はさらにページをめくった。「どうして事実を捻じ曲げるような真似ができるんだろう。相手は高校生だぞ」とぶつぶつと呟いている。

「あと、一番おかしいのはここだ。『失神し無抵抗になった父親の後頭部を石で殴るなどさらに暴行を加え、その結果、脳挫傷及び出血性ショックにより死亡させた』とある」

「ん？　もう一回言ってくれ」

読み上げられた文章に違和感を覚え、井瀬は身を乗り出して粕谷の手元を覗き込んだ。回りくどい言い回しが、すぐに頭に入ってこなかった。

粕谷は該当部分をもう一度音読し、「事実なのか」と囁くように尋ねてきた。

「これは……違うな」

目をつむり、当時のことを思い返す。取り調べ中は、あまりにこちらの証言を取り合わない大人の連中に嫌気が差し、途中から話も聞かずに反抗的な態度を取っていた。

警察も、検察も、弁護人さえも、大人が全員敵に思えた。

人を死なせたのだからどうせ刑務所に入るのだろうとふてくされ、最終的にはすべてを諦めて流れに身を任せた。結局、供述調書もろくに読まずにサインし、裁判中もほとんどの言葉を聞き流していた記憶がある。

「親父を失神させたのは事実だ。だけど、石で殴ってはいない。俺がその場を離れた後、立ち上がろうとした親父がまた倒れたんだ。運悪く、親父が後頭部を打ちつけた地面には尖った石が落ちてた」

当初、警察にもそう話した。だが、強面（こわもて）の取調官は、井瀬が嘘をついていると決めつけた。そんな偶然があるわけないだろう、ちょっと倒れただけじゃこんな怪我にはならないぞ、と何度も地鳴りのような大声で怒鳴りつけられた。とどめを刺そうとしたんだろう、お前は父親を殺そうとしたんだ——降りかかってくる恫喝（どうかつ）の声を必死に振り払ったつもりだった。

だが、抵抗は不十分だったらしい。井瀬に殺意がなかったことは認められたものの、事実とまったく違う説明がこんなところに残ってしまっていた。

「やっぱりそうか。よかった。安心したよ。今日はこれを確かめたかったんだ」

粕谷が目を輝かせた。井瀬、覚えてるか、と興奮した口調で問いかけてくる。

「小学校の頃、いじめっ子をよく二人で成敗しただろ。井瀬は、昔から卑怯な行為が大嫌いだった。相手が素手なのにこっちが物を使うとか、無抵抗の相手を殴り続けるとか、そういう行為を極端に嫌ってた。そんな井瀬が、いくらあの親父さんが相手であっても、ここに書いてあるようなむごい真似をするはずがないって、ずっと信じてたんだ」

上ずった声で、粕谷は喋り続けた。

井瀬が語った真実がそのまま裁判で認定されていれば、懲役刑が丸二年は少なくて済んだはずだと粕谷は主張した。情状酌量で執行猶予がついた可能性や、それどころか保護処分にとどまった可能性すらあるという。

もしかしたら五年もの時間を刑務所で過ごす必要はなかったのかもしれない、と思うと、後悔の念が胸に広がった。

同時に、苛立ちもわいてきた。どうして粕谷は、今さら聞いても仕方ないことばかりを掘り返してくるのだろう。

「それだけか？」

低い声で尋ねると、粕谷はきょとんとした表情をした。

「そうだよ。井瀬が逮捕されてから、ずっと真相を知りたかったからね」

「刑務所に何度も手紙を送ってきたのも、出所した後に追い回してきたのも、これを訊きたかっただけだったのか？」

「うん。判決文を読んで、怒りが収まらなかったんだ。井瀬は極悪人なんかじゃないってことを、一刻も早く確認したかった。すれ違っているうちに、五年以上もの時間が経ってしまったけど」

粕谷が目を伏せ、コーヒーを一口啜った。井瀬もカップを持ち、口元へと持っていった。

――信用させてから、金の話に持っていく手法だろうか。

五味渕の忠告が頭によみがえり、はっとして粕谷の表情を窺う。しかし、思い出したようにサンドイッチの包みを開け始めた粕谷は、それ以上話を続けようとはしなかった。

恵まれた人生を歩み、何一つ不自由していないはずの粕谷拓実が、自分のような社会不適合者を五年以上ものあいだ気にかけていた。しかも、心配するだけでは飽き足らず、転職先まで用意してくれようとしている。

――そんな旨い話があるだろうか。

しばらく、粕谷と向かい合ってサンドイッチを無言で口に運んだ。粕谷も、ひとしきり質問攻めにして満足したのか、あれこれ訊いてこようとはしなかった。

二つのコーヒーカップが空になった頃、粕谷が「そろそろ戻らないと」と残念そうに腰を上げた。

「これ、最後に。知り合いが最近立ち上げた会社なんだ。未経験者歓迎で、トレーニングジムのスタッフを募集してる」

粕谷が一枚の名刺を机の上に置いた。代表取締役、という役職名がちらりと見えた。

「清掃や工場は嫌だって言ってたから、それ以外で当たってみたんだよ。井瀬は昔からスポーツ万能だったし、問題ないと思う。五味渕のところが嫌になったらいつでも連絡して。話は通してあるから」

警戒しながらも、一応名刺を引き寄せる。

「どうして俺にここまでよくしようとするんだ」

「大切な親友だからだよ。少なくとも、僕は今でもそう思ってる」

井瀬が見つめる中、粕谷は寂しそうに微笑んだ。


平日の真っ昼間とあって、東海道線下りホームに人は少なかった。

ベンチに座って、十分後の電車をぼんやりと待つ。先ほどベーカリーカフェの前で別れた粕谷のすがすがしい表情が、まぶたの裏にいつまでも残っていた。

ずっと信じてた、と粕谷は言った。

不思議なものだ。ほとんどの人間関係を断ち切ってしまった今、井瀬のもとに残っている古い知り合いは、どう見ても対照的な二人だった。

幼い頃から真面目に生きてきた粕谷拓実。

地元で有名なワルだった五味渕健介。

五味渕が親身になってくれる理由は想像がつく。井瀬が五味渕のために父親を殴ったことを知っているからだ。事件現場を目撃しているから、井瀬が全面的に悪いわけではないと分かっているのだろう。

それに比べて粕谷は、小学校の頃の綺麗（きれい）な思い出を引きずっているとしか思えなかった。純粋な正義感に突き動かされ、盲目的に行動しているように見える。断固として悪を許さないその態度も、井瀬に全幅の信頼を置いている様子も、昔と何も変わらなかった。

――バカじゃないのか。俺は犯罪者だぞ。

生暖かい風に吹かれながら、線路を挟んだ向かい側のホームをゆっくりと歩いている老夫婦を眺める。

「……井瀬さん？」

聞き覚えのある声がした。振り向くと、そこにはオフホワイトのワンピースを着た少女が立っていた。

「紗世」思わず名前を呟く。「どうしてここに」

「今日、学校が創立記念日でお休みなんです。だから都内で買い物をしてました。井瀬さんはお仕事ですか？」

「人と会う用事があってな。仕事は定休日なんだ」

「そっか、平日休みなんですね」

　紗世はこちらへ歩いてきて、井瀬の隣に並んで座った。

「それにしても、よく会いますね。私たち、運命の糸で結ばれているのかも」

「糸？」メルヘンチックな表現だな――と呆れつつ、ほんの少しだけ気分が上向きになるのを抑えられなかった。「変な明晰夢を見てる者同士、ってことか」

「不思議な力で引き寄せられてるのかもしれません」

「おかげで情報共有が捗る（はかど）よ」

「もう何回も会ってますものね」

　紗世が笑うと、さらさらとした黒髪が顔の横で揺れた。初めて会ったときよりも大人っぽく見えたような気がして、井瀬は目を瞬いた。制服を着ているかどうかという点は印象を大きく左右するらしい。

「もう帰るところなのか」

「そうです。よかったら一緒に帰りましょう。井瀬さんは川崎までですよね」

　紗世はもっと警戒するべきではないか、と少々心配になった。前科者と二人きりで時間を過ごすことに対して、怯えもためらいも見せない。これほど自分のことを怖がらない女性を、井瀬は他に知らなかった。

　二人は、やってきた小田原行きの電車に乗り込んだ。いつものようにボックス席を陣取り、横に並んで座る。

「最近は、どんな夢を見ましたか」

電車が東京駅のホームを離れてまもなく、紗世がこちらの顔を覗き込んできた。

「何でもない夢が多いな。カップルの痴話喧嘩を見かける夢とか、間違い郵便が家に届く夢とか。大抵、その日か次の日くらいまでには現実になる」

「私もです。そういう夢ばっかりだったらいいんですけどね」

「中には嫌な夢もある、と」

「嫌な夢というか——けっこう先の未来の夢を見ます」紗世が長い睫毛を伏せて、そっと息を吐いた。「この間は、幼稚園の先生になった夢を見ました」

「なりたくなかったのか？」

「いえ、そういうわけじゃないんですけど。子どもは好きですし、保育園か幼稚園の先生になれたらいいなって思ってはいます。でも、先に未来が分かっちゃうのは、ちょっと違うかなって」

「確かにな」

「井瀬さんは、その後、変な夢は見てませんか？　前、ちょっと言ってましたよね」

「人を刺したり殴ったりする夢のことか？　それなら、ここ最近は見てないな。未来を変えようとすれば死の夢みたいに何度も見るようになるんだろうけど、動機の心当たりがなさすぎて試行しようもない」

「それはやめたほうがいいです」

紗世が途端に青ざめた。無理に未来を変えようとしてどんどん夢の内容が悪化していくことを恐れているようだ。言われなくても、彼女の悲哀に満ちた忠告を無駄にする気はなかった。死の回避策を探るのは、真相に関する有力な情報を見つけてからだ。

「物騒な夢ではないけど、奇妙な夢は見たな。何かの記事みたいなものを閲覧してたんだけど、図書館かどこかでパソコンのモニターを眺めてた。何かの記事みたいなものを閲覧してたんだけど、見出しの文字も読めなかったから、何を調べていたのかは分からない」

「内容が気になりますね」

「そうだな、あとは――」今日、行きの電車で見た夢を思い出した。「小学生時代の追体験をする夢もやたらと多いな。休み時間に蹴り野球をする夢とか」

「蹴り野球！　懐かしいですね。上手だったんですか？」

「まあ、クラスで一、二を争う程度には」

「すごい！　スポーツができる男性って、すごくかっこいいと思います」

紗世が胸の前で両手を組み合わせた。その目は井瀬に向けられていたが、実際のところはもっと遠くを見ているようだった。紗世の大好きな《オリジナル先輩》はサッカー部所属だっけか――と思い当たり、ほんの少し複雑な気分になる。

「小学生の頃だけだよ。どんなスポーツもそこそこできたけど、どれも本気で取り組まなかったからな。中学の部活は人間関係が腐ってたし、高校はほぼ帰宅部みたいなものだったし」

中学で入ったバスケ部では、一年生にしてスタメンの座を勝ち取った。そのせいで上級生に目をつけられ、陰湿な嫌がらせを受けた。何とか三年生までプレーは続けたものの、嫌気が差して高校ではバスケを続ける気にはなれなかった。適当な部活を選び、やる気のない練習をして、五味渕とつるむようになってからは行かなくなった。

そんなことを思い出し、顔をしかめた。部活にはいい思い出がない。

「そういえば、紗世は部活をやってるのか」

「いえ、今は帰宅部です。でも、中学のときは合唱部でした」

「へえ」

パートはソプラノだったんです、と紗世は恥ずかしそうに言った。

音楽だけは粕谷に勝てなかったな、と昔のことを思い出す。勉強も運動も負けることはなかったが、幼い頃からピアノを習っていた粕谷の技能は群を抜いていた。音楽で粕谷と張り合うことは諦め、そのぶん図工の授業で精緻な彫刻を作ったり、家庭科の授業で毎回縫製作業を一番早く終えたりと、穴を埋めようとしていた記憶がある。

——どうしてあんなに真面目に生きようとしていたんだろう。

中学のときもそうだ。入部直後からバスケットボールの技術をめきめきと身につけ、チームの主戦力として活躍しようと努力した。先輩からの理不尽ないじめの事実は顧問や担任に伝え、平和的に解決しようとした。しかし、井瀬の味方になる者は少なかった。同学年の連中は先輩の圧力に怯え、教師は手を差し伸べてこようとしなかった。嫌がらせは鎮静化するどころか悪化した。結果的に、井瀬は部活の中で孤立した。部活に行っても、個人練習をしている時間が長くなった。

だんだんと、ひねくれた考え方をするようになった。手を抜くことを覚え、自分や周りへの期待も徐々に消えていった。

「紗世は、昔から音楽をやってたのか」

きっと紗世も粕谷のような不自由のない生活を送ってきたのだろう、と想像しながら尋ねた。

「いいえ、全然。でも、家ではよく歌ってました。両親が同じ大学の合唱部出身で、しょっちゅう鼻歌を歌うんです。それで、私も妹も、自然と音楽が好きになりました」

「賑(にぎ)やかそうな家庭だな」

ある意味、井瀬の育ってきた殺伐とした環境とは正反対だった。泥酔して帰ってきては暴れて怒鳴り散らす父親と、毎晩疲れた顔で働きに出かけていく母親。

そういえばあの二人はどのようにして出会ったのだろう。物心ついた頃には冷めきっていた彼らの馴れ初めなど、聞いたこともなかった。

「両親には申し訳ないです」

急に、紗世がしゅんとした口調で言った。

「生まれたときから一生懸命育ててくれたのに、娘の私のほうが早く死ぬことになるわけですから。妹も、私が死ぬときにはまだ大学生なので、相当ショックを受けるんじゃないかと」

小さなため息が彼女の口から漏れたのを、井瀬は何とも言えない気持ちで聞いた。

「そのぶん、家族には残りの七年間できちんと恩返しをしようと思います。……井瀬さんはどうですか？」

「どうって？」

「何か心残りはありますか」

そうだな、と呟く。

「俺が死んだところで、悲しむ人はほとんどいないだろうからな」

「私は悲しいですよ」

まっすぐな目で見つめられ、井瀬は思わずたじろいだ。紗世は目を伏せ、「会えなくなったら、寂しいです」と小さな声で言った。

ようやく見つけた、同じ明晰夢現象を経験している仲間。紗世の中で、井瀬はそういう立ち位置なのだろう。

　紗世は、井瀬が半年後に死んだ後も、残りの時間を一人で耐えていかなくてはならないのだ。きっと不安を抱えているに違いない、と紗世の色白な頬を眺めながら思った。

「私が死ぬのは、寂しいですか」

　突然尋ねられ、井瀬は「え？」と訊き返した。

「井瀬さんは、私がいなくなったら悲しんでくれるのかなって」

「何言ってるんだ。俺のほうが先に死ぬんだぞ」

「じゃあ、仮に今死んだら」

「そりゃ寂しいさ」

　柄にもない言葉が口から飛び出た。誘導されたようなものだったが、紗世は満足げにふふと笑った。

「よかった。そう言ってもらえて安心しました」

「紗世は別にいいじゃないか。電車事故で死ぬときだって、最後まで恋人の男がそばにいて、紗世のことを助けようとしてくれるんだろ？　俺と違って、葬式にも大勢の人が来てくれそうだ。短いけど、幸せな人生だよ」

「だといいんですけど」

東京駅から川崎駅までの十七分間は、あっという間に過ぎていった。楽しい雰囲気が持続したのは、紗世の憧れの先輩の話題にならなかったからかもしれない。井瀬があえてその話題を避けたといっても過言ではなかった。憧れだった《オリジナル先輩》や後釜に座った《お友達先輩》のために紗世が心を迷わせる様子は、正直あまり見たくなかった。

「そういえばさ――連絡先、聞いてもいいか」

川崎駅が近くなった頃、井瀬はポケットから携帯電話を取り出した。拒否されたらどうしようと不安に思いつつ、さりげなく切り出す。

紗世は一瞬目を丸くした。少々迷っているようだったが、しばらくしてこくりと頷く。

「メールアドレスでいいですか」

「大丈夫。むしろ、スマートフォンじゃないからありがたい」

「じゃあ、簡単なので言いますね。ローマ字で〝sayo〟、数字の――」

紗世が口頭で暗唱する英数の文字列を、携帯の新規連絡先作成画面に打ち込んでいく。どうやらパソコンのメールアドレスのようだった。ガラケーしか使ったことのない井瀬にはよく分からないが、スマートフォンでも見られるように設定しているのだろう。

連絡先を登録し終え、井瀬はほっと胸を撫でおろした。いつ会えるかも分からないまま帰りの電車でそわそわする日々は、これで終わりにできそうだ。

「じゃ、またな」

「はい。ありがとうございました」

横浜駅まで紗世と一緒に揺られていきたい衝動をこらえ、井瀬は川崎駅で電車を降りた。

二〇一八年十一月九日（金）

事務所裏の駐車場に着き社用車から降り立った瞬間、吹きつける風の冷たさに身を震わせた。

一着しか持っていない安物のスーツを使い続けるのも、そろそろ限界のようだった。引っかけたら簡単に破けてしまいそうな薄手の生地は、驚くほど簡単に風を通す。今朝の集金訪問では、玄関先に出てきた坂口政子に「そんな格好で、風邪引くわよ」と目を丸くされてしまった。スーツを新調しようかとも考えたが、あと一か月も経てば冬になることを考えると、むしろ厚手のコートを手に入れたほうが安く上がる気もしてくる。

日もだいぶ短くなったな——と考えながら、砂利敷きの駐車場を出て建物の正面へと回った。少し前までは、事務所に帰ってきたときにまだ空に明るさが残っていることがあった。今は、物寂しい街灯の白い光と夜の闇が、一日の外回りを終えた井瀬を迎える。

まだ灯りのついている一階の訪問介護事業所の窓を見やりながら、ふと立ち止まった。

最近見た夢のことを思い返す。

運命の二月四日がだんだんと近づき、焦りが生まれているからだろうか。このごろ、以前見た嫌な夢を繰り返し見ることが多くなっていた。

事務所の中で、越沼の顔面を力任せに殴る夢。血まみれの五味渕が社用車に寄りかかって傷口を押さえている夢。そして、鴨宮駅のホームから突き落とされて死ぬ夢。

最初に見たときとまったく同じ夢が、幾度も再生された。まるで、突破口を見つけられないままずるずると日々を過ごしている井瀬を嘲笑うかのようだった。

「おお、井瀬。そんなところで何してんだ」

上から明るい声が降ってきた。井瀬は我に返り、外階段の上を仰いだ。五味渕が事務所のドアから出てきたところだった。手にはタバコの箱とライターを持っている。

「タバコ、付き合えよ」

階段を下りてきた五味渕が、親指で建物の裏手を指し示す。「行くか」と返し、井瀬は五味渕と連れ立って駐車場へと戻った。

夜の闇の中に、二つのタバコの火が浮かぶ。

「さっき越沼や引本とデータを見てたんだけどさ。井瀬が戸別訪問で取ってきた案件、今合計でいくつになってると思う？」

タバコをふかし始めてまもなく、五味渕が嬉々とした口調で問いかけてきた。

「だいたい平均して一日に一、二件は集金に回ってるから……三十件弱くらいか？」

「ご名答。これから支援が始まる案件も合わせると、正確には三十三件だ。一人あたりの支援額が平均月五万円弱だから、ざっと計算して月百六十万。井瀬の働きで、すでにこれだけの寄付金が集まってるんだ」

そのうち一割強程度がNPO法人の運営費になることを考えると、どうやら自分の月給分くらいは賄えているようだ。足を引っ張っているわけではないと知り、井瀬は内心安堵した。

「さすがにまだホームページから広く受け付けている寄付の総額のほうが大きいけど、中原さんが本格稼働し始めたら簡単に逆転するだろうな。正直俺も、戸別訪問なんていう営業マン的なやり方がこれほどの成功を生むとは思ってなかった」

「五味渕のアイディア力だな」

「いやいや、井瀬の営業力だよ。意外と天職だったんじゃないか？　外回り組に負けないように、俺ら内勤組もこれからいろんな施策を立案していくから。お互い切磋琢磨していこうな」

「ああ」

有能な五味渕に褒められるのは悪い気分ではなかった。八か月前まで少年刑務所に収監されていた身でも、案外使い物になるものだと実感する。

「あ、そうそう」

井瀬がタバコの煙を長く吐き出しているとき、五味渕が急に声を潜めた。

「井瀬に報告しようと思ってたんだ。覚えてるか？　二か月くらい前に、越沼が単身赴任手当を不正にもらってるんじゃないかって話をしたの」

「二次会キャバクラ全おごり事件か」

「そうだ。あれ、やっぱりクロだった」

「……越沼の奴、結婚してなかったのか？」

「いや、しようとしてたのは事実らしい。だが、結婚詐欺まがいの痛い目に遭って、取りやめになったんだと。女に取られたせいで金はないし、騙されかけて婚約破棄になったと自分から言い出すのも男のプライドが傷つくし――みたいな事情がいろいろあって、相手と離れて住んでるっていう嘘をひねり出したんだとさ」

「最悪だな」

「まあ、単身赴任手当を出すって勝手に決めたのは俺だし、あいつだけが悪いわけじゃない。これから徐々に不正受給した分は返金していくって約束も取りつけたから、とりあえずは見守ることにするよ」

「そんなんでいいのか？　また似たようなことをやるかもしれないぞ」

「一応、次やったら懲戒解雇だからなって厳重注意はしておいた」

「ふうん、そうか」

法人の金、しかも貧困学生への奨学金に充てることができたかもしれない寄付金の横領という罪を、厳重注意と返金だけで済ますのは処分が軽すぎるように思えた。だが、判断は代表の五味渕に任せるしかない。井瀬は釈然としない思いで五味渕の横顔を見返した。

「あ、あとさ」

ふと思い立ち、井瀬は五味渕に忠告することにした。

「ついでだけど、佐藤と引本に甘くしすぎるのはやめたほうがいいぞ。あいつら、いつも仕事中に雑談して、高校生みたいな騒ぎ方するだろ。事務作業のときに中原さんが集中力を削がれてピリピリしてる。正直、俺も少しやりにくい」

「ああ、すまないな。昔から子どもっぽい奴らでさ。注意しとくよ」

日に日に、佐藤と引本への苛立ちは増していた。特に佐藤は精神年齢が低く、仕事中でもすぐに雑談をして大声で笑う。外見も童顔だが、中身も年齢に伴っていないようだった。引本もなかなかに厄介だった。勤務態度が悪く、遅刻はしょっちゅうだったし、タバコを吸うと言って席を外しては長時間戻ってこないことが多かった。言葉遣いも汚く、年配の中原に対してもほとんど敬語を使わない。

「あいつらの無邪気なところは嫌いじゃないけどな。エネルギーがあり余ってんだよ」

五味渕が紫煙をくゆらせながら呟いたのを聞き、井瀬は少々失望した。

「お前さ、諦めるときは諦めないと組織が傾くぞ」

助言するつもりで、ほんの少しだけ語気を荒くする。すると、五味渕ははっとした顔をして、申し訳なさそうに眉を寄せた。

「ごめんな、心配かけて。私情に引きずられて仕事仲間に注意もできないなんて、俺もまだまだだ」

「いや……俺に謝ることはないけどさ」

「中原さんとも近いうちに面談しておくよ。せっかく採用したのにすぐに辞められちゃ困るからな」

五味渕は一方的にそう宣言してから、「そうだ」と声を上げた。

「この後、飲みにでも行かないか。最近、二人では行ってないよな」

井瀬の気分を害したことに対する穴埋めのつもりのようだった。その言葉を聞き、少し安心する。五味渕は、若干適当なところがあるが、決して悪い奴ではないのだ。

――それなのに、どうして殺されてしまうのだろう。

何度も夢で遠くに聞いた、五味渕の断末魔の叫びが耳によみがえる。

明晰夢の中ではしばしば音声が不明瞭なのに、あの絶叫だけは、耳を塞ぎたくなるほどの大音量で聞こえるのだった。


鴨宮駅前の小さな居酒屋に入ると、カウンター席に案内された。隣の小田原駅付近だと金曜夜は混んでいる店も多いが、ここは閑古鳥が鳴いている。

運ばれてきた瓶ビールをグラスに注ぎ、乾杯して喉に流し込んだ。相変わらず五味渕のペースは速かった。あっという間に瓶の中身がなくなっていく。「ここなら安いからいいだろ」と口角を上げてみせたあたり、五味渕は井瀬の懐事情をよく理解しているようだった。

しばらくは仕事関連の話題が続いた。小田原市の次はどの市町村をターゲットにすればよいだろうか、と思案する五味渕に対し、井瀬は大した意見を述べることもできずに相槌を打ち続けた。南足柄市や秦野市という地名が挙がったが、同じ神奈川県内とはいえどちらも訪れたことさえなく、イメージがわかない。その点、五味渕はかなりリサーチを進めているようで、人口に対する高齢者の割合や既存の奨学金制度の情報をすらすらと述べていた。

「そういう下調べは、基本的に誰がやってるんだ？」

「俺と越沼だよ」

何気なく発した問いに対する五味渕の回答を聞き、井瀬は顔をしかめた。

「それくらい、佐藤と引本にやらせればいいのに。あいつらはいったい何の仕事をしてるんだ」

「あの二人は……まだ見習いみたいなものだからな」

「もう入って二か月近く経つぞ」

「今はいろいろなことを幅広く覚えてもらってる。奨学生リストの作成とか、選考結果の連絡業務なんかもちょこちょこやらせてるよ。どうか目くじら立てずにさ、長い目で見てやってくれよ」

佐藤と引本の話題になると、どうも五味渕と対立気味になってしまうのが嫌だった。井瀬の目から見ると、新入りの二人は何もやっていないように見える。そのくせ井瀬と同額の給料をもらっていると思うと苛立ちが募った。

「五味渕も丸くなったな。仕事ができない奴らをかばって、気長に構えるなんて質じゃなかったろ。昔は気に入らないことがあるとすぐ喧嘩売りに行ってたのに」

「大学に行って腑抜けたんだよ」

五味渕は自嘲気味に笑い、軟骨のから揚げに箸を伸ばした。「井瀬は、逆に──高校生の頃のほうが周りに心を開いてた気がするな」

「そんなに刺々しいか？」

「いや、そういうわけじゃない。孤独を好むようになった、って言い方のほうが正確かもな」

孤独か、と井瀬はしばし考え込んだ。なんとなく、原因の見当はついた。

「少年刑務所の雑居房ってさ、人間関係が最悪なんだ。罵倒したり無視したり、在籍年数や身体能力の良し悪しで上下関係を作ったり、面倒なことが多すぎた。そこに五年もいたからな。そのせいかもしれない」

「だろうな。苦労してきたんだろ。あれは完全に運が悪かっただけなのに……気の毒だ」

あれ、というのは父親が死んだ公園での出来事を指しているのだろう。

途端に、飲んでいたビールの味がなくなった。

「今考えると、あんな奴は放っておけばよかったと思うよ」

酒のせいか、つい本音がぽろりとこぼれ出た。五年間の刑務所暮らしの間に何度も考えたことだった。

「親父の発言一つ一つが気になってそのたびに反抗してたのは、あのときの俺が未熟だったからだ。さすがに死なせたのは悪かったし、身を粉にして働いた挙句に絶望して自殺したお袋には顔向けできない」

ぽつりぽつりと話すうちに、妙に感傷的な気分になった。好きでもなかったはずの父親と母親の顔が、次々と脳裏によみがえる。

「俺みたいな息子を持たなかったら、二人とも今頃それなりに元気にやっていたのかもしれないのにな」

「なんだ、井瀬らしくもない」五味渕がふんと鼻を鳴らし、カウンターに肘をついた。「刑務所生活がそんなに堪えたのか？」

その怒ったような反応に、井瀬は数回目を瞬いた。五味渕は不機嫌そうな顔をしたまま、もう片方の手で盃を持ち上げてぐいと飲んだ。

「お袋さんはともかくとして、あのとんでもない親父に対して井瀬が罪悪感を抱く必要はねえよ。ああいう奴——他人の人生を平気で潰すような輩は、俺は大嫌いだ。あんなのが実の父親だなんて、むしろ井瀬のほうが被害者だよ」

「まあ、それはそうだけどさ」

「落ちてた石に頭を打ちつけたのだって、天罰だったんじゃないか？　もともと死んでも仕方のない人間だったんだよ。お前は一切悪くないんだから、気にするな。勝手に死んでいった奴のことをあれこれ考える必要はない。後悔するだけ無駄な話だ」

どこか煮え切らない思いで、井瀬は五味渕の言葉を聞いた。

他人の親に対して言うことじゃないよな、とちらと考える。五年前だったら全面的に賛同しただろうに、今は何故か釈然としなかった。

少年刑務所での五年間は、思っていた以上に長かったようだ。ルールに縛られた厳しい生活の中で更生を促されていた井瀬と、大学に通いながらNPO法人を立ち上げるという自由な生き方をしていた五味渕。正反対の道を歩んだ二人の間には、いつの間にか溝ができていたのかもしれなかった。

仕方ない、とも思う。五味渕と違って、井瀬は五年もの間、自分の犯した罪に対して半強制的に向き合わされていたのだ。

特殊な環境にいたのは自分のほうだった。

「そういえばさ」五味渕がふと話を変えた。「粕谷拓実につきまとわれてるって言ってたよな。その後、大丈夫か？」

「まあな」

「会ったりしてないよな」

「してない」

なんとなく、嘘をついた。会ったと正直に言ったら、何を話したのかしつこく訊かれるだろう。粕谷が井瀬を心配していたことや、裁判記録まで持ち出してきたことを話せば、粕谷のことを嫌っている五味渕は訝しがるに違いなかった。

一か月半前に東京駅の喫茶店で会って以来、粕谷とは顔を合わせていなかった。たまに電話がかかってくるが、半分は無視し、半分は応答している。五味渕のところから引き揚げる気はないか、というのが毎回の用件だった。

自分の死の真相を引き出すためにも粕谷との関係は切らないでおこうと、曖昧な答えを返し続けている。しかし、五味渕が警戒していたような金銭トラブルが起きる気配はまったくなかった。粕谷が金に困っている様子はないし、金の貸し借りに関する話が出ることもない。

小学校時代の優等生と、高校時代の不良仲間。

どちらが自分にとってよりよい味方なのか、だんだんと分からなくなってきていた。

「お、そろそろ閉店か」

五味渕が椅子から腰を浮かせた。携帯電話の表示を見ると、時刻は二十三時を指していた。

じゃ、またな――と互いに片手を上げて、店の前で別れた。

車のいないロータリーを横断し、小さな駅構内へと入る。十五分後に来る電車が、上り方面の最終電車だった。

携帯電話を開き、通知を確認した。未読〇件、という表示が待ち受け画面に表示されている。

紗世の連絡先をもらったままこちらのメールアドレスを伝えていなかったことに気づいたのは、つい一週間前のことだった。『送るの忘れててごめん。何かあったら連絡してくれ。井瀬』とだけ書いて送ったメールには、未だ返信がなかった。文面をそのまま受け取られてしまったのかもしれなかった。

目新しいことが何も起きていない以上、紗世に会う口実はない。今頃、《お友達先輩》が紗世への距離を縮めているかもしれないと思うと、じりじりと焦燥感がわきあがった。あと三か月の命かもしれないということは重々承知しているし、そもそも二十四の自分が男子高校生の対抗馬になりうるはずもないのだが、片岡紗世という女子高生に関することになると、井瀬の心は不可思議な動きを繰り返すのだった。

最終電車は、いつも乗る電車よりほんの少し人が多かった。ボックス席は諦め、井瀬は横並びの席に腰かけた。

気がつくと、目の前には燦々（さんさん）と日が降り注いでいた。

井瀬は、駅のホームにあるベンチに腰かけていた。今や見慣れた、辻堂駅の光景だ。身体が自由に動くことを確認してから、井瀬はあたりを見回した。目的の人物はすぐに見つかった。

「粕谷」

近くに佇んでいた青年に向かって呼びかける。半袖のポロシャツにジーンズという簡素な格好をしていた粕谷拓実が、驚いた顔をしてこちらを振り向いた。

「ああ、久しぶり」

粕谷が微笑んで、こちらへと近寄ってきた。「急に現れるから、毎回びっくりするよ」

「座れよ」

隣を指し示すと、意外そうな顔をしながら粕谷は隣に腰かけてきた。夢の中で会ったとき、毎回井瀬が不愛想にしていたからだろう。

「今日は二〇一九年七月十四日だ」

井瀬が訊く前に、粕谷が腕時計を見て日付を告げた。

「……俺が死んでから五か月、か」

「井瀬はまだ成仏してなかったんだね」

粕谷は小さく笑ってから、「未練があるならいくらでも僕に吐き出していいよ」と的外れな申し出をしてきた。

この世界にはもう自分は存在しないのだ、と思うと、何とも形容しがたい気持ちが井瀬の胸を覆う。

「もう会えないのかと思ったよ。五月に現れてから、二か月空いたし」

粕谷が井瀬の姿を上から下まで眺め回した。

「本当に、井瀬が生きているときみたいだな。スーツを着てるのも、最後に会ったときと同じだ」

自分の身体を見下ろす。どうやら、今日の服装がそのまま夢の中の自分にも反映されているようだった。

井瀬はしばらく自分が着ている上着の裾を見つめてから、「一つ、聞かせてくれないか」と低い声で尋ねた。

「何？」

——俺を殺したのは、誰なんだ？

質問が喉まで出かかったが、すんでのところで思いとどまる。格子柄のコートを着た男が粕谷本人だった場合、正直に答えるとはとても思えない。

「俺は」代わりに、ゆっくりと口にした。「——お前を、刺したか？」

ひゅっ、と粕谷が息を呑み込む音が聞こえた。目を丸くしてこちらを数秒間見つめた後、急に力が抜けたように俯く。「そうか、覚えてないのか」と粕谷は幾度か頷いた。

「もうとっくに治癒したさ。気にしないで」

「やっぱり刺したんだな」

「もういいよ。その話はやめよう」

つらくなるから、と粕谷はぽつりと言った。

それ以上詮索する隙を与えないような、張り詰めた空気が粕谷から発せられていた。

井瀬は目を逸らし、線路のほうへと向き直った。

いつの間にか、二番線には上り電車が停まっていた。「乗らなくていいのか」と尋ねると、「大丈夫。時間の縛りはないんだ」という答えが返ってきた。

電車がゆっくりと動き出し、加速して去っていった。風が二人の髪を揺らす。底抜けに青い空が、小学生の頃の校庭を思い出させた。

「今日は……休日か？　どこに行くんだ」

沈黙が気まずくなり、尋ねてみる。粕谷はそっと顔を上げ、上り方面の電車が消えていった方向を遠く眺めた。

「うん。お墓参りにね」

「墓参り、というと――」

「ごめん、井瀬のじゃないんだ。井瀬のお墓には、先週行ってきた」

粕谷は弁解するように早口で言った。「親か？」と訊くと、粕谷が黙って首を振った。

「いろいろあるけど、両親は何とか生きてるよ。実は……一年近く前に、恋人を亡くしてね」

予想外の答えだった。順風満帆の人生を送っている粕谷のことだから、結婚目前の彼女でもいるのだろうと勝手に想像していた。

下唇を強く嚙み、粕谷が頰を痙攣させる。粕谷は悲しそうな目でじっとホームの床を見つめたまま、それ以上言葉を発しなかった。

遠くから、祭りの太鼓の音が聞こえてきた。地元の子どもたちが練習しているのだろうか。その音で我に返ったのか、粕谷がふっと頰を緩めた。

「井瀬は、死ぬ瞬間までずっと、僕のことを勘違いしていたと思うよ」

粕谷の黒い瞳が、まっすぐにこちらを向く。

「僕が何不自由ない人生を送っていると思い込んでたんじゃないかな。華やかな世界に生きている人間だと決めつけて、僕のことを遠ざけようとしてた。確かに、僕はいわゆる『恵まれた環境』の中で育ってきたけど――」

粕谷は唇を合わせ、数秒間ためらうような表情をしてから、「――ずっと、孤独だった」とかすれた声を出した。

井瀬は何も言えず、じっと粕谷の目を見つめ返した。

孤独、という言葉は、粕谷には似合わないように思えた。

「小学生までは楽しかった。勉強も、スポーツも、音楽も、遊びも、何もかも全力でやってた。あの頃は、本気で取り組むことがよしとされていたし、正義を貫いていればみんなのヒーローになれた。井瀬と競い合うのも、それによって自分がどんどん成長していくのも、ものすごく刺激的で達成感があった。先生たちや他のみんなに『タクミ二人組』って呼ばれて頼りにされるのも、なんだか誇らしかった。だから……本当は、みんなと同じ中学に行きたかった」

でも許されなかった、と粕谷は自虐的に言った。教育熱心だった両親は、息子に受験勉強を強いた。粕谷がそれでも渋っていると、小学五年生の秋に、突然両親が市外への引っ越しを決めた。どうせみんなとは離れるんだから諦めて勉強しなさい——と脅しのように言う両親に対して、粕谷は必死に説得を試みた。受験勉強はきちんとするから、卒業するまでは平塚にいさせてほしい、と。

両親は粕谷の願いを冷めた顔で聞き入れた。粕谷は第一志望の中高一貫校に合格し、小学校卒業と同時に家族で藤沢へと引っ越した。

「中学と高校では、人間関係がさっぱり上手くいかなかった。僕は、どうやら空気が読めないみたいなんだ。いいことはいい、ダメなことはダメ。そうやってはっきり言ってたら、だんだんと周りの同級生たちとの間に溝ができていった。粕谷って考えなしだよな、一人で空回りしてるよな――って、僕よりずっと精神年齢が高くて落ち着いてる優等生たちに陰口を叩かれた。彼らは、人とぶつかるということを一切しない。都合の悪いことがあっても、見て見ぬふりをする。大人なんだ。喧嘩や口論を始めようものなら、発端になった生徒が徹底的に悪く言われる」

「何だそれ。気持ち悪いな。ガキなんてぶつかってなんぼだろ」

「井瀬ならそう言ってくれると思ってたよ」

粕谷が緩く笑みを浮かべた。

「井瀬がここにいれば味方してくれるだろうに、って、当時からよく思ってた。一緒になって悪を成敗して、毅然とした態度を取ってくれるんじゃないかって。孤立するうちに何度も挫けそうになったけど、井瀬のことを思い出しては耐えたんだ。周りに同調して、悪を悪だと指摘できなくなってしまったら、正義感の強い井瀬に見放されるぞ、って」

中学のとき、嫌がらせをしてきたバスケ部の先輩に対して突っ張っていたことを思い出した。部活は決して休まず、どんなに仲間外れにされても黙々と個人練習を続けた。おかげで、レギュラーから外れることは最後までなかった。

だが、精神は捻じ曲げられた。何に対しても穿った見方をするようになり、人が容易に信じられなくなった。

「まあ、今思えば、小学校のときの親友だった井瀬に、心のよりどころを求めすぎてしまったんだろうね。井瀬の存在は自分の中でどんどん大きくなって、半ば偶像化していった。井瀬は僕にとって、理想像みたいなものだったんだ」

「だから、俺が高校でぐれたときに血相を変えて止めに来たんだな」

「そうだね。井瀬にも井瀬の人生があって、時が経つうちに変わっていくものなんだってことが、どうしても受け入れられなかった。井瀬にこっち側に戻ってきてほしいって、わがままを押しつけに行ってしまった。タバコをやめさせようとしたり、酒を取り上げようとしたり」

「短絡的だな」

「僕の空気の読めなさっていうのは、そういうところなんだろうな」

粕谷は恥ずかしそうに頭を掻いた。

「大学に行ってからは、多少上手くやれるようになったんだけどね。でも、納得のいかないことがあると極端に固執してしまう性格は直らなくてさ。今社会人として働いていても、そこそこ仲良くなる人たちはいっぱいいるけど、心から分かり合える人はあまりいない」

純粋なまま育ち続けるというのも楽ではないんだな、とちらと考えた。

「でも、恋人がいたってことは、きちんと理解し合える相手が現れたんだろ」

「うん、それはそうなんだけど……死なれてしまったから」

粕谷の声が再び震えた。

「ひどい話だよな。僕の一番大切な恋人と、一番大切な親友が、この一年の間に次々といなくなってしまったんだ。こんなことってあるかよ。神様は僕のことを見放したのか？　どうしてこんなに不運続きなんだよ。僕がそんなに悪いことをしたか？」

粕谷らしくない、乱暴な口調だった。井瀬はその隣で、そっと粕谷から目を逸らした。粕谷の目に涙が溜まっているように見えたからだった。

二番線のホームに、次の上り電車が滑り込んできた。「ほら、乗れよ」と井瀬が電車を指さすと、粕谷は黙って頷き、ベンチから立ち上がった。

「また会えるかな」

粕谷が小さく呟いた。

「どうだろう」

そうとしか答えられなかった。

身体が、どこかへと戻っていく感覚があった。

開いたドアへと歩いていく粕谷の背中が、白くかすんで消えていく。

ポケットの中で携帯電話が振動しているのに気づき、井瀬は目を覚ました。

品川行きの最終電車は、そろそろ川崎駅に着くところだった。鳴り続けている携帯電話を取り出し、『着信：粕谷拓実』という表示を確認する。

ブレーキがかかり、電車が減速した。ホームに到着し、ドアが開くか開かないかというタイミングで、通話ボタンを押して携帯電話を耳に当てた。

「はい」

応答しながら、開いた扉の間をすり抜けてホームへと降り立つ。

『たびたびごめん。さっき、トレーニングジムの仕事を紹介してくれた知人から連絡があってさ。採用する人が決まったから、求人は取り下げますって』

「そうか」

『他にも探してるんだけど、なかなか見つからなくてさ。それで――』

「粕谷、無理するな」井瀬はあえて静かな声で言った。「仕事は、五味渕のところで続けることに決めた。なんだかんだ、あいつは俺の仕事ぶりを買ってくれてるし、やりがいも感じてるんだ。もう、仕事の紹介はしなくていい」

しばらく、電話の向こうから声が聞こえてこなかった。通話が切れてしまったのかと携帯電話を耳から離した直後、スピーカーから粕谷の声がした。

『井瀬』

と、不安げな声が聞こえる。

『僕は、井瀬とまた友人に戻りたいだけなんだ。お願いだから、一人になろうとしないでくれ』

複雑な気持ちになりながら、井瀬は半ば一方的に電話を切った。

ホームには、冷たい夜風が吹いていた。

冬を予感させる風だった。

二〇一八年十二月一日（土）

茶色い巻き髪が、マフラーの上にふわりと広がっていた。

白いコートを着た小柄な女性に向かって、夢の中の井瀬は声を発した。

「――」

音は、おぼろげにしか聞こえなかった。水の中にいるかのように、遠くで響く。

改札の前でスマートフォンを操作していた女性が、ぱっと顔を上げた。若い女性らしいピンク色に塗られたネイルと、細長い指が目を引いた。

「――」

恐る恐る、といった様子で女性が問いかけてくる。夢の中の井瀬はゆっくりと頷き、濃い化粧が施された彼女の顔をまじまじと見つめた。

よく知っている目だ。

気がついた瞬間、心臓が締めつけられるような苦しさを感じた。

——片岡、さん？

——井瀬さん、ですか？

目を開けたときには、電車は鴨宮駅に停車していた。発車ベルが鳴り響く中、井瀬は鞄をつかんで慌てて電車から駆け降りた。

不可解な夢だった。あの女性の目を、井瀬は確かに知っていた。

——〝死後の夢〟……だったのだろうか。

片岡という名の知り合いは、一人しかいない。ただ、彼女はまだ高校生だ。夢の中で見た女性は、どう見ても二十歳を超えていた。

首をひねりながら、職場へと歩いた。とうとう十二月になり、今朝は身がすくむような冷たい風が吹いていた。最近になってようやく手に入れた厚手のトレンチコートが、すっかり手放せなくなっている。

運命の日まであと二か月と思うと、焦りが生まれる。しかし、この期に及んでも、殺人犯が誰なのかは見当がついていなかった。ホームから突き落とされて殺される理由も、自分が粕谷や越沼に対して傷害行為に出るまでの経緯も、未だに分からない。自分に味方がいるのかどうかすら自信がなくなっていた。

敷地内に入り、鉄製の外階段を上って事務所の扉を開けた。

「おう、おはよう」

五味渕の声に、「おはよう」と応える。部屋の中を見渡し、五味渕しかいないことに気づいて首を傾げた。

「あれ、中原さんと越沼は？」

「中原さんは直行。越沼は今日から遠隔勤務（テレワーク）」

「ああ、今月から試験的に導入するとか言ってたな。ってことは、佐藤と引本も出社しないのか」

「きちんと起床してることを祈るばかりだな。メールして反応がなかったら電話を一本入れてみるよ」

五味渕がニヤリと笑い、スマートフォンを手に取る。その危機感のない様子に苛立ちを感じながら、井瀬は部屋の隅に置いてあるテーブルへと向かった。

家で仕事をしたいと言い出したのは引本だった。電話とメールができれば事務所にわざわざ来なくても仕事は捗ると主張したのだ。どうせ周りの目の届かないところでサボりたいだけだろうと、引本と五味渕のやりとりを軽蔑の目で傍観していたのだが、驚いたことに五味渕はその提案を全面的に取り入れることを決定し、さっそく実行に移した。

正直、面白くなかった。テレワークなどという制度を取り入れたところで、喜ぶのは内勤の人間だけだ。外回りの中原や井瀬には関係のないことだった。それに、佐藤や引本はまだ家で寝ているのではないだろうか。あの二人が平気でそういうことをする奴だということは、この二か月半の間に嫌というほど思い知らされていた。五味渕だって、そのリスクは十分に承知しているはずだ。

「テレワークか。失敗する気しかしないな」

思わず毒づくと、五味渕が「そういう時代だからさ、やってみるしかないだろ」とさらりと返してきた。井瀬は無言で集金袋を鞄に入れ、今日の訪問で使う予定のパンフレットや申込書を揃え始めた。

少し早かったが、九時十五分に事務所を出た。電話をしながら笑っている五味渕の声を背に、勢いよく扉を閉める。「おい、初日から寝坊とかふざけんなよな」という声からして、相手は佐藤か引本だろう。

心が荒(すさ)んでいくのを止められなかった。

冬という暗い季節のせいなのか。

誰を信用していいのか分からないせいなのか。

片岡紗世から何の音沙汰もないせいなのか。

単純に死期が迫っているせいなのか。

ふと叫び出したい衝動に駆られることが、一日に何度もある。

——いったい、どうすればいいんだ。

解決の糸口だけでも早く見つけ出したいのに、事態は一向に展開しなかった。


今日も、坂口政子は井瀬をあたたかく迎え入れた。

「あら、今日はコートを着てるじゃない。ようやく買ったのね」

「はい」

「今日も寒そうな格好をしていたらいけないと思って、主人が使ってたコートを押し入れから出しておいたのよ。井瀬さんにあげようと思って」

「本当ですか」

「まあ、持っていったらどう？　二着くらいあったほうが絶対にいいわよ。冬はまだまだ長いんですもの」

「じゃあ……いただきます」

頷きながら、思わず苦笑する。おっとりとしているようで押しが強い政子に接すると、知らず知らずのうちに毎回向こうのペースに持っていかれてしまうのだった。

集金だけであれば玄関先で済ませるつもりだったが、「居間にいくつか出してあるから好きなものを持っていって」と政子に促され、革靴を脱いで家に上がった。結局、来るたびに何かと理由をつけて中に招かれているような気がする。

「奨学生たちとのビデオ通話は順調ですか」

「ええ、もちろん。タブレットの使い方もすっかり上手になったわ」

いつものように台所から緑茶の入った湯飲みを二つ運びながら、政子が上品に微笑んだ。

「三人とも、受験勉強が大変なんですって。年が明けたらすぐにセンター試験で、その翌月には東大の二次試験があるから、今が頑張り時みたい」

「全員、東大を目指してるんですか」

「そうね。遼くんは工学部志望ですって。電子工学を学びたいって言ってたわ。とても頭がよさそうな喋り方をする子だから、必ず受かるでしょうね。それから、大貴くんは文学部。幼い頃から小説を読むのが大好きだったんですって。すごく無邪気で可愛らしい子だから、感受性が豊かなのかもしれないわね。聡志くんは、弁護士になりたくて法学部を目指してるの。彼、高校生とは思えないくらい大人っぽいわ。法廷に立っている姿が簡単に想像できる」

「素晴らしい高校生たちですね」

「ええ。遼くんも大貴くんも聡志くんも、立派な志をお持ちよ。将来有望な若者たちとこんなふうに関わりを持てて、おばあちゃんは嬉しいわ」

政子の表情は喜びにあふれていた。月十五万円もの大金を継続寄付することを決めた政子の神経がなかなか理解できなかったが、これはこれで、政子にとっては十分に意味のある金の使い方なのかもしれない。

こういう家に生まれていれば、違った人生になっていたかもしれないな――と考える。

「私ね、戦争孤児なのよ」

不意に、政子が言った。驚いて視線を上げると、政子は座卓の端に両手をつき、遠くを見るような目で窓の外を眺めていた。

「生まれたのは太平洋戦争中でね。空襲で両親と祖父母を亡くして、親戚の家をたらい回しにされてたの。父や母の顔を知らないのよ。終戦当時、まだ二歳だったから」

やさぐれたわ、と政子は静かに笑った。引き取ってくれた親戚とは折り合いが悪く、会話もない日々が続いた。楽しいことが何もなかったから、めったに笑わない少女に育った。そんなことを、いつもと変わらない柔らかな口調で語った。

「私の人生を変えたのは、主人との出会いだった。十七の頃よ。親戚がやっていた古本屋で嫌々手伝いをしていたんだけど、その古本屋が学生街の近くでね、熱心に通い詰めていた大学生と恋仲になったの。首席で入学した、優秀な学生でね。私みたいな愛想のない女は嫌でしょうって訊いたら、嘘の笑顔を作る女性よりもよっぽど素直で信頼できるって、真面目な顔で言ってくれたの。その人と結ばれてから、私の人生は百八十度変わったわ」

政子がこの話を始めたわけを、井瀬はなんとなく理解した。

「人生、何が起こるか分からないものよ。一期一会って言うとありきたりだけれど、たった一人の人間との出会いで大きく変化する可能性があるっていうのは、面白いところね。不自由のない暮らしをさせてもらってもう五十年以上経つけれど、主人への感謝は今も尽きないわ」

「いいご主人だったんですね」

「ええ、とっても。だからね、私自身も、主人が残してくれた遺産や年金を無駄にせず、できる限りの恩返しをしたいの。寄付を始めようと思ったのも、そういう気持ちがあるからなのよ。だから――井瀬さんも、困ったことがあったらいつでも頼っていらっしゃいね。こんなおばあちゃんにでもできることがあるなら、なんでもするから。私が主人に助けてもらったように、私自身も誰かの役に立ちたいと常日頃から思っているのよ」

やはり、政子は井瀬を遠回しに励まそうとしているようだった。人生を諦めることはない。手を差し伸べてくれる人は必ずいる。どんな人にも希望があるということを伝えようと、自分の生い立ちの話を始めたのだろう。

コート一枚を用意するのにも苦労するような生活をしていることは、すでに政子には知られてしまっている。もしかすると、政子は井瀬と会うたびに、その境遇を自分の過去と重ね合わせていたのかもしれない。

ありがとうございます、と井瀬は小さく頭を下げた。

政子の家を辞去するとき、またしても後ろ髪を引かれるような気分になった。もらったコート一着を小脇にしっかりと抱え、深々と一礼してから、門の前に停めていた車へと乗り込んだ。窓越しに会釈をしてから、車を発進させた。

角を曲がるとき、横目でドアミラーを確認した。姿が見えなくなるその瞬間まで、政子は門の前で大きく手を振ってくれていた。

最近、一日がやたらと短かった。

「そろそろ帰らないのか」と五味渕に声をかけられ、慌てて席を立った。壁の時計は二十時五十分を指していた。井瀬が毎晩同じ電車で帰っていくことを、五味渕はすっかり把握しているらしい。

まだ入力作業を続けていた中原に「お先に失礼します」と挨拶をしてから、井瀬は入り口の扉へと向かった。勤務態度が悪い佐藤と引本が事務所に来ていないからか、今日の中原はいつもより顔色がよかった。「ああ井瀬さん、お気をつけて」といつもの数倍は明るいトーンで言い、ひょこりと頭を下げる。

「おい、井瀬」

「ん？」

五味渕に呼び止められ、井瀬はドアノブから手を離して振り返った。五味渕は椅子の背もたれに寄りかかったまま、探るような目でこちらを見ていた。

「ここんとこ、疲れてないか？　目の隈がひどいぞ」

「ああ、別に問題ない」

「本当に元気な奴の口から『問題ない』って言葉は出ねえよ。きっとあれだろ——井瀬のことを気に入って雑談に付き合わせる高齢者が多いから、疲弊してるんじゃないか？　支援者の相手をするのは奨学金をもらってる学生であって、井瀬の仕事じゃないんだからさ。そこはすっぱり断っていいんだぞ」

「分かってるよ。上手くやるさ」

そう答えたものの、後ろめたさはあった。本来、外回り要員としては、すでに寄付金の支払いを開始している支援者よりも、新規の見込み客のところを少しでも多く回らなければならない。しかし、今日の坂口政子宅訪問のように、高齢者に引き留められるとついつい長居してしまうのだった。ああいう居心地のいい空間に身を置くことを、何より自分自身が歓迎しているようだった。

お疲れ、と短く言い捨てて、井瀬は冷たい風が吹く屋外へと出た。

坂口政子からもらったコートを片手に、夜道を急ぎ足で歩く。

この二か月というもの、毎日同じ時刻の電車に乗って帰宅していた。ただ——東京駅から帰る電車で私服姿の彼女と時間を過ごして以来、一度も片岡紗世には会っていない。

メールが返ってくることもなかった。井瀬から二通目を送ることもしていない。

せめて死ぬ前には一目会いたいと思っているが、まだこちらから声をかけるタイミングではなさそうだった。

——足掻く時間は、あと二か月ある。

二か月しかない、とは考えないようにしていた。

ホームの東京寄りまで歩いていき、黄色い点字ブロックから一歩下がったところで立ち止まった。電車に轢かれて死ぬ夢を何度も見るうちに、ホームの端に近寄りすぎると恐怖心が膨れ上がるようになっていた。情けないとは思うものの、感情をコントロールする術はなかった。

定刻どおりに到着した東海道線に乗り込み、ボックス席の窓際を確保した。隣に坂口政子からもらったコートと通勤鞄を置き、窓枠に肘をついて天井を眺める。すぐに意識が夢の世界へと引っ張られるかと思ったが、眠気はいつまで経ってもやってこなかった。

電車は国府津駅、二宮駅を通り過ぎ、大磯駅に停車した。大磯駅を出発して、窓の向こうに平塚駅の光が飛び込んできても、井瀬はぱっちりと目を開けたままボックス席に腰かけていた。

期待はしないでおこう——と自分に言い聞かせながら、いつものように窓に顔を寄せ、急速に迫ってきた平塚駅のホームに目を凝らした。

ところどころに並んでいる人の列が、次々と視界の後方へと流れていく。

電車が減速し、ホームの先頭へと近づいたとき、井瀬ははっと息を呑んだ。

紺色のブレザーに、グレーのプリーツスカート。

セミロングの黒髪の間から覗く、水色のシャツ。

「紗世っ」

思わず小さく叫び、井瀬は腰を浮かせた。馴染みのある母校の制服に身を包んだ片岡紗世が、停車した電車の扉の向こうに立っていた。

ドアが開いた。二か月ぶりに見る紗世の姿は、少しも変わっていなかった。そういえば、制服姿の紗世を見るのは少々久しぶりだ。

「こんばんは」

紗世はまっすぐこちらに近づいてきて、嬉しそうな笑みを浮かべた。

「久しぶり」隣の席に置いていた荷物を膝の上に移しながら、井瀬はしどろもどろに答えた。「そんな格好で、寒くないのか」

「コート、学校に忘れてきちゃって。取りに戻ろうと思ったんですけど、バイトに間に合わなくなりそうだったのでやめました」

「これ、着るか？」

そう言って坂口政子からもらったコートをつまみ上げると、紗世はためらうような表情を見せた。

「——ああ、ごめん、困るよな。これ、さっきもらってきたばかりなんだ。中古品だけど、クリーニング済みだと思う」

「いえ、そういうわけじゃなくて。電車の中は暖かいので、今は大丈夫かなって」

「そうか」

井瀬が頷くと、紗世はいつものように隣の席へと腰を下ろした。

「ずいぶん間が空いたから、もう会えないのかと思ったよ」

「タイミングが合わなかったみたいですね」

「前回教えてもらったアドレスにメール送ったんだけど、ちゃんと届いた？」

「……はい、届いてます」

紗世は天井を見上げ、何かを思案するようなそぶりを見せた。

「返信してなくてごめんなさい」

「いや、別に。用件があったわけでもないし」

「もうすっかり冬ですね。お風邪、引いてませんか？」

「俺は特に。紗世は？」

「私も、見てのとおり、とっても健康です」

そう言って、紗世は両手を広げてみせた。その無邪気な姿に、井瀬は胸が苦しくなるのを感じた。

——紗世とこうやって話せるのも、あと二か月か。

回避策も見つからないまま運命の日になだれこみそうになったら、柄でもないが喫茶店にでも付き合ってもらおう、と考えていた。紗世には憧れの対象が別にいることも、最近は未来の恋人に言い寄られていることも分かっているが、死ぬ前に彼女とお茶をするくらいのわがままは許されてもいいだろう。

歳がずいぶんと離れている女子高生に対してこういう感情を持つこと自体、信じられないことだった。あと二か月しか生きられない可能性が高いのに、紗世ともっと親密になりたいと願ってしまうのは不思議な話だ。

「最近の夢は、どんな感じですか」

細い声で話しかけられ、井瀬は我に返った。

「同じような夢ばかり繰り返し見るようになったよ。胸糞の悪い夢ばかりだ。電車に轢かれる夢、人を刺す夢、人を殴る夢」

「それは――未来を変えようとしたってことですか？」

不安そうな顔をした紗世に向かって、「違うよ」とかぶりを振る。

「何もしてない。変えようにも、どう変えればいいのか分からないからな。誰が俺を恨んでいるのかも、そもそも巻き込まれただけなのかも見当がつかないし。粕谷を刺したり越沼を殴ったりする動機も今の俺にはないし」

「……粕谷さん？」

「ああ、小学校の頃の同級生だよ。越沼ってのは、職場の同僚」

そう補足して、井瀬はため息をついた。

「衝撃的な未来の夢ばかり繰り返されるのは――たぶん、死期が迫ってるからだと思う」

「死ぬ日が近づくと、そういう現象が起こるんですね」

紗世は目を伏せて、悲しそうな顔をした。井瀬との別離を惜しんでくれているのか、それとも自分の身にもいずれ同じ事態が起きることを憂慮しているのか、どちらともつかなかった。

「そっちの近況はどうなんだ」

井瀬が尋ねると、紗世はようやく顔を上げた。

「特に変化はありません。未来の夢の内容も一切変わっていませんし、先輩と会う機会もありません」

「先輩ってのは《オリジナル先輩》のことだな。後釜の《お友達先輩》とは?」

「連絡先を交換したので、ちょっとずつ話したりはしています。学校に来なくなってしまった《オリジナル先輩》のことを私と同じように心配している、いい人みたいです」

「信用できそうな奴か?」

「大丈夫だと思います」

「なら心配ないな」

胸の痛みと裏腹に、井瀬はわざと明るい声を出した。

井瀬の言葉に後押しされたのか、隣に座る紗世が覚悟を決めたように背筋を伸ばし、通学鞄の上に両手を置いた。

「いろいろ考えて、やっと決めました。私、《お友達先輩》ときちんと向き合うことにします。彼の気持ちを素直に受け入れて、一緒に過ごしていこうと思います。自分がいずれ死んでしまうのは怖いけど、やっぱり死ぬときには、誰かに想われていたいんです。彼がそばにいてくれるなら……残りの七年間、私は喜んでその隣を歩いていこうと思います」

「そうか」

「こうやって決断できたのも、井瀬さんがいろいろ助言してくれたおかげです。ありがとうございます」

いやいや、と井瀬は首を横に振った。

なんだか感傷的な気分になる。所詮、自分は、紗世の人生にほんの数回現れただけの部外者にすぎないのだ。

井瀬が複雑な顔をしていることに気づかない様子で、紗世が「でも」とためらいがちに口を開いた。

「本当は、――さんに想われたかったな」

「え？」

「あ、《オリジナル先輩》の名前です。……磯さんっていうんです。磯先輩」

紗世が慌てて口に手を当て、頬を赤らめた。

――バカだな、俺は。

弁明を聞いて、井瀬は自嘲気味に笑った。紗世が「井瀬さん」と言ったように聞こえたのだ。おかしな欲望が、脳内で幻覚を引き起こしたに違いない。

それくらい、紗世という純真無垢な存在が愛おしかった。彼女が自分のものになればいいのに、と思う。井瀬が遠い昔に失ってしまったものを、彼女は数えきれないほど持っていた。

「やっぱり、寂しいんです」と、紗世は言葉を続けた。「先輩のこと、中学一年の頃からずっと好きだったので。未練はありますし、しばらくは忘れられないと思います。先輩と出会って、付き合って、婚約したかったなって。どうせ死ぬのなら、最期まで先輩に見守られていたかったなって」

「うん」

「私、幼稚園の先生になろうと思うんです」

突然話が変わり、井瀬は「え？」と目を瞬いた。

「明晰夢で見たとおりになってしまいますけど――昔から子どもが好きだったので。結婚して、子育てして、素敵なお母さんになるのが夢だったんです。それが叶わないのなら、せめて仕事だけでも、って」

勢いよく言葉を並べ立ててから、紗世ははっとしたように口を閉じ、「本当は、お父さんになって、子育てに奮闘する先輩の姿も見てみたかったな」と照れたように笑った。

私も先輩も七年後に死んでしまうから、どうせ無理なんですけどね――という言葉が、東海道線の車内に空虚に響く。

そのまま会話もなく、二人は電車に揺られた。待ちに待っていた紗世とのひとときなのに、何を話したらいいのかが分からなかった。

『まもなく、横浜、横浜――』

やがて、二人の時間の終わりを告げるアナウンスが流れた。電車が減速するにつれ、井瀬の気分は重くなっていった。

紗世が立ち上がった。井瀬は背もたれに寄りかかったまま、彼女を見上げた。

「私、井瀬さんという仲間ができて、こうやってお話しできたおかげで、ずっと怖かった未来を受け入れて生きていけそうです。本当にありがとうございます」

突然、紗世に感謝された。井瀬はあふれだしそうになる思いを抑えながら、「こちらこそ」と短く返した。

「また、会えるよな」

「はい、きっと」

「連絡するから」

「……待ってます」

紗世は横浜駅で降りていった。

遠くなっていく紺とグレーの後ろ姿を、井瀬はぼんやりと見つめ続けていた。

別れた直後、井瀬は紗世に一通のメールを打った。

さっきはありがとう、また俺が死ぬ前には会ってくれ――とだけ書いて送信した。

数日経って、紗世から返信が届いた。

『今まで本当にありがとうございました』

それっきり――紗世はもう、二度と現れなかった。

第三部

明晰夢の向こう

二〇一九年一月四日（金）

年が明けようと明けまいと、めでたくも何ともない人生を送ってきた。

それでも、これほど苦痛な年末年始は初めてだった。家で寝転んでいても、身体を動かしに外へ出ても、二〇一九年という事実が全身にずしりとのしかかる。働いていたほうがまだましだったが、三が日に仕事があるはずもなかった。

ようやく出社を許された今日、井瀬の心はすっかり荒んでいた。

――あと一か月。

今までも焦っていなかったわけではない。それなのに、急に鼓動が速くなるのが不思議だった。ちっとも手を打てていないことに対するもどかしさと、刻々と近づく死の瞬間への恐怖が入り混じる。

頭の中では、四六時中、死を前にした五味渕の絶叫が鳴り響いていた。

電車の中で一睡もできないまま、鴨宮駅に降り立ち、事務所へ向かった。眠気がやってこないことが、むしろ今は恐ろしかった。あれほどの頻度で見ていた未来の夢をほとんど見なくなったのは、いよいよ死期が近づき、夢を通じて体験すべき未来の出来事の選択肢が減っているからなのではないか。そういえば最近、見たとしても過去の夢のほうがずっと多い。

考えれば考えるほど、心臓を針で刺されるような痛みは増した。

視界の端に黒い丸が点滅するのを見ながら、ゆらゆらと事務所の外階段を上り、入り口の扉を開ける。身体を室内に滑り込ませると、「あけおめ！」という爽やかな声が耳に飛び込んできた。

顔を上げると、窓際のいつもの席で、五味渕がにかっと口を横に開いて笑っていた。その隣の席で、越沼が「よう、久しぶり」と片手を上げる。正月太りなのか、それとも連日のテレワークで家から出なかったせいなのか、越沼の身体は一か月前と比べて一回り以上大きくなったようだった。

部屋を横切って奥まで進み、共用のテーブルに着席していた中原に会釈する。中原は黄色い歯を見せ、「あけましておめでとうございます」と丁寧にお辞儀をしてきた。その向かいに腰を下ろし、脱いだコートと鞄を狭いテーブルの下に置く。

今日は全員出社なのか、と五味渕に尋ねようと思ったが、言葉を発する元気もなかった。椅子に沈み込み、力なくノートパソコンを引き寄せる。

入れ替わりに、目の前に座っていた中原が立ち上がった。「五味渕さん、ちょっと訊いていいですか」と五味渕の席に近づいていく中原を横目で眺める。

中原の質問は、現金以外の集金方法についてだった。年末に訪問した新規見込み客が、銀行振込かクレジットカード払いが可能なら寄付を開始すると申し出たらしい。五味渕は「ああ」と頷き、「銀行振込で。口座情報の送付は俺らがやるんで、とりあえず越沼と連携してください」と顎で隣の席を指した。

それくらいは同じ外回り要員の自分に訊けばいいのに――と、小さなことで苛立った。現金での集金が不都合な場合は、いったん申込書をもらってから、越沼に伝えて口座情報が入った封筒を後から郵送してもらうというルールになっている。井瀬だって幾度もやったことがあるし、訊かれれば一瞬で答えられることだ。

なんとなく、中原に信用されていないような気がした。

最近、既存顧客を抱えすぎている井瀬よりも、身軽に動ける中原の営業成績のほうがよくなっていた。

もしかすると、営業経験の長い中原は、井瀬のことを心のどこかで見下しているのかもしれない――。

いやいや、と首を横に振って、邪念を振り払った。

自分が疑心暗鬼になっているのが分かった。死ぬ予定の日が一か月後に迫っているというのに、不穏な夢の数々はまだ現実化していない。犯人を絞り込むための材料さえ見つけられないせいで、自分の周りにいる人間全員が怪しく見えるのだった。

「中原さん」

戻ってきた中原に、小声で話しかけた。「何ですか?」と中原が白髪交じりの頭を傾ける。

「何か、俺に隠してること、あります?」

「はい?」

中原は落ちくぼんだ目を精一杯丸くした。「どうしたんですか、急に」と動揺したような声を出す。

「あるのか、ないのかで言うと」

「ないですよ。どうしてそんな質問をされるのかもよく分かりません」

ふうん、と井瀬は鼻から息を吐き、椅子の背もたれに寄りかかった。中原は訝しげな目でこちらを一瞥し、手に持っていた申込書に視線を落とした。

「おい井瀬、何やってんだ? 中原さんとは仲良くしてくれよ」

五味渕から声がかかる。井瀬はちらりと五味渕の顔を見て、「五味渕はどうなんだ」

と尋ねた。

「どうって？」

「俺に隠してることはないか」

「おいおい」五味渕が大げさに肩をすくめ、心配そうにこちらを見やった。「お前、何かあったのか？　新年早々ひどい顔してるぞ」

「質問に答えろよ」

「あー、そうだな。年末に禁煙チャレンジするって宣言したけど、三日坊主で終わったってこととか？」

五味渕は冗談めいた口調で言うと、「越沼は？　どうせ訊かれるだろうから先に答えておけよ」と隣の席を振り向いた。

「ねえよ。何がだよ」

越沼が怒ったような声で言い放ち、井瀬を睨んでくる。

この言葉は嘘だ、と分かった。過去に働いたネットオークション詐欺の件も、結婚したと偽って単身赴任手当をもらい続けていたことも、越沼の口から聞いたことはない。

「さあどうだか」と挑発的に呟くと、「文句でもあるのかよ」と越沼が眉を吊り上げた。

五味渕が手を伸ばし、まあまあ、と越沼の眼前でひらひらと振る。

大きな音がして、入り口の扉が開いた。

「ギリギリセーフ！　おはようございます！　あー、外まじ寒い」

テンション高く叫びながら、佐藤が事務所へと駆け込んできた。時計の針は九時ぴったりを指していた。「あ、あけましておめでとうか」と手を打ってから、佐藤は一同をキョロキョロと見回し、首を傾げた。

「ん？　どうかした？」

「いや、何も。とりあえず席について――」

「佐藤はどうなんだ」

質問をかわそうとした五味渕の言葉を遮り、井瀬は冷たく問いかけた。五味渕が苦々しく顔をしかめるのが視界の端に映った。

先ほどと同じ問いを繰り返すと、佐藤は目を瞬き、「いやあ、何のこと？　秘密なんてあるわけないっしょ」と軽い調子で答えた。「これ、どういう流れ？」

佐藤の疑問に対し越沼が口を開こうとしたとき、引本が悠々と出社してきた。引本の回答も似たようなものだった。「二分遅刻したくらいで何？」と筋違いの方向に開き直る。

――もう、なりふり構ってはいられない。

今までと同じように過ごしていて、残り一か月ですべての謎が解決するとは思えなかった。まずは自分が死ぬ原因を突き止めないと、死を回避できるのかどうか試行することもできない。たとえ頭がおかしくなったように見えようが、仲間の信頼を失おうが、ここまで来たら考えうる限りの手段を尽くすしかなかった。

お前さ、と五味渕が呆れたように言った。

「ふざけてんのか？　新年早々、和を乱すのはやめろ」

「こっちは理由があって訊いてんだよ」

「どんな理由だ。言ってみろよ」

「いずれな」

低い声で返すと、五味渕は「そんなんじゃ納得できねえよ」と声を荒らげた。

「とりあえず、頭を冷やせ。今日もいくつかアポ決まってんだろ？　その調子で顧客に迷惑かけたら承知しねえぞ」

「分かってるよ」

井瀬は吐き捨てるように言い、「じゃ、そろそろ出るわ」と立ち上がった。集金袋と書類一式を鞄に突っ込み、コートを羽織って出入り口へと向かう。「井瀬の奴、どうしたの？」「知らねえ。なんで朝からあんなにピリピリしてんだ」という佐藤と五味渕の会話を背に、乱暴にドアを閉めて外階段を下った。

ＮＰＯ法人の中の誰かが秘密を抱えている、と井瀬はほぼ確信していた。もしくは心の内に悪意を秘めている。そうでなければ、井瀬が越沼に殴りかかるわけも、五味渕が刺されて大怪我を負うわけも、また五味渕と井瀬が突然殺されるわけもない。きっかけや理由もなしに、あんな物騒な事件が立て続けに起きるはずがないのだ。

自分には伏せられている何らかの事情を、いったい誰が把握していて、誰が知らないのか。そして、この組織と直接関係のない粕谷拓実が、どのように絡んでいるのか。疑問は深まるばかりだった。建物裏の駐車場へと向かいながら、井瀬は大きく舌打ちをして砂利の上に唾を吐いた。

ふと、ポケットに入れていた携帯電話が振動し始めた。荒々しく取り出すと、『着信：粕谷拓実』というい つもの通知が表示されていた。ただ、この時間にかかってくるのは珍しい。銀行も今日が仕事始めじゃないのか、と考えながら、井瀬は通話ボタンを押して携帯を耳に当てた。

「どうした」

『ああ、井瀬。朝からごめん。今日、これから担当企業の工場を見学することになってさ。場所が小田原市内なんだ。ちょうど昼過ぎくらいに終わるから、よかったら昼飯でも食べないか』

呑気な誘いだ——と腹が立ちそうになったが、ぐっと堪えた。こちらにとっても都合がいい。粕谷拓実のこともっと積極的に探っていかなければならないと思っていたところだった。

幸い、今日は三が日と土日の間の金曜日だ。息子や娘家族が帰省している家が多いのか、アポイントが取れたのは朝と夕方の二件だけだった。

「ああ。場所は小田原駅あたりでいいか？」

『だと助かる。何時にしようか？』

十三時半に小田原駅の改札前で待ち合わせることを決め、井瀬は電話を切った。

社用車に乗り込み、エンジンをかける。暖房の効き始めた車内で身を震わせてから、井瀬は勢いよくアクセルを踏んで車を発進させた。


社用車をコインパーキングに置き、小田原駅へと向かった。

空気は冷たいが、よく晴れた日だった。まだ年末年始休暇中の人が多いのか、小田原駅周りは観光客でごった返していた。小田原城方面に向かう人の波に逆らいながら、井瀬は改札口を目指して歩いた。

巨大な小田原提灯が天井から下がっている改札前に立ち止まり、あたりを見回した。

どうやら粕谷はまだ到着していないようだった。周りで待ち合わせているのは休日を謳歌（おうか）している連中ばかりだから、スーツ姿のサラリーマンが立っていたら目立つはずだ。

ポケットから携帯電話を取り出して、通知を確認した。不在着信も未読のメッセージもない。時刻は十三時半ぴったりだった。

——あの粕谷が、無断で遅刻するとは思えないが。

そう考えながら顔を上げたとき、ふと視界に飛び込んできたものがあった。

一人の男の姿だった。

ゆっくりと、改札の前を右から左へと横切っていく。

見覚えがある——と直感した瞬間、脳が凍りついたような衝撃と寒気を覚えた。

男は、ツイード生地のコートを着込んでいた。太ももを半分覆うほどの丈があり、すらりとした体型を引き立たせている。

その濃い灰色の生地の上には、白や黒の細い直線が縦横に広がっていた。直角に交わった無数の線が、上品な四角い模様を浮かび上がらせている。

——あれは。

間違いない。

明晰夢で幾度も見た、格子柄のコートだ。身長や体型も、二月四日に鴨宮駅のホームに現れる謎の男と一致している。

男の横顔を凝視し、目の前の事実を咀嚼(そしゃく)しようと試みた。

視線を感じたのか、男が急に振り返った。ようやく井瀬に気づき、「やあ」と片手を上げてこちらに近づいてくる。

格子柄コートの男——粕谷拓実は、ぞっとするほどまっすぐな、満面の笑みを浮かべていた。

「突然の誘いだったのに、ありがとう。で、どこに行こうか？」

そう問いかけてきてから、井瀬の視線を辿るようにして自分の胸元を見下ろす。

「ん？　ゴミでもついてた？」

「別に。銀行員なのにそういう模様のコートでもいいんだな、と」

「ああ、やっぱり攻めすぎかな？　好きな店の新作が出たから、冬のボーナスで買ったんだよね。せっかくなら仕事でも使おうかと思って、今日初めて着てみたんだけど」

無地のほうがよかったかな、とコートの生地をつまんでいる粕谷に対し、「ふうん」という気のなさそうな反応をしてみせた。狼狽(ろうばい)を悟られたくなかった。

——粕谷だったのか？

——粕谷が、五味渕と俺を殺したのか？

ぐるぐると思考が巡り始める。そんなわけはない、と否定したくなる気持ちが抑えられなかった。粕谷が殺人犯なら、〝死後の夢〟の中で見せた憔悴した様子はいったい何だったのか。墓参りに行ったと寂しそうに話していたのは嘘だったのか。井瀬が警察や検察に陥れられたことを知って激怒していたのは演技だったというのか。

「この間まで小田原支店に勤めてた同期がいてさ。手頃な定食屋を教えてくれたんだ。そこでもいいかな」

粕谷の能天気な声に、はっと我に返った。無言で頷き、連れ立って駅の出口へと向かう。

隣を歩きながら、井瀬は何度も同じ問いを頭の中で繰り返した。まばたきをするたびに、まぶたの裏で危険信号が赤く点滅する。

――こいつに気を許してはいけない。

心臓が大きく波打っていた。気取(けど)られないように注意を払いながら、井瀬は汗ばんだ掌をスーツのズボンにこすりつけた。

十三時半を過ぎているからか、人気の定食屋にも並ばずに入ることができた。奥の席に案内され、互いにコートを脱ぐ。粕谷が格子柄のコートを椅子の背にかけるのを、井瀬は横目でじっと眺めていた。

「最近、本当に寒いね」

席についた二人の会話は、拍子抜けしそうな世間話から始まった。運ばれてきた湯飲みを両手で包み込み、「あー、あったかい」と粕谷が幸せそうに口元を緩める。

一方の井瀬は、黙ったままランチメニューに目を落とした。やってきた店員に、一番値段の安い定食を注文する。「あ、僕もそれで」と粕谷も同じものを頼んだ。

「最近仕事はどう？」

「おかげさまで案件には困ってない」

「すごいもんだな。お客さんはどういう人が多いの？」

「独り身の年寄りが多い。大抵は、子どもと疎遠になっているとか、孫を諦めているとか、人のためになることをしたいと思っていたが具体的なきっかけがなかったとか……何かしらそういう理由を抱えてる」

「確かに、きっかけは大事だよね。いやあ、あの五味渕がよくそんな慈善事業を始めたな。しかも成功してるんだから怖いよ」

粕谷の言い方が気になり、井瀬はちらりと顔を上げた。

「どうして粕谷は五味渕をそんなに嫌うんだ」

問いかけると、粕谷はバツの悪そうな顔をして頭を掻いた。「ごめん。そういうつもりじゃなかったんだ」と反省したように言い、口をつぐむ。しばらく経って、「ちょっと引かれるかもしれないけど」と前置きしてから、粕谷は話し始めた。

「……単純に、悔しかったんだよ。親友だと思っていた井瀬を、僕とは全然タイプの違う男に取られたことが。僕が初めて五味渕を見たとき、校門から出てきた彼の髪は真っ青だった。ぶかぶかの制服を着崩していて、ガムをくちゃくちゃ嚙んでた」

「典型的な不良だったからな」

「本当にショックだったんだ。僕とちっとも会ってくれなくなった井瀬が、そんな不良とつるんでいるのを見てしまったんだからね。自分を全否定されたような気分になった。僕の何がいけなかったんだろう、どうすれば井瀬をああいう道に進ませずに済んだんだろう、って何度も自問自答した」

「考えすぎなんだよ」

「そうだよね。僕の悪い癖だ。結局はただの嫉妬なのに、どんどん難しい方向に考えて、おかしな正義を貫こうとしてしまう。それが相手にとっては見当はずれの行動で、ただの迷惑だってことにも気づけずにね」

前にもこんな話をしたかな、と粕谷が苦笑した。

「高校や大学のときの印象だけで決めつけるような真似をして、五味渕には悪かったと思ってるよ。井瀬がついていきたくなるくらいしっかりした男なんだから、僕も彼のことを信用しなきゃならないな」

粕谷のようなエリートが、五味渕のような元不良に嫉妬することがある。

以前だったら信じようともしなかっただろう。だが、これまでに粕谷が吐露したことを総合するに、粕谷も粕谷で、自分という人間の在り方に自信の持てない人生を送ってきたようだった。

嫉妬、という言葉が脳内で木霊する。

——それで、五味渕を刺したのか？　殺したのか？

粕谷の心の内が読めなかった。純粋そうな笑顔の下に、今この瞬間も、歪(いびつ)な感情を隠し持っているのだとしたら——。

「粕谷」

「ん？」

意を決して話しかけたとき、タイミング悪く注文した定食が運ばれてきた。店員が去っていくのを待って、井瀬は改めて言葉を絞り出した。

「これから尋ねることに対して、正直に答えてくれ」

「急に改まってどうしたんだよ」粕谷は首を傾げ、「もちろんさ」と頷いた。

「俺は、一か月後に死ぬ」

「……え？」

「どうして俺が死ななきゃならないのか、心当たりがあるか？」

井瀬は粕谷の表情の変化に注目した。粕谷が井瀬に対して殺意を抱いているのかどうか。井瀬の知らない事情を把握しているのかどうか。そのヒントを、一つも見逃すわけにはいかなかった。

粕谷は目を見張り、「突然何だよ」と震え声で問い返してきた。

「死ぬっていうのは、病気か？」

「違う」

「……自殺でもするつもりか」

「いや」

「ならどうしてそんなことが分かるんだ」

「いいから質問に答えろ。心当たりはあるのか」

「ないよ。全然ない。見当もつかない」

粕谷は青ざめた顔で首を横に振った。何とも判断できず、井瀬は椅子の背に身を預けた。

「ちなみに、五味渕と俺は同時に死ぬことになる」

「何だって？」

「どうしてだか分かるか」

「分かるわけないだろ」

粕谷は珍しく怒ったような声で言った。その大声に、周囲の客が一斉にこちらを振り向いた。

「何か、俺に隠していることがあるなら教えてほしい」

「隠していること？　どうしてそんなことを僕に訊くんだ」

「まずは答えろよ。秘密はあるか？」

「ないよ。井瀬には僕のすべてをさらけ出してる」

「じゃあ、借金の件は」

「借金?」

粕谷が素っ頓狂な声を上げた。どうしてそのことを知ってるんだ——という言葉が続くかと思いきや、井瀬の予想は外れた。

「——って、何のこと?」

「莫大(ばくだい)な借金を抱えてるんだろ」

「僕が?　そんなバカな。でたらめもいいとこだ」

「隠しても無駄だぞ」

「そんな、本気で言ってるのか?」

テーブルの隅に伏せてあったスマートフォンを勢いよく取り上げ、粕谷が何やら検索し始めた。しばらく操作した後、画面をこちらに向け、「ほら見て」とぐいとスマートフォンを井瀬の眼前に突きつける。

表示されていたのは、インターネットバンキングの個人ページのようだった。三百万以上の残高がある。

「学生の頃のバイト代の残りと、社会人になってから四回あったボーナスを全部貯金したんだ。もし僕に多額の借金があるなら、返済もせずにまとまった額を普通預金の口座に入れておくわけがないだろ？　返さない間にどんどん利子は膨れ上がるんだから」

次に粕谷は「誰がそんな偽の情報を流したんだ」とぶつぶつと呟きながら、入出金明細のページを表示した。確かに、給与や賞与の振込や少額のＡＴＭ出金以外に、不審な金の動きはなさそうだった。

「俺が聞いたのは、粕谷の家が借金を抱えてるって話だった」

「家？　親ってことか。それはないな」粕谷は井瀬の言葉をばっさりと切り捨てた。

「ここ数年で、父の会社の業績が悪くなったり、母が体調を崩して父や僕が看病に追われたりして、家計が厳しくなったことは何度かあったよ。だけど、いくらなんでも借金をするほどではない」

「大学のときに知り合いから金を借りようと奔走してたって聞いたぞ」

「誰がそんな根も葉もないことを」憤慨している粕谷の顔は真っ赤になっていた。「大学、ってことは――五味渕か？」

しばしためらってから、ああ、と頷く。

粕谷は荒い呼吸をしながら、数秒のあいだ宙を睨んだ。それから肩を落とし、失望したような表情をしてこちらへと向き直る。

「ごめん、井瀬。五味渕を信用するって宣言しておいて申し訳ないけど……前言撤回だ」

粕谷の両目には、真剣な光が宿っていた。

「五味渕が井瀬にそのことを伝えたのはいつ？」

「どうだったかな」

「僕が井瀬の目の前に姿を現した後？　それとも前？」

「……後だ」

「僕から転職の勧誘を受けてるって話、五味渕にしたか」

「ああ、した」

「もしかして、借金の話を聞かされたのはその後だったんじゃないか」

「そうだった気がする」

五味渕は僕を敵対視しているのかもしれない——と、粕谷は顎に手を当てて呟いた。

「あまりに事実無根な内容だから、五味渕が勘違いして喋っている可能性は低い。つまり、意図的に僕のイメージを貶めようとしたんじゃないかと思う。井瀬をＮＰＯ法人から引き抜こうとしたことに対する報復行為だったんじゃないかな」

「俺を囲い込むために、わざと粕谷への警戒心を植えつけたってことか？」

「そうだ」

「そこまでして俺を手元に置いておく意味がどこにあるんだ。従業員の代わりくらいいくらでもいるだろ」

井瀬は中原の顔を思い浮かべた。ああいう営業経験者を雇って、どんどん事業を拡大していけばいい。アルバイト並みに薄給だから求人をかけても人が集まらないのかもしれないが、根気よく探すか、少しでも待遇を改善すればどうにかなるだろう。

そこまで考えたところで、井瀬ははっと我に返った。

粕谷の言葉を全面的に信用するのは危険だ、ということをようやく思い出す。自分を陥れようとした五味渕に対して心から怒っているように見えるが、実はすべて演技なのかもしれない。

線路に落ちていく井瀬と五味渕。

その二人を見下ろす格子柄コートの男の姿が、はっきりと脳裏によみがえる。

あれは粕谷だったのだ。

井瀬と五味渕を、暗い線路へと突き落としたのは。

――でも、何のために。

冷めていく定食の煮魚を見つめながら、井瀬はじっと考えた。

――粕谷のことも、五味渕のことも、信じることができない。

「まあ、とりあえず食べようか」

粕谷が力なく口を開いたのは、それから数分後のことだった。

夕方にアポイントを一つ終えて、井瀬はいつもより早めに事務所へと戻った。

事務所にいたのは、五味渕と越沼の二人だけだった。中原はまだ外回り中で、佐藤と引本は午後から自宅に戻ったということだった。せっかく出社したなら夕方まで仕事をしていけばいいのに、彼らのサボり癖は新年になっても一向に直らないらしい。

今日は特に成果がなかったから、事務作業も忙しくなかった。午前の定期集金は、玄関先での立ち話程度で終わった。夕方は越沼からもらったテレアポリストに載っていた新規見込み顧客の七十代女性を訪問したが、あまり懐に余裕がある家ではなかったようで、「月額三万円以上？　一括かと思ったわ」と早々に突っぱねられた。一応、パンフレットを渡してホームページからであれば少額の寄付ができることを伝えたが、「インターネットは怖いから嫌よ」と顔をしかめられてしまった。

しかし、ほとんどないはずの事務作業は遅々として進まなかった。格子柄のコートに身を包んでいた粕谷拓実の姿が、何度もまぶたの裏によみがえる。結局、帰ってきた中原に共用のノートパソコンを引き渡したときも、今日中に完了すべき業務をちっとも終わらせることができていなかった。

時間を持て余し、手帳を開いて明日のスケジュールを確認する。集金が二件、新規訪問が二件入っていた。その横に自分が書いたメモを見つけ、井瀬は今日中に準備しなければならない書類のことを思い出した。

「越沼」

「あ?」

パソコンに向かっている越沼に呼びかけると、不機嫌そうな声が返ってきた。さっきから気まずい空気が流れているのは、今朝の井瀬の言動のせいだ。

「明日集金に行く落合(おちあい)さんって支援者に、あとどれくらい支払い回数が残ってるか、具体的に教えてほしいって言われてる。そういうデータって越沼が管理してたよな」

「ああ、持ってるよ。落合——下の名前は?」

「瑞枝(みずえ)だ」

「了解。後でやっとく」

「忙しいなら、元データをもらえれば自分で調べるけど」

「いいよ、それくらいこっちでやるから」

越沼がそう言って机の引き出しに手を伸ばしたとき、キーボードの脇に置いてあったスマートフォンが鳴り出した。

「あ、やっべ。今日飲みに誘われてたんだった」

越沼が大慌てで立ち上がり、大きな身体で周りのものを押し倒しそうになりながら事務所を出ていった。外階段の踊り場で喋っているらしく、ごめんごめん、と楽しそうに謝る越沼の太い声が聞こえてくる。

「俺も、ちょっとタバコ」

パソコンの画面をぼんやりと眺めていた五味渕が、タバコのケースとライターを持って席を立った。「たぶん、越沼も吸うだろ」と独りごち、越沼の机にあったタバコのケースも取り上げる。

五味渕が入り口の扉から出ていくのと同時に、井瀬も立ち上がって移動した。越沼の机へと向かい、椅子に腰かける。さっき越沼に依頼したことくらいなら、さっさと自分で調べたほうが早そうだった。

越沼のパソコン上には、すでにいくつかのデータが立ち上がっていた。一つ一つクリックしてみたが、『総勘定元帳』『決算報告書』などと書いてあるあたり、すべて決算に関する資料のようだった。一月が決算期だから仕事が大詰めだ、と越沼が先月から愚痴っていたが、このことだったのかと頷く。学校の勉強ができなかった越沼には難しすぎるのだろう。おおよそ、ほとんどの箇所に五味渕が手を入れているに違いない。

ドキュメントフォルダを開き、それらしい名前のファイルを探した。越沼はフォルダ管理を怠っているらしく、大量のファイルが一緒くたに詰め込まれていた。それらを一つ一つ目で追っていき、『奨学金：寄付者一覧（20181226更新）』という名前のエクセルファイルを見つけ出した。

ダブルクリックしてファイルを開くと、『氏名』『振込日』『寄付額』といった項目名が目に飛び込んできた。探していたファイルがすぐに見つかったことに安心し、画面をスクロールして落合瑞枝の名前を探す。しかし、膨大なリスト上をいくら探しても落合という苗字は見つからなかった。念のため全文検索をかけたが、結果は同様だった。

しばらくして、自分の間違いに気づいた。どうやらこのリストは、ホームページ経由で申し込みがあった寄付者の情報のみをまとめたもののようだった。試しに坂口政子はじめ幾人かの顧客の名前を検索してみたが、一つも引っかからなかった。

どうりで寄付金額の月額表記がないわけだ——と納得し、井瀬は再び正しいファイルを探し始めた。

階段を上ってくる足音が聞こえてきた。やっぱり越沼に訊こうかと、井瀬は顔を上げて入り口のドアの方向を向いた。

越沼が、後ろにいる五味渕と何やら楽しそうに会話しながら事務所の中へと戻ってくる。しかし、井瀬が越沼の席に座っているのを視認した瞬間、越沼は大きく目を吊り上げた。

「おい、お前何やってんだよ!」

怒鳴り声に驚き、慌てて椅子から腰を浮かせる。「さっきのデータくらい自分で印刷しようかと」と弁解すると、「勝手に触んじゃねえよ」と越沼はドスを利かせた声で凄んだ。

職場のパソコンは本来すべて共用だろう、と反論したくなった。内勤担当のほうがパソコンに向かう時間が長いから、一人一台与えられているだけではないか。

井瀬の不満を見越したように、五味渕が「落ち着けって」と越沼の肩に手を置いた。

「越沼、お前大人げないぞ。そんなに見られたくないものでも見てたのか」

「違えよ。自分のパソコンに人が触るのが気持ち悪いだけだ」

「井瀬も井瀬で、使いたいなら一言声をかけろ。次からでいいから」

突然越沼に怒鳴られたのは気に食わないが、五味渕の言っていることは間違っていない。井瀬は「分かった」と頷き、しぶしぶ中原と同じテーブルへと戻った。

憤然とした様子で椅子に巨体を預けた越沼を、密かに横目で観察する。

――なんだか、怪しい。

疑惑の雲が、頭の中でむくむくと広がっていった。インターネットの掲示板にさらされていたオークション詐欺の件といい、五味渕の調査で発覚した単身赴任手当の不正受給の件といい、越沼はやはりどこかきな臭い。今朝「何か隠していることはないか」という質問を全員にぶつけたときも、一番感情的になっていたのは越沼だった。

「今日、高校の奴らと飲み会なんで。お先に」

ピリピリとした口調のまま、越沼が椅子から立ち上がってリュックを背負った。「お疲れ」「お疲れ様です」という五味渕と中原の挨拶に送り出され、越沼は入り口の扉の向こうに消えていった。井瀬は何も言わずに、越沼が去った後の机をじっと眺めていた。

しばらくして、いつもより仕事を早く終えた中原も退勤していった。五味渕は相変わらず遅くまで事務所に残っている。事務所の鍵を持っているのが五味渕と越沼だから、二人のどちらかは必ず最後まで残業することにしているようだった。

「五味渕、ちょっと訊いてもいいか」

井瀬が尋ねると、五味渕はパソコンから目を逸らし、「何だ？」とこちらを見つめ返してきた。

「今日、また粕谷拓実に会った。問いただしたら、家の借金なんかないって言ってたぞ。大学の知り合いに金をせびったこともないそうだ」

「まじ？」五味渕はきょとんとした顔をして、首をひねった。「じゃあ、デマだったのかな。誰かからそう聞いた気がしたんだけど。違ったなら申し訳ない」

「開き直るのか」

「え？」

「俺が訊きたいのは――わざと嘘をついたんじゃないのか、ってことだ」

「いやいや、どうして嘘をつく必要があるんだよ。粕谷はお前の小学校の同級生であって、俺の知り合いじゃない。借金があろうとなかろうと、関係のない話だ。お前のためを思って教えてやったんだぞ」

五味渕が困ったように肩をすくめた。

これ以上掘り下げても無駄だ、と直感した。井瀬は黙ってパソコンの画面へと目を落とした。

「そういや井瀬、最近は帰りが遅くなったな。前は九時までにはここを出てたのに」

「まあな」

顔を上げずに、短く答える。

時間を気にせずに残業するようになったのは、あの電車に乗る必要がなくなったからだった。

――今まで本当にありがとうございました。

たった一文だった。紗世から届いた初めてのメールで、井瀬は別れを告げられた。わけが分からず、『どうした？』と即座に返信した。しかし、彼女からのメールがそれ以上届くことはなかった。

あれからしばらく、井瀬は意固地になって同じ電車に乗り続けた。

一週間が経ち、二週間が経っても、片岡紗世が現れることはなかった。きっとこれからも姿を見せることはないだろう——という根拠のない予感が、次第に井瀬の胸を突き刺すようになった。

紗世は怖くなったのだろう、と思う。

井瀬の死を知る前に、自ら姿を消したのだ。明晰夢を見た人物が必ず死ぬと分かってしまったら、彼女はこれからの七年間、一筋の希望を抱くことすらできなくなってしまう。その法則を確かめることさえしなければ、もしかしたら夢の現実化は避けられるのかもしれない、というわずかな可能性に期待することができる。

おそらく、これが彼女にとって最善の選択だったのだ。

井瀬にできるのは、これから七年という時間を過ごしていく片岡紗世の幸せを祈ることだけだった。

さようなら、と口の中で小さく呟く。

死に直面する人間は、きっと、誰しもが孤独なのだ。

二〇一九年二月一日（金）

勝手に動き出した右手が、携帯電話の画面を開く。

『二〇一九年二月四日（月）十六時五十四分』

そこに並ぶ数字は、寸分たりとも狂わなかった。

ああ、とため息をつきたくなる。しかし、夢の中では身体の自由がない。

井瀬は憤怒に駆られていた。

ただひたすらに、身体が熱かった。ホームの外では雪とも雨ともつかないものが降り続いているのに、感じられるのは異様に高い自分の体温だけだ。

携帯電話をポケットに戻すときに、厚手の黒いコートが視界に入った。それが坂口政子からもらったものであることに、井瀬は初めて気がついた。

革靴の裏を、幾度もホームのアスファルトに打ちつける。

合図は、はるか遠くでぼんやりと聞こえた電車の警笛の音だった。夢を見ている井瀬を嘲笑うかのような完璧なタイミングで、自分の首が勢いよく後ろへと回る。

薄暗い鴨宮駅のホームで、二人の男がつかみ合いの喧嘩をしていた。

五味渕と、格子柄のコートを着た男。背丈は五味渕のほうがやや高かった。その身体で隠れて、男の顔は視認できない。ただ、すらりとした体型や、格子柄模様の繊細さはすべて、井瀬が最近再会した一人の男を指し示しているようだった。

井瀬は五味渕のもとへと走った。

格子柄コートの男から逃げるようにして、五味渕の腕を引っ張り、自分のほうへと引き寄せる。

足がもつれあい、身体が反転した。

暗い線路が見えた瞬間、背中を突き飛ばされた。

二人は宙に舞った。

近づいてくる電車のライト。

ホームから見下ろす男。

五味渕の絶叫——。


気がつくと、井瀬は朝日の差し込む電車の中で呻いていた。

「あなた、大丈夫?」

隣に座っていた高齢の女性が、間延びした声で話しかけてくる。はい、と低い声で答え、井瀬は座席から立ち上がった。

電車は国府津駅に停車していた。開いたドアから冷たい空気が流れ込み、乗客は身を震わせている。

窓の外に、朝の光にきらめく青い海が見えた。その光景とは対照的に、井瀬の心は黒く濁っていた。

──あと三日。

どうにも実感がなかった。井瀬が一人でもがいているうちに、時間は飛ぶように過ぎていった。

これまでに見た予知夢は、一部を除き、すべて現実化した。残っているのは、電車に轢かれて死ぬ夢、ナイフを持った粕谷を刺し返す夢、事務所で越沼を殴る夢、そしてパソコンのモニターを見つめる夢。最近は、ほとんどこの四つのローテーションだった。時たま新しい夢を見ることもあるが、数十分先の小さな出来事を予見するものや、何でもない過去の思い出を追体験するものなど、些末な内容ばかりだった。

〝死後の夢〟も、最近はまったく見ることがなかった。粕谷と会話する夢はもちろん、すっかり大人っぽく変貌を遂げた片岡紗世と出会う夢も、二か月ほど前に見たきりだ。

──このまま、何事もなかったかのように過ぎ去ってはくれないだろうか。

そんな淡い期待を抱く。

──あんな突拍子もない出来事が、たった三日のうちに次々と起こるなんてことがあるだろうか。

吊り革につかまったまま思考を巡らせているうちに、電車は鴨宮駅に到着した。いつものようにホームに降り立ち、縁に寄りすぎないよう注意しながらエスカレーターに向かって歩いていく。

この一か月間、井瀬はなんとかして越沼のパソコンの中身を探ろうと機会を窺っていた。しかし、越沼はなかなか井瀬を一人にさせてくれなかった。テレワークをやめて事務所に入り浸ったり、タバコ休憩のタイミングを五味渕とずらしたりと、まるで井瀬を牽制(けんせい)するような動きをしていた。早朝出勤をしても、ずるずると夜遅くまで残っても、また昼に突然事務所に戻ってみても、越沼のパソコンに近づくチャンスは訪れなかった。

それなら仕事が休みの日に忍び込もうと、毎週月曜の夜には窓の鍵をこっそり開けておいた。だが、火曜の朝に確認しに行くと、鍵はしっかりと施錠されていた。すっかり警戒されているようだった。何も越沼に限った話ではない。年明けから挑発的な発言を繰り返していたせいか、五名の同僚との間には大きな溝ができていた。以前は頻繁に話しかけてきていた五味渕も、もはや井瀬と口をきこうとはしなかった。中原は厄介者を見るような目を向けてきたし、佐藤や引本は井瀬の存在をあからさまに無視した。

何もできずに三週間が経過した頃、井瀬はとうとう孤軍奮闘を諦めた。

そして、越沼の秘密を暴くために、最後の計画を練り始めた。

井瀬に見られてはまずいものがある——ということは明らかだった。オークション詐欺や単身赴任手当の不正受給といった前科がある越沼のことだから、もしかしたら他にも金銭面の秘密を抱えているのかもしれない。

横領でもしているのではないか、と井瀬は睨んでいた。仮にそういう事実があるのであれば、決算書を開いていたパソコンを使われたと知って越沼が烈火のごとく怒ったのも、明晰夢の中で井瀬が越沼を殴るシーンがあったのも頷ける。人の善意で集まった寄付金で私腹を肥やすような真似をしているのなら、絶対に許すことはできなかった。

越沼が怪しいという事実が、どうすれば三日後の電車事故に結びつくのかという点については、さっぱり考えが浮かんでいない。ただ、時間の猶予がない中、今の井瀬にできることは、現時点で一番疑わしい人間を追うことだけだった。

——どうして、自分が死ななければならないのか。

半年間考え続けてきた問いへの答えをたった三日間で見つけられる自信はない。もっと早くから越沼に目をつけておくべきだった、という後悔ばかりが膨らんでいく。だが、やるしかなかった。これが最後のチャンスになるだろうことは、井瀬もよく分かっていた。

事務所に近づくにつれ、だんだんと鼓動が速くなってきた。

今日の計画の内容を脳内で反芻する。

手抜かりはないはずだった。スケジュールを調整して午前の予定を空け、今日の分として申告する予定の集金は前倒しで昨日までに済ませた。説得に幾日か費やしてしまったものの、計画への協力者も無事確保した。

計画の成功はすべて、彼女の演技力にかかっている。

古びた外階段を上り、ドアノブに手をかけた。一つ深呼吸をしてから、井瀬は事務所の中へと入った。

おはよう、という挨拶はない。部屋の端へと移動しながら、事務所の中には五味渕、越沼、中原の三名しかいないことを確認する。

「佐藤と引本は？」

念のため五味渕に問いかけると、「テレワークだよ。いつものことだろ」という不機嫌そうな返答があった。「あいつらに何か用？」

「ちゃんと仕事はしてるんだろうな」

「やらせてるさ。人のことばっか気にしてないで、井瀬は自分の仕事に集中しろ。新規寄付者の獲得数、今年に入ってからガクンと下がってるぞ。中原さんを見習えよ」

五味渕の忠告は無視し、井瀬は席についた。お前も俺もあと三日の命かもしれないんだぞ——という言葉が喉まで出かけたが、すんでのところで押しとどめた。五味渕も完全には信用できない。いたずらに未来の出来事を教えるような真似はしたくなかった。

　どうやら、計画の前提条件は整っているようだった。計画の実行には、五味渕、越沼、井瀬の三名のみが事務所にいる状態を作り出す必要がある。

　事務所の固定電話が鳴ったのは、十時を数分回った頃だった。

　予想どおり、中原はすでに外出していた。五味渕と越沼に怪しまれないよう、意味もなく鞄にパンフレットを詰め込んだり、越沼から渡されたテレアポリストを確認するふりをしたりしていた井瀬は、電話を取った五味渕の声に耳を傾けた。

「はい、NPO法人コネクテッド、五味渕です」

『あなたが五味渕さん？　代表さんよね？』

　受話器から、坂口政子の怒声がかすかに漏れた。「はい、そうですが」と困惑気味に返す五味渕に向かって、坂口政子が憤然と声を張り上げる。

『私、井瀬さんから紹介を受けて寄付をしている坂口政子と申しますけどもね。月十五万円の寄付を三人の子どもにしているから、一人五万円になるはずなのに、ビデオ通話で支援先の学生さんとお話ししていたら、奨学金は月四万円ちょっとしかもらえてないって言われたんです。これはどういうことなんですか。私が払ったお金を、お宅が勝手に使い込んでるんですか』

「いえ、そうではないんです。最初にも説明させていただいたかと思いますが、奨学金基金の運営費等として、お支払いいただいた金額の中から手数料を差し引いて──」

『そんなの聞いてないわよ！　こっちは月十五万円も寄付してるんですよ。そのうち月に三万円もお宅が横領してたってわけですか。信じられません。電話なんかじゃ納得がいきませんから、今すぐうちに来て説明してください』

「大変申し訳ございません。では、担当の井瀬が──」

『井瀬さんにはもう聞いたわ。埒が明かないから、担当を替えてちょうだい。そうね、今すぐ来れる人がいいわ。もちろん代表さんも一緒に来るのよ。二人以上で来ないと、誠意があるとはみなしませんからね。分かった？』

坂口政子は、仕掛け人の井瀬も驚くほどの剣幕でクレームを並べ立て続けた。五味渕が少しでも弁明しようとすると、『それなら寄付をやめますけど？』という脅し文句が飛ぶ。

ようやく電話を切ったとき、五味渕のこめかみには青筋が浮いていた。

「おい井瀬、お前、手数料のことをきちんと説明もせずに契約させたのか」

「そんなわけないだろ。あっちが勘違いしてんだよ」

「くっそ、何だよあのババア。代表の俺一人で行くって言ってんのによ。二名以上で来ないと寄付を停止するって、どういう理屈だ」

五味渕は悪態をつきながら、「越沼、ついてこい」と隣の席に沈み込んでいる巨体に声をかけた。

「は？　俺？　井瀬がダメなら、中原さんでいいだろ」

「中原さんは今ごろ客先だよ」

「佐藤か引本は？」

「自宅から呼び寄せるのは時間がかかるだろ。客の前に出せるような奴らじゃないし」

「いや、でも――」

「とりあえず行くぞ。優良顧客を失うのは痛い」

五味渕に急かされ、越沼が面倒臭そうに重い腰を上げた。「社用車は今から俺が使うからな」と井瀬が声をかけると、五味渕は「タクシーで行くよ」と低い声で唸り、大きく舌打ちをした。

二人して出ていく間際、五味渕が入り口の鍵を投げて寄越した。「出るときに施錠してくれ」と吐き捨てるように言い、音を立てて扉を閉める。

外階段を下っていく二人の足音が消えるのを待って、五味渕は急いで越沼の席へと移動した。

坂口政子には、感謝してもしきれない。

井瀬が「理由は訊かずに協力してほしい」と頭を下げたときは、「クレーマーを演じるなんて、そんな迷惑なことできないわ」と政子は渋っていた。顧客訪問の合間に何日も連続して通い、頼み込み続けた結果、ようやく了承してくれたのが昨日のことだった。

「井瀬さんがこれほど言うってことは、のっぴきならない事情があるんでしょうね。分かった、引き受けるわ。私、井瀬さんのことは信じてるから」

その言葉を、井瀬は死んでも忘れないだろうと思う。

最高額の寄付金を納めてくれている坂口政子の言うことであれば、どんな理不尽な内容でも受け入れざるをえない――という井瀬の見立ては正しかったようだ。五味渕は、政子の指示のままに、越沼と連れ立って出ていった。おかげで、井瀬はたっぷり時間をかけて越沼のパソコンを物色することができる。

スリープ状態になっていたパソコンを立ち上げ、社用パソコン共通のパスワードを打ち込んだ。ドキュメントボックスを開き、決算書関係など、不正があった場合に証拠になりそうな書類を次々と印刷していく。

内容を見るのは後にするつもりだった。どうせ、ぱっと見て分かるものではない。ここで頭を悩ませて時間を使うよりも、まずは必要な書類をひととおり手に入れるのが先決だった。

『二〇一八年度　決算』という名のフォルダ内にあったファイルをすべて印刷し終え

ると、井瀬は大きく息をついた。複合機から出てきた厚い紙の束を自分の鞄へと突っ込み、厳重にファスナーを閉める。

ふと時計を見ると、すでに四十分以上もの時間が経過していた。

計画は成功だった。安心して胸を撫でおろそうとしたとき、大事なことを忘れていたことに気がついた。

決算書だけを手に入れても、実際の入金データがないと比較ができない。

井瀬は隣の席へと移り、五味渕の机を漁った。井瀬や中原が集金してきた現金は、いったん五味渕の机の下にある金庫に入れておいて、定期的に五味渕が銀行に預けることになっている。口座はＮＰＯ法人名義のものがあると言っていた。それであれば、どこかに預金通帳があるはずだ。

ただ、いくら探しても通帳は見つからなかった。もしかすると、現金と一緒に金庫の中に入っているのかもしれない。井瀬は金庫の暗証番号を知らなかった。

気がつくと、時計の針は十一時を指していた。いくら坂口政子の演技が見事とはいえ、そろそろ事務所を出ないと二人が帰ってくる可能性がある。

――とりあえず、集金額の一覧だけでもプリントアウトしよう。

井瀬と中原が日々入力している集金管理表をもとに、越沼がすべてのデータをまとめているはずだった。越沼本人が管理しているリストだから信用に値するかどうかは疑わしいが、もし集金額リストの合計金額と決算書の数字が合わなければ、経理担当の越沼がちょろまかしている可能性が高いということになる。

このあいだ勝手に参照して越沼に激怒された『奨学金・寄付者一覧（20190131更新）』という名前のファイルを開き、印刷ボタンをクリックした。

そして、このリストがホームページ経由の寄付金額のみを記載したものだったことを思い出し、井瀬や中原が新規開拓した大口顧客の集金額をまとめたファイルを探し始めた。

目的のリストはなかなか見つからなかった。先日落合瑞枝から問い合わせがあったときのように、支払いの残り回数や寄付開始の年月日を尋ねると、越沼は大抵すぐに情報を出してくる。そのときに参照しているリストが必ずあるはずなのだが、関係のありそうなファイルを一つ一つ開いていっても、井瀬の担当顧客である坂口政子や落合瑞枝の名前が記載された寄付者リストはまったく見当たらなかった。

変だな――と、腕を組む。

越沼の散らかった机の上をじっと眺めているうちに、ある光景を思い出した。

井瀬が落合瑞枝からもらった質問への回答を用意しようとしていたときのことだ。「忙しいなら、元データをもらえれば自分で調べるけど」と申し出ると、越沼は「いいよ、それくらいこっちでやるから」と答え、机の引き出しに手を伸ばしていた。

はっとして引き出しの取っ手に指をかけ、勢いよく引く。乱雑に積み重ねられた紙類を掻き分けると、紺色のＵＳＢメモリーが出てきた。ラベルは特に貼られていない。時計の針が十一時十分を回っているのを横目で見ながら、ＵＳＢメモリーをパソコンに差し込んだ。

表示されたフォルダに『大口寄付者一覧』という名のファイルがあるのを見つけた。これだ、と確信してダブルクリックし、中身もよく見ずに印刷ボタンを押す。複合機が動き出した音を聞いてから、ＵＳＢメモリーを引き抜いて元の場所へとしまった。

パソコンをスリープ状態に戻し、紙が吐き出されるのを待った。複合機が止まるやいなや、まだかすかに熱を持っている紙の束を乱暴に鞄の中へと投げ入れ、そのまま事務所の外へと転がり出た。

車を発進させ、しばらく住宅街の中を走った。

事務所から遠く離れたところで車を停止させる。静かな社用車の中で、井瀬はようやく息をついた。

助手席の鞄に手を伸ばし、最後に印刷した大口寄付者一覧のリストを取り出す。あまりにも焦っていたため、必要な情報が載っているリストだったのかどうか、ろくに確認もしていなかった。

数十人の名前が羅列されているリストだった。『寄付者』という項目名の列に、坂口政子や落合瑞枝といった担当顧客の名前があるのを発見した。担当者の列には、顧客に応じて井瀬もしくは中原の名前が記載されている。他にも、支払金額、残支払い回数、寄付開始年月日、支払い方法といった細かい情報が網羅されていた。どうやら、必要なリストをきちんと入手できたようだ。

坂口政子の行だけが幅を取っているのを見て、井瀬は笑みをこぼした。『奨学生』という項目の列に三人もの男子高校生の名が書かれているせいで、行が太くなっているのだ。

しかし、欄内の記述を見て、井瀬は思わず首を傾げた。

『海老原遼（ケ）、千葉大貴（マ）、竹井聡志（タ）』

カッコ書きのカタカナに目が奪われる。

「何だこれ」

そう独りごち、カタカナの上を指でなぞった。

よく見ると、他の奨学生の名前にも、同じようなカッコがついていた。カタカナの種類は全部で四種類のようだった。

リストを見返すと、四種類のカタカナが使われている列がもう一つあった。右端の列だ。項目名は空欄になっている。

寄付者ごとに、カタカナが一つずつ割り振られていた。

坂口政子は『ケ』。落合瑞枝は『リ』。井瀬が獲得してきた寄付者は、ほとんどがその二つの文字のどちらかだ。一方、中原の顧客には『マ』『タ』の二文字が多い。また、奨学生の名前の後ろについているカタカナも、同じ行では一致していることがほとんどだった。

――遼くんは工学部志望ですって。電子工学を学びたいって言ってたわ。とても頭がよさそうな喋り方をする子だから、必ず受かるでしょうね。

――それから、大貴くんは文学部。幼い頃から小説を読むのが大好きだったんですって。すごく無邪気で可愛らしい子だから、感受性が豊かなのかもしれないわね。

――聡志くんは、弁護士になりたくて法学部を目指してるの。彼、高校生とは思えないくらい大人っぽいわ。法廷に立っている姿が簡単に想像できる。

不意に、いつかの坂口政子の言葉がよみがえった。

正体のはっきりしない、嫌な予感が胸を覆う。

眉を寄せたまま、いったん大口寄付者一覧の資料を横に置き、決算書とホームページ経由の寄付者一覧のコピーを取り出した。双方に書かれている細かい数字を見比べていくうちに、ある二つの数字がぴたりと一致していることに気がついた。

その意味を、しばらくのあいだ考えた。

次の瞬間、血の気が引いた。

――そんな、まさか。

リストの中から、今日の午後一番に集金に行く予定の顧客名を探す。小田原市の北、大井町に住む八十代の男性だ。彼の行に、『銀行振込』『マ』という記載があるのを見るやいなや、井瀬は慌てて車のエンジンをかけた。紙の資料を助手席に放り出し、大井町の方面へと走り出そうとする。

発進する前に、先に確認すべきことを思い出した。ポケットから携帯電話を取り出し、めったに使わないインターネットブラウザを立ち上げた。小田原市内でもっとも優秀な高校の名前を検索し、電話番号を調べる。

出てきた番号を震える手で打ち込んだ。

携帯電話を耳に当て、息を止めてコール音を聞く。

『はい、――高校です』

電話口に出た事務員らしき女性に、井瀬は早口でまくしたてた。

「すみません、そちらの高校に在籍している海老原遼くんの学生証を拾ったのですが。……はい、三年生です。……組は分かりません、書いていないので。……はい、お願いします」

しばらく待たされる。その間、井瀬は人差し指でハンドルをコツコツと叩き続けた。

優に二分以上は経ったと思われる頃、「お待たせしました」という女性事務員の声が聞こえた。心なしか、困っているような響きがあった。

『あのう、すみません。エビハラリョウくんって言いましたよね』

「そうです。魚介類の海老に野原の原、遼はしんにょうの――」

『そのような名前の生徒は、うちに在学していないんですが。一応、一年生や二年生の名簿も調べてみたんですけど』

どこか別の学校とお間違いじゃないですか、という言葉は、もう井瀬の頭には入ってこなかった。

無言で電話を切り、すぐに発信履歴から別の番号を選び出す。

再びコール音に耳を傾けた。四回以上鳴り続けた後、ぷつりと音が途切れ、柔らかい声が耳に届いた。昼休憩にでも出ているのか、後ろがガヤガヤと騒がしい。

『井瀬？　どうした？』

「頼みがある。今日の夜、どこかで会えないか。見てもらいたいものがあるんだ」

息せき切って言うと、粕谷拓実は『珍しいね』と驚いたような声を出した。

『もちろん行くよ。七時には会社を出られると思う。どこに行けばいい？』

誰を信じ、誰を疑うべきか。

未だ答えは出ていない。しかし、この状況で頼ることができる人間は一人しかいなかった。

辻堂駅改札前に八時——と告げ、井瀬はそそくさと電話を切った。再びハンドルを握り、アクセルを踏み込む。粕谷と会うときまでに、いくつか確めなければならないことがあった。

辻堂駅前の居酒屋チェーンに入った。通されたのは、二人用の狭い個室だった。掘りごたつに向かい合って座り、おもむろに書類一式を並べる。粕谷は一瞥するなり

「決算書か」とやや目を見開いた。

寄付金額のリストも併せて渡し、仮説を話す。決算書など生まれて初めて見た井瀬と違い、銀行員の粕谷なら、すぐに確実な結論を出してくれるはずだった。

しばらくの間、粕谷は書類にじっと目を落としていた。リストを見比べては、スマートフォンの電卓アプリに数字を打ち込み、眉を寄せてまた書類を見つめる。

運ばれてきたビールの泡がすっかり消えた頃、粕谷は小さくため息をついた。

「明らかに合わないな」

書類をテーブルの上に投げ出し、顔を曇らせる。

「井瀬の言うとおりだ。決算報告書で寄付金として計上されているのが、ホームページ経由の申し込み分だけ。戸別訪問をして集金していた分は一切なかったことにされてる」

──やっぱりそうか。

鉛を飲み込んだような気分になる。失望が胸を打ち砕いた。

「五味渕の奴、姑息なことをするなあ。所得隠しか。NPO法人も、事業の内容によっては法人税を取られるからね」

粕谷は憤慨したように言ってから、ふと首を傾げた。

「あれ？　でも、奨学金基金だったら課税はされないはずだな。じゃあどうして──」

「事業報告書を見たか」

「ん？」

粕谷は片方の眉を上げ、テーブルの上の書類を漁った。「これか」と呟きながらA4用紙を一枚取り上げる。簡単に事業内容をまとめた文章にさっと目を通して、粕谷はすぐに顔を上げた。

「これも同じだね。井瀬の話では、このNPO法人はホームページ経由の寄付と直接家まで受け取りに行くタイプの寄付の二つを行っている。だけど、書類上は前者しか記載されていない。井瀬がしている外回りの仕事についての記述がどこを見てもないんだ。まるで意図的に隠しているかのような──」

「仕事じゃなかったんだよ」

粕谷が「え？」と声を発し、目を瞬いた。井瀬の言葉の意味が分からないようだっい。

　それもそうだろう、と思う。粕谷のような根っからの善人に、考えが及ぶはずもない。

　大口寄付者一覧のリストを抜き取り、一番上に重ねた。指に力がこもり、坂口政子や落合瑞枝の名前が印刷された紙がくしゃりと折れた。

「俺はこの半年以上、仕事なんて立派なことは何一つしていなかったんだ」

「どういう意味だ」

「そのままさ。俺と中原さんは、表に出せないことをやらされてたんだ。事業報告書になんか書けるわけがない。まんまと騙されて、詐欺の片棒を担がされてたんだよ」

「……詐欺？」

　一瞬の間の後、粕谷が大きな声を出した。顔がさっと青ざめる。「それは、もしかして」

「外回りの二人でせっせと集めていた金は、奨学金として使われてなんかいない。全部、内勤の連中が横領してやがったんだ」

　井瀬は勢いづいて、リストの右端に並んでいる四種類のカタカナを指さした。

「ゴミブチケンスケ、コシヌマリュウイチ、サトウマナト、ヒキモトタイヨウ。俺らが回収してきた『寄付金』は、このリストの記載どおり、奴らの取り分になっていたんだと思う」

　中学の同級生だという、悪友四人組。

　彼らは全員ぐるだったのだ。

「確認は取れてるのか」

「ああ。今日訪問した客が銀行振込を選択してたから、振込先の口座情報を見せてもらった」

　午後一番でタブレットの使い方を教えに行くことになっていた高齢男性が、契約後にNPO法人コネクテッドの名前で郵送されてきた案内用の封筒を見つけ出してくれたのだった。

　案の定、『振込先』の欄にはとある個人口座の情報が記載されていた。『マ』というリストの文字が示していたとおり、名義人は『佐藤愛斗』となっていた。

「どうりで、大口顧客は原則として現金徴収ってルールにしてたわけだよ。現金は一番足がつかないもんな」

　無言で書類を見つめている粕谷を見やりながら、井瀬は悪態をついた。

「客が銀行振込を選択した場合も、振込先の情報は全部内勤の連中が直接案内してたんだ。請求関連は内勤の仕事だからって主張して、電話でのアフターサポートまで丁寧にやってた。今思えば、振込先が法人の口座じゃないことを俺や中原さんに感づかれたくなかったんだな」

それ以上金を振り込まないよう忠告してから、井瀬はすぐに大井町に住む男性の家を後にした。

夕方にも新規開拓のアポイントが一つ入っていたが、スケジュールの都合で行けなくなったことにした。代わりに井瀬が向かったのは、クレーマー騒ぎに協力してもらった坂口政子の家だった。

——まあ、井瀬さん。今朝はあれで大丈夫だったかしら。結局、一時間半くらい引き留めてみたんだけど。私、お役に立てた？

玄関先に出てきた坂口政子は、そう言って悪戯っぽく笑った。

政子の人の好さそうな顔を前にして、身体中の血が沸騰したように熱くなった。怒りのあまり、目の奥がじわりと濡れるのを感じた。

——これ、誰に見えますか。

昂（たかぶ）る感情を抑えながら、井瀬は携帯電話の画面を政子の眼前に突き出した。

——何これ、写真？　ちょっと待ってね、眼鏡を持ってくるから。

いったん家の中に消え、すぐに戻ってきた政子は、画面に顔を近づけて映し出されている人物を確認した。

——ああ、これは大貴くんでしょう。千葉大貴くん。でも、ちょっと髪が明るすぎるわね。よく似た別人なのかしら。

その言葉を聞いて、井瀬は唇を嚙んだ。携帯画面を自分のほうへと向け、表示されている写真を睨みつける。

図書館で調べたときに見つけた、ＳＮＳのプロフィール写真だった。明るい金髪をした佐藤愛斗が、サーフボードを片手にピースサインを作っている。

『海老原遼（ケ）、千葉大貴（マ）、竹井聡志（タ）』

あの記述の意味と、三人の奨学生とビデオ通話をした坂口政子の嬉しそうな感想が、ようやく繫がった。

――遼くんは工学部志望ですって。電子工学を学びたいって言ってたわ。とても頭がよさそうな喋り方をする子だから、必ず受かるでしょうね。

海老原遼という高校生は銀縁の眼鏡をかけている、と以前政子が言っていた。確かに、五味渕健介は頭の切れる男だ。変装していくつもの人格を演じ分けることくらい平気でできるだろう。老人を安心させるような秀才らしい喋りも、容易に想像がつく。

――それから、大貴くんは文学部。幼い頃から小説を読むのが大好きだったんですって。すごく無邪気で可愛らしい子だから、感受性が豊かなのかもしれないわね。

佐藤愛斗は年齢のわりに童顔で、精神年齢も低い。中学卒業と同時に外見も内面も成長が止まってしまったのではないかと、井瀬は事務所で顔を合わせるたびに苛立ちを感じていた。人生経験豊富な老人の目から見れば、可愛らしいという感想になるのかもしれない。

――聡志くんは、弁護士になりたくて法学部を目指してるの。彼、高校生とは思えないくらい大人っぽいわ。法廷に立っている姿が簡単に想像できる。

あの怠慢な引本太陽も、老人とビデオ通話をするくらいなら朝飯前だったろう。外見はとても高校生には見えないが、タブレット越しであればごまかしようはいくらでもある。ただでさえ道徳心のなさそうな男だ。事務所にも行かず、たった十五分程度のビデオ通話を家で数回こなすだけで、いったい月にいくらのボーナスを手に入れていたのだろうか。

大口顧客に回していた奨学生が、どうりで男ばかりだったわけだ。

そして、五味渕が突然テレワークなどという働き方を取り入れたのは、悪事に手を染める彼らを井瀬や中原の視界から遠ざけるためだったのだ――と、今さらのように理解する。

「そんなことがあっていいのか」

事の説明を終えた井瀬の前で、粕谷が唇をわなわなと震わせた。

「奨学金基金への寄付と称して、営業員を二人も使って堂々と金を集めていた？　人の善意を悪用して私腹を肥やしていた？　架空の学生になりきって老人とビデオ通話をするなんて、あまりにもひどい。どうして今まで誰も気づけなかったんだ」

「ホームページ経由の寄付のほうは本物の事業だからだろ。表と裏を上手く使い分けてたんだよ。小田原のタウン紙にも取り上げられてるようなＮＰＯ法人だし、まさかこうやって裏金を貯め込んでたなんて疑いようがない。そもそも、当の営業員が慈善事業だと思い込んでるんだから、そりゃ客も騙されるよな」

そういえば――と、五味渕が全国紙の取材依頼を断っていたことを思い出した。あれは、ＮＰＯ法人コネクテッドという団体に注目が集まりすぎることを危惧していたのだろう。客の信用を得るのが目的なら、小田原タイムズの記事だけで十分だ。

「よりによって、井瀬みたいな真面目な人間を詐欺の手先にするなんて……なんて卑劣なんだ」

いつの間にか、粕谷の目は真っ赤になっていた。「もしかして」と粕谷が震え声で言う。

「五味渕が僕を井瀬に近づけまいと工作してたのは、悪事がバレることを恐れてたからなのか」

「かもな。銀行員だから、会計関連に精通してると見て警戒したんだろう。違和感を覚えた俺がこうやって粕谷に相談するのを防ごうとしたんだ。俺を孤立させれば、発覚するリスクを少しでも減らせる」

刑務所から出てきたばかりで、身寄りがない。前職をクビになっていて、低賃金や長時間労働といった悪条件も呑むしかない。五味渕以外に付き合いのある友人もいない。詐欺を働く側からすれば、井瀬巧という前科者の存在はどんなに都合がよかったことだろう。


「残支払い回数とかいう項目があるけど、寄付には期間の縛りがあるの？」

「基本的には継続して四年。大学に進学する生徒を支援するという名目だから」

「月あたりの寄付金額は平均すると五万くらい？」

「そうだな」

「ってことは、このリストに載っている五十名だけでも――」

スマートフォンに数字を入力し、粕谷は肩を落とした。

「――一億円を優に超えるぞ」


最初は五味渕と越沼の二人で山分けしていたのだろう。井瀬の働きにより多額の〝寄付〟が集まったことに味をしめ、昔からの仲間である佐藤や引本も引き込んだ。その際、四人分の裏金を稼がせるために、新たに外回り担当として中原を雇った。

「営業員二名分の給与は、ＮＰＯ法人の必要経費として正規に支出しているんだね。ホームページ経由で集めた本物の寄付金を原資にするから、五味渕にとっては痛くもかゆくもないってわけだ。そうやって雇った二人の職員を、実際には詐欺にしか使っていなかった……」

　くっそ、という乱暴な声が狭い個室に響いた。一瞬、その声が温厚な粕谷拓実の口から発せられたものだと分からなかった。

「井瀬は更生しようとしている最中だったんだぞ。まさにこれからってときに――ふざけるな。味方を装って井瀬を騙すなんて。真っ当に働こうとしている人間を私利私欲のために利用するなんて。仕事にやりがいを感じ始めてた井瀬をこんな形で犯罪に加担させるなんて。いくらなんでもひどすぎる。あいつだけは絶対に許せない」

「おい、粕谷」

「井瀬は五味渕のことを心から信頼してたんだぞ。じゃなきゃ僕からの誘いを断ってまで働き続けるわけがない。そんな井瀬の思いを踏みにじるような真似をして――」

　粕谷は荒い息を吐いた。肩が上下している。目は充血していて、テーブルの上で握りしめた両の拳は小刻みに震えていた。

「――復讐しよう」

「え？」

「五味渕とその仲間たちを懲らしめるんだよ」

「警察に言うってことか」

「いや、すぐに訴え出るのは危険だ。関与してなかったってことがきちんと証明できないと、何も知らなかった井瀬まで詐欺グループの一員として摘発されかねない」

「じゃあ――」

「一発殴りに行く」

粕谷の口から優等生らしからぬ言葉が飛び出たのを聞き、井瀬は慌ててテーブルの上に身を乗り出した。

「落ち着け。俺のために怒ってくれるのはありがたいが、この問題に粕谷が首を突っ込む必要はないだろ」

「いや、ここまで聞いてじっとしていられるわけがない。井瀬は僕の親友だ。一番古い友人なんだよ。その井瀬を都合よく手駒のように扱われて、何もしないなんてことはできない」

粕谷は口から唾を飛ばしながらまくしたてた。

「高校生の頃に井瀬を奪われて以来、ずっと悔しかったんだ。井瀬が僕に見向きもしなくなったのは、僕に何かが足りないせいなんだろうって。その悔しさがこんな形で裏切られるとは思ってもみなかった。やっぱり僕は、もっと早く井瀬を五味渕から遠ざけておくべきだったんだ。五味渕を完膚なきまで叩きのめしておくべきだったんだ」

「粕谷」

「悪事を働く奴に手加減をする必要はない。警察送りにする前に、まずは僕が井瀬の無念を晴らしてやる。そうでないと気が済まない」

「おい、粕谷」

「今から小田原に行けば、あいつに会えるか」

「落ち着けって言ってんだろ」

　思わず粕谷の両手首をつかみ、勢いよくテーブルに叩きつけた。衝撃でビールジョッキが跳ね、大きな音とともに金色の液体が飛び散った。

　五味渕や越沼を今すぐにでも殴り倒したいのは、井瀬も同じだった。坂口政子の柔和な笑顔が、まぶたの裏に浮かんでは消える。

　しかし、怒りに身を任せるわけにはいかなかった。

　憤怒に荒れ狂う粕谷の姿を見て、一つ、分かったことがある。

　明晰夢で見た光景について、井瀬は大きな勘違いをしていた。

　格子柄コートの男――すなわち粕谷拓実は、井瀬を殺そうとしていたのではない。

　井瀬のために、五味渕への復讐を決行したのだ。

　白いライトバンにもたれかかって、血まみれの五味渕が呻いている夢。――あれは、怒りに我を忘れた粕谷拓実が五味渕を刺した直後の光景だったのではないか。井瀬は粕谷の蛮行を止められなかった。五味渕が大怪我をした後になって、粕谷が復讐を続行するのを止めるため、赤く染まったナイフを取り上げ、彼の脇腹を刺した。

鴨宮駅のホームで、五味渕と粕谷拓実が揉み合っている夢。——あれは、粕谷が再び五味渕に襲いかかったところだったのだろう。粕谷の登場を予期していなかった井瀬は、慌てて五味渕を粕谷から引き離した。その拍子に、五味渕に攻撃を仕掛けようとした粕谷が誤って二人の背中を突き飛ばしてしまった。結果として、井瀬は五味渕ともつれあいながら線路に転落し、電車に轢かれた。

そういえば、小学校のときもそうだった。誰にでも分け隔てなく接し、クラスメートからの信頼も厚かった粕谷だが、他人をいじめたり暴力を振るったりする子どもにだけは容赦なくぶつかっていっていた。

痛いほどまっすぐな正義の道を、これ以上突き進ませてはいけない。

「粕谷は首を突っ込むな。このことは俺一人で解決する。絶対に関わるなよ」

「そんなこと言われても」

「お前は甘いんだよ。刑務所にぶち込まれたこともないくせに。あれは地獄だ。粕谷みたいなエリートが行くところじゃない」

「エリート、エリートって。井瀬はどうしてそういうふうに区別するんだ」

「お前は俺とは違う人間だからだよ」

当たり前だろ、と井瀬は粕谷の手を離しながら言い捨てた。

「俺は、粕谷が羨ましい」

ぽつりと言葉がこぼれた。顔を真っ赤にしていた粕谷が、我に返ったような顔をしてこちらを見つめた。

言いたいことはいろいろあった。育った家も、環境も、学校も。人間関係は上手くいかなかったと本人が言っていたが、やはり粕谷は井瀬が持つことができなかったものを生まれながらにして享受している。何より、彼には未来があった。彼には、そのスタートラインを最大限に生かしていく義務があるのではないか。

「俺のほうからこの話を持ちかけておいて、申し訳ない」

心の中に渦巻いた思いを語ることはせず、井瀬は静かな声で言った。

「五味渕とは、俺一人で片をつける。今から事務所に戻って、五味渕を問いただしてみるよ。詐欺の証拠をつかんだら、すぐに仕事を辞める」

「そうか」粕谷はためらいがちに呟き、一つ頷いた。「井瀬がそう言うなら、僕は手を出せないな」

「結局、最初から粕谷が正しかったんだな。お前の紹介してくれる仕事に、素直に転職しとけばよかったよ」

「今からでも遅くないって。もう一度掛け合っておくよ」

「いや、もう無理かもしれない」

「何がだよ。井瀬なら絶対にやり直せるさ」

「そうじゃなくて」

言いかけてから、口をつぐむ。ややあって、粕谷が「まさか」と目を見開いた。

「もうすぐ死ぬ──からか？」

「ああ」粕谷に定食屋で鎌をかけたことを思い出した。

「ハッタリじゃなかったのか。死期が近いっていうのは本当なのか」

「可能性は高い」

「五味渕も？」

「そうだ」

根拠を訊かれるかと思ったが、粕谷がそれ以上尋ねてくる様子はなかった。井瀬が答えないだろうと踏んだのかもしれない。粕谷はうつろな目をして、テーブルの上にこぼれたビールを眺めた。

急に光の消えた粕谷の目を見て、ふと思い出したことがあった。

「粕谷は、最近恋人を亡くしたんだったな」

え、という声が粕谷の口から漏れた。顔を上げた粕谷は驚いたような表情をしていた。

「そんな話、したっけ」

「いや」──答えながら、あれは〝死後の夢〟の中で聞いた話だったのだと気づく。

「じゃあ、新聞で読んだのか」

「新聞？」

「地元紙では、けっこう大きく取り上げられたんだ。花火大会の日に茅ヶ崎駅で起こった事故だったからね」

思い当たるものがあり、井瀬は顔をしかめた。

「もしかして、去年の八月四日に起きた電車事故か」

「そうだけど……なんで分かった？　細かい日付までよく覚えてるね」

それはそうだ。初めて明晰夢を見る、という体験をした日でなければ、具体的な日にちまでは覚えていなかっただろう。

あの日、電車の外で非常ベルが鳴り響く中、自分がホームから突き落とされる夢を見た。ホームで逃げ惑う浴衣姿の女性たちや、電車の中を照らす救急車の赤い光。目を閉じれば、あの夏の夜の光景が浮かび上がってくる。

なんという偶然だろう。あのとき電車と接触して命を落としたのが、粕谷拓実の恋人だったとは。

「俺まで死んだらごめんよ」

「……縁起でもないこと言うなよ。とにかく、早く五味渕のところから離れてこっちに来てくれ」

すっかりぬるくなったビールを一口だけ飲み、井瀬は掘りごたつから足を抜いた。立ち上がって、壁にかかっているコートを取る。

「今から行くのか。五味渕のところに」

「ああ」

携帯電話の表示に目をやる。時刻は二十一時にもなっていなかった。大抵、いつも井瀬か中原がこの時間まで残業をしているから、鍵を持っている五味渕と越沼の少なくとも一方はまだ事務所にいるはずだ。

五味渕や越沼が鍵を決して井瀬や中原に預けなかったのは、万が一詐欺の証拠を漁られては困るという理由だったのだろう。今さらそんなことに気づき、小さく舌打ちをした。

一杯ずつ頼んだビールも飲み干さないまま、二人は居酒屋を後にした。

「気をつけて。何かあったらすぐに連絡をくれ。飛んでいけるように待機しておくから」

辻堂駅までの道すがら、粕谷は幾度も不安そうに繰り返した。「分かった」と短く答え、家の方向へと去っていく粕谷の後ろ姿を見送る。

彼が消えていった曲がり角をしばらくのあいだ監視し、戻ってこないことを確認してから、井瀬は改札へと身を翻した。

――未来は、変わってくれただろうか。

義憤に駆られた粕谷が五味渕への復讐を試みるという展開は、これで防ぐことができたはずだ。

早く確かめようと、発車ベルが鳴る中、ドアが閉まりかけていた下り電車に無理やり飛び乗った。

ほどなく、夢を見た。

放課後に、粕谷とキャッチボールをしている夢だった。


建物の横に回り、まだ事務所に人が残っているかどうかを確かめた。一階の介護事業所は真っ暗だったが、二階の窓からは白い蛍光灯の光が漏れていた。

窓際の席に二つの影が見えたのを確認して、よし、と小さく呟く。

不意打ちを食らわせるため、足音を立てないよう注意しながら事務所の外階段を上る。一つ深呼吸をしてから、入り口の扉を勢いよく開け放した。

目に飛び込んできたのは、銀縁の眼鏡をかけた五味渕の姿だった。パソコンに向かって何かを喋っていたようだが、目を大きく見開いて画面を操作し、慌てて眼鏡とヘッドセットを外した。

その隣の席では、越沼が汚物でも見るような目をこちらに向けていた。越沼も越沼で、髪をワックスで立たせている。妙に若作りをした、似つかわしくない髪型だ。テーブルの上には小さな手鏡が置かれていた。

「ビデオ通話中失礼。佐藤と引本も今ごろテレワーク中かな」

精一杯の皮肉を込めて、五味渕と越沼の顔を交互に睨みつける。越沼の顔がみるみるうちに赤黒くなった。自分の置かれた事態を瞬時に把握したのか、五味渕は平然とした態度で「こんな遅くにどうしたんだ」と問いかけてきた。

これまでも、井瀬や中原が帰宅した後に、こうやって荒稼ぎをしていたのだろうか。

「老人たちを騙すのは楽しいか？　十五分ぽっちのビデオ通話が一回数万円だろ。さぞ楽な仕事だったろうな。そりゃ、キャバクラ全おごりくらい余裕なわけだ」

単身赴任手当の横領云々はすべて嘘だったのだろう、と推測する。越沼の羽振りのよさに対して井瀬が疑問を感じているのを察し、五味渕がそれらしい説明をでっちあげたに違いない。

「お前、何ふざけたこと言ってんだ」

越沼が吠え、椅子から立ち上がった。こめかみがひくついている。

「バカみたいだな。俺と中原さんは、汗水垂らして朝から晩まで客先訪問をし続けて、雀（すずめ）の涙ほどの給料しかもらえない。一方、俺たちが金持ちの老人から集めてきた寄付金は、架空の学生を演じているお前らの懐にそっくりそのまま入る」

「やっぱりお前、データを盗みやがったな」

「全部印刷して、さっき信頼のおける知り合いに預けてきた」

「くっそ。せこいことしやがって。人殺しのくせに」

一瞬、越沼の言葉が耳に入ってこなかった。侮辱されたと分かった瞬間、井瀬はずんずんと前に進み出た。荒々しく越沼の胸倉をつかみ、力を込める。

身をよじって井瀬の手から逃れようとする越沼に向かって、井瀬は拳を振り上げた。拳が越沼の頬にめり込む。衝撃が骨に響き、じんじんと痛んだ。

越沼は勢い余って壁に激突し、床に尻をついた。事務机の上に重ねてあった書類がなぎ倒され、床に広がる。

その書類が奨学生一人一人のプロフィールデータであることに気づき、井瀬は自嘲気味に笑った。海老原遼は東大工学部志望。千葉大貴は文学部。竹井聡志は法学部。存在しない学生の属性を考えるのは、どんなに気楽で愉快だったことだろう。

「おい」

声をかけられ、顔を上げた。その瞬間、今とまったく同じ光景を夢で見たことを思い出した。

「……また暴力か」

いつの間にか椅子から立ち上がっていた五味渕が、冷ややかな目で井瀬のことを見ていた。瞳の奥に漂う軽蔑の色は、確かに見覚えのあるものだった。

明晰夢で見たとおりだ。

夜遅い時間の事務所で、越沼を殴る夢。

――一つ、現実化した。

「お前も共犯じゃないか」

井瀬に向かって、五味渕が淡々と話しかけてきた。

「共犯？」

「ああ、そうだ。井瀬にも、幾度か金を渡したよな。当然、金の出所は知ってたはずだ。今になって裏切るってのはいただけないな。俺らはみんな仲間だろ」

感情のない声で話しながら、五味渕がゆっくりと近づいてくる。

その冷静な口調が不気味だった。しかし、金など渡された覚えはない。

わけも分からないままじりじりと後ずさっていくと、革靴の踵が扉に当たった。

突然、五味渕が体当たりをしてきた。とっさにかわして衝突を回避しようとする。

五味渕の手が伸びてきて、尻ポケットに入れていた携帯電話を抜かれた。同時に、持っていた鞄もひったくられる。

――しまった、ハッタリか。

鞄を取り戻そうとしたが、立ち上がった越沼に阻まれた。五味渕は事務机の後ろへと逃げ、井瀬から奪った携帯電話を開いた。「こっちじゃなかったか」と悠長に言いながら鞄を開ける。その中からタブレットを取り出し、画面の表示を確認するなり五味渕は片方の口角を上げた。

「お前、タブレットなんか持ってたっけ」

そう言いながら、タブレットの画面を操作し、電源を落とす。録音を停止し、アプリから音声データを消去したようだった。

「いや、粕谷拓実だな。入れ知恵でもされて、借りてきたんだろう」

図星だった。証拠になるかもしれないから録音しておけ、と粕谷が自分のタブレットを貸してくれたのだった。

「やけに鞄を強く握りしめてるから、絶対に何か隠してるなと思ったよ。録音機器か、通話が外と繋ぎっぱなしになってるか――後者を警戒して、証拠になるようなことは喋らないよう注意してたんだけどな。意味がなかったか」

見破られていたと分かり、拳を強く握りしめた。もう一度、今度は五味渕に向かって拳を振り下ろしたい衝動に駆られる。

――また暴力か。

先ほどの五味渕の声が、脳裏に響き渡った。急に、右腕から力が抜けていく。

「どうしてこんなことをしたんだ」

喉から言葉を絞り出すようにして問いかけた。

「楽な商売だからだよ。原価もない。大したコストもない。商品の売れ残りもない。やることは、金持ちの善意に訴えかけるだけ。こっちは何のリスクも負わずに、金だけがどんどん流れ込んでくるんだ。『支援先を直接的に見える化する』とか、『ITを利用して奨学生と支援者を繋ぐ』とか、それらしい言葉を並べておけば信用は勝ち取れる」

録音機器という武器を井瀬から取り上げた五味渕は、一転してのびのびと語り始めた。

「最初は上手くいくか半信半疑だったけど、始めてみたら案外楽勝だったな。結局、世の中ってのは性善説で動いてんだよ。外面(そとづら)さえ上手く整えておけば、化けの皮が剝がれることはまずない」

「最初から詐欺を働く気で始めたのか」

「NPO法人を立ち上げたときから、ってことか？　そうだよ。じゃなきゃ、ホームページを立ち上げて本当に寄付を集めたり、奨学生の選考をして金を渡したりなんていう面倒なことはしない。まずは表のハリボテから作ったってわけだ。本格的に『裏』のほうを軌道に乗せたのは、出所してきた井瀬を雇ってからだけどな」

「……いいように使いやがって」

「井瀬は根が真面目だからな」

扱いやすいんだよ、と五味渕は鼻で笑った。

「高校のときからそうだった。かつての優等生ほど、ちょっと誘惑すればハマるんだよな。学校をサボったり、教師に反抗したりする快感にとらわれて抜け出せなくなる。おかげでいい暇つぶしになったよ。まあ、毎晩日付が変わるまでにはなんだかんだ家に帰る律儀さには度肝を抜かれたけど」

五味渕が笑い声を上げると、越沼もにやけ顔になり、「その後、朝方まで俺ら四人で集まったりしたな」と五味渕を振り返った。

この男にとって、自分はこの程度の存在だったのか——と思うと、怒りで顔が火照ってくる。

五味渕の暇つぶしに付き合わされていたせいで、自分は家族との関係を失ったのだろうか。

井瀬が父親を死なせてしまい、刑務所に入るような事態に陥ったのも、傍(はた)から見ていた五味渕にとっては面白おかしい喜劇にすぎなかったのだろうか。

「五味渕、考え直せ。こんな詐欺、いつかバレるぞ」

「バレないように考えながらやってんだよ」

「……警察に突き出すぞ」

「真っ先に疑われるのは井瀬だけどな。何せ、つい一年前まで服役してた元犯罪者だ。警察の心証は悪いだろうな」

「脅しのつもりか」

「いやいや、事実さ」

飄々と答える五味渕に対し、殺意のようなものが湧き上がる。井瀬はそれを懸命に抑えた。

「ここは取引といかないか」

不意に、五味渕が声を潜めた。

「退職金は出す。一千万でも二千万でも、言い値でいい。その代わり、このことは黙っておいてくれないか」

一瞬、金額に心が動いた。どうせ汚い金だから受け取れないという気持ちと、金を手にして少しでも這い上がりたいという気持ちがせめぎ合う。

自分の中の悪魔をようやく払い落として、井瀬は五味渕を睨みつけながら宣言した。

「金は要らない。今すぐ辞めさせてもらう」

「一時の感情に身を任せるのはやめたほうがいいぞ。いずれにせよ、今この場で辞意は受け入れられない。今日は帰って、退職金のことも含めてよくよく考えてこい。辞表は、明日以降改めて受け取るから」

ダメだ――と、五味渕の提案を心の中で薙ぎ払う。二月四日月曜日、十六時五十四分。井瀬が再び鴨宮の事務所にのこのこ姿を現せば、あの明晰夢が何らかの形で現実化する確率が高くなる。

この土日で遠くに逃げよう、と心に決める。五味渕の手の届かないところへ行くのだ。未来を無理に変えようとしないほうがいいと片岡紗世は言っていたが、仕掛けられた罠にわざわざ飛び込むような真似はできない。

「もうここには来ないよ。二度とな」

越沼を押しのけながら前へと進み、五味渕の机の上からタブレットの入った鞄と携帯電話をひったくった。五味渕は口元を緩ませたまま、黙ってこちらを見ていた。どうせ警察には言えないだろう、と決めてかかっているような表情だった。

事務所を飛び出し、外階段を一段飛ばしに駆け下りた。五味渕や越沼が追ってくる様子はなかった。鞄を小脇に抱えたまま、鴨宮駅までの道のりを全速力で走った。

誰もいないロータリーに辿りつき、息を弾ませながらエスカレーターを上る。ホームに降りると、ちょうど小田原行きの下り電車が停まっていた。

次の上り電車は十五分以上来ない。ホームから突き落とされる明晰夢の光景が頭をよぎり、何も考えずに下り電車に飛び乗った。未来を無理に捻じ曲げようとすると死ぬ日付が早まるという夢を、これまでに何度も見た。人気のない鴨宮駅のホームで、背後を警戒しながら待ち続けることになるのは御免だった。

小田原駅までの一駅区間が、とてつもなく長く感じた。ドアに背中を預けたまま息を整えているうちに、電車が明るいホームへと滑り込んだ。

逃げるようにしてホームを離れ、小田原駅の改札を出た。栄えている東口の方面へと向かい、あてもなくさまよう。

すぐに上り電車に乗るのは避けたかった。電車が事故に遭うかもしれない。鴨宮駅で五味渕や越沼が乗り込んできて、揉み合いになるかもしれない。とにかく、今は安全な場所に移動したかった。

道を歩きながらふと見上げると、インターネットカフェの看板が出ていた。迷いなく雑居ビルに足を踏み入れ、エレベーターに乗り込む。

辿りついた受付カウンターでは、自分より若そうな金髪の男性店員が舟をこいでいた。

受付手続きを済ませ、渡された伝票に記載されている番号の個室へと向かった。ドリンクも漫画も取らずに仕切りの中へと入り、鞄を投げ出して椅子に身体を預ける。

ここなら安全だ、と思えた。ようやく息をついて、デスクの上に置いてあるマウスへと手を伸ばす。

――匿名で掲示板にでも垂れ込もうか。

すぐに考え直した。それこそ、犯行グループの一味として五味渕ら四人と一緒くたにされてしまうだろう。通報するなら、堂々と自分の名前でするしかない。

不正の証拠は粕谷に預けてあった。警察からの要請があった場合か、もしくは井瀬に万が一のことが起こった場合に、すぐに警察に渡すよう伝えてある。

あとは、一一〇番に電話をかけるだけだ。

だが、胸の中には恐れが渦巻いていた。無実であるということを、果たして警察は信じてくれるのだろうか。井瀬は、まさに寄付金集めの実行犯として動いていた。さらに、つい一年前までは、父親を死なせた罪で五年間も少年刑務所に入っていた。

そもそも、父親が死んだ事件のときだって、警察は井瀬の供述を捏造した。素手でしか殴っていないのに、落ちていた石を父親の頭に叩きつけたことにされていた。

――また、同じようなことが起きないとは言い切れないのではないか。

考えれば考えるほど、深みにはまっていくようだった。ぬかるみで空回りするタイヤのように、いくら脳を動かしても思考は同じところにとどまり続ける。結論が出ないことに苛立ちが募り、右手に持っているマウスをデスクに叩きつけたくなった。もしかすると、五味渕は、こうやって井瀬が壁にぶつかることまで見抜いていたのかもしれない。

いったん、それ以上考えるのをやめにした。

ぼんやりとパソコンのデスクトップ画面を眺めていて、ふと思い出したことがあった。井瀬はマウスを動かし、インターネットブラウザを立ち上げた。

検索ボックスに、『八月四日　茅ヶ崎　東海道線　事故』と入力する。普段インターネットを使わなければテレビも見ないため、あれが地元では大きなニュースになっていたとは知らなかった。もちろん、被害者が粕谷拓実の恋人だったことも、初めて聞く事実だった。

エンターキーを押し、一番上に出てきたサイトをクリックする。

画面遷移を待つ一瞬の間に、妙な既視感に気がついた。

——大きなパソコンのモニター。

——マウスの上に置かれた右手。

——木製のデスク。

あ、と声が漏れる。最近幾度も見ていた、あの明晰夢だった。図書館かと思っていたが、このインターネットカフェだったのか、と初めて気づく。

あの夢の中で、井瀬は大きなパソコンのモニターを呆然と見つめていた。全身から力が抜け、嘘だろ、という言葉が自分の口からこぼれる。そんな夢だった。

何が起きるんだ——と身構えた瞬間、モニターに表示された文字が目に飛び込んできた。

『茅ヶ崎駅人身事故：ホームで押し合いか
　八月四日午後九時二十分頃、神奈川県茅ヶ崎市のJR東海道本線茅ヶ崎駅で、女性が転落する事故が発生した。一部乗客が入場規制を無視して駅構内になだれ込み、急激に人の増えたホームから押し出されたことが原因と考えられる。神奈川県警によると、死亡したのは横浜市在住の幼稚園教諭・片岡紗世さん（22）。現場は花火大会の直後で混雑していて――』

二〇一九年二月三日（日）

二日間、井瀬は東海道線に乗り続けた。

よく晴れた休日だった。下り電車には、箱根や静岡方面へと向かう旅行客が大勢乗っていた。上り電車には、思い思いの気に入った服に身を包んだ男女が乗っていて、横浜や都内の各駅で電車を降りていった。

東京駅から小田原駅までを、ただひたすらに往復した。

時たま、平塚駅や横浜駅で下車してみた。あの新聞記事を印刷したコピー用紙を手に、改札を出てふらふらと駅構内を歩いた。

紗世に会いたい、会いたい、会いたい――。

いつものように、不意に現れたりしないだろうか。井瀬が眠りから覚めたときに、気がつくと隣の席に座っていたりしないだろうか。

あの大人しそうな笑顔が見たかった。会えないはずがない、と自分に言い聞かせた。ついこの間まで、彼女は井瀬と同じ電車に乗ってきて、自分の身の上や最近見た夢について話していたのだ。

紺色のブレザーにグレーのプリーツスカート。

自分のよく知る母校の制服を探した。この時期になるとほとんどの高校生はコートを着ていたが、そういえば紗世がコートを羽織っている姿は見たことがなかった。

土曜の昼下がり、平塚駅のホームで、電車を待っている女子高生の一団を見つけた。その中に紗世を探そうとしたが、彼女らのスカートは一様に赤かった。以前、佐藤が話していた、平塚駅周辺によくいるという特徴的な制服の高校生たちだ。

薄茶色のブレザーに、赤い生地のチェックスカート。紗世が着ていた制服とは似ても似つかない。

女子高生たちのそばを通り過ぎようとしたとき、ある一人が肩にかけている紺色のバッグが目に入った。『Hiratsuka Institute High School』という白い英文字が見え、はたと足を止める。

「ちょっと君、平塚学院高校の生徒？」

話しかけると、鞄から手鏡を取り出してアイメイクの状態をチェックしていた女子高生は、迷惑そうな顔で振り向いた。

「そうですけど」

「女子の制服って、紺色のブレザーにグレーのスカートじゃなかった？　あと、シャツは水色で――」

「え、違いますけど」

化粧の濃い女子高生が首を傾げる。その隣にいた赤茶色の髪の女子高生が、「ああ、四年くらい前に変わったんですよ、確か」と代わりに答えた。

「ええっ、そうなの？　私、学校選びは制服で決めたんだけど。けっこう新しかったんだね、意外」

「うちらはラッキーだったよね！　超可愛いのが着られて」

女子高生の一団が制服トークで盛り上がり始める。井瀬は「どうも」と小さな声で礼を言い、そそくさとその場を離れた。

――変わった？　……四年前に？

再び東海道線に乗り、井瀬はポケットから携帯電話を取り出した。

『今まで本当にありがとうございました』

携帯電話の小さな画面に表示された一文を、何度も何度も読み返す。

二〇一八年十二月五日。

片岡紗世から、最初で最後のメールを受信した日付だ。

一方、手元のネット記事のコピーには、そのさらに四か月前の日付がある。

――二〇一八年、八月四日。

車窓がすっかり闇に包まれた頃、井瀬は片岡紗世のメールアドレス宛てに、一通のメールを送信した。

『あなたは誰ですか?』

ポケットが小さく震えたのは、翌日曜の昼過ぎだった。『e-mail:片岡紗世』という通知を見て、井瀬は携帯電話を取り落としそうになりながらメールを開いた。

日曜の夕方五時に、横浜駅の改札を出た。

人混みの中で立ち止まり、前方を窺う。

見たことがある光景のような気がする――と脳内を探り始めた直後、既視感の正体に思い当たった。

柱のそばに、白いコートを着た小柄な女性が立っていた。赤いマフラーを首に巻いていて、パーマのかかった茶髪がその上に柔らかく広がっている。

「片岡、さん？」

　近くまで寄っていき、恐る恐る話しかけた。

　スマートフォンに目を落としていた若い女性が、驚いたように顔を上げた。黄色いスマホケースと、明るいピンク色のネイルが、井瀬の目には少々眩しく見えた。

　黒々とした睫毛が上下に揺れた。マスカラが丁寧に塗られている。目の形には、確かにその面影があった。

　ぎゅっと胸が締めつけられる。

　不安げに、彼女が尋ねてきた。

「井瀬さん、ですか？」

「はい」

　短く答え、「このたびはご愁傷様でした」と頭を下げる。片岡美沙（みさ）は小さく頷き、「わざわざありがとうございます」と目を伏せた。

　片岡美沙。二十歳。横浜市内の大学二年生。

　先ほどのメールに書いてあったとおり、美沙が改めて自己紹介をした。紗世の姉と勘違いしそうになるが、妹だという。

片岡紗世、享年二十二歳。

妹の美沙は、当時十九歳。

『片岡美沙といいます。大学二年生です。このメールアドレスは姉のものです。あなたは誰ですか？』

返ってきた長文メールを、井瀬は繰り返し読んだ。今日どうしても会ってほしいと頼み込んだのは、もちろん井瀬のほうだった。

井瀬巧、というフルネームを名乗ったが、美沙はぴんと来ていない様子だった。小首を傾げ、細い指でティーカップを持ち上げて紅茶を飲む。

姉妹の顔はよく似ていた。特に目元がそっくりだ。妹の美沙のほうがだいぶ垢抜けた格好をしているが、紗世を彷彿とさせることに変わりはなかった。

「電車事故で死ぬ一か月くらい前に、お姉ちゃんが急にメールアカウントのログインパスワードを教えてくれたんです」

美沙はおもむろに話し出した。紗世に似た目が、まっすぐにこちらを見つめている。

「『もし私が死んだら、このメアドの管理は美沙に任せるね。それで、もし井瀬さんって人から連絡があったら、こう返信して』って」

「今まで本当にありがとうございました……か」

「はい。よく意味が分からないですよね。だから理由を訊いたんですけど、全然教えてくれなくて。『その一文だけでいいから。他には何も書かないでね』と」

井瀬が紗世にメールを送ったのは、十一月と十二月に一回ずつだった。紗世が亡くなった八月から少々間が空いていたため、美沙は姉のメールアカウントのチェックをおろそかにしていたのだという。井瀬から送られてきた二通のメールに気づいたのは、十二月五日のことだった。その日のうちに、美沙が姉の指示どおりに打った文面が、井瀬の携帯に届いた。

「あの……井瀬さんって、誰なんですか」

美沙が言いにくそうに尋ねてきた。

「っていうのは——その、お姉ちゃんとはどういう関係だったんですか。同い年じゃないですよね」

思わず苦笑する。やはり、短髪に無精髭という外見では、二十四には見えないのだろうか。少年刑務所での生活を経て、白髪が増えてしまったのも一因かもしれない。

井瀬が答えないでいると、美沙は「彼氏、とかじゃないですよね」と畳みかけてきた。

「違うよ」

「じゃあ、元カレ？」

「いや」首を横に振り、「彼女には婚約者がいたんだろ」と静かに問いかけた。

「そうです。ご存知ですか」

「粕谷拓実は、小学校の同級生だから」

そうだったんですか、と美沙が目を丸くする。「粕谷とは何度か会ったのか」と問うと、美沙はこくりと頷いた。

「もちろんです。お姉ちゃんの婚約者として紹介されて、何度かうちにも遊びに来ました。二十四歳の誕生日に入籍する予定だったんですよ。もし生きていれば、明日だったのに」

「明日、か」——二月四日。神様は、なんと残酷な日付を用意したのだろう。

「でも、最近はあまり会っていません。お葬式と四十九日で会って、その後は……あ、一度お墓の前でばったり会いました。よくお花を持ってきてくれているみたいなんです」

死後の夢のことを思い出した。休日の昼過ぎ、恋人の墓参りに行くと言っていた粕谷。そういえば、辻堂駅から上り方面の電車に乗り込んでいた。

「私たち家族としては、お姉ちゃんが亡くなってからは拓実さんとどう接していいか分からなくて……少しずつ疎遠になってしまってます」

「まあ、仕方ないんじゃないか」

いつもの癖で、そっけない返答になったのがいけなかっただろうか。美沙は表情をこわばらせ、しばらくのあいだ黙ってしまった。ちらちらと井瀬の顔を見上げながら、何やら考え込んでいる様子だった。

――妹も、私が死ぬときにはまだ大学生なので、相当ショックを受けるんじゃないかと。

そんな紗世の言葉を思い出し、心に穴が開いたような気分になる。

「あ、お姉ちゃんの写真を見たいんでしたよね」

美沙が不意にそう言って、スマートフォンをいじり出した。生前の紗世の写真を見せてほしいと、先ほどメールで依頼しておいたのだった。

姉が死んでから丁寧に振り分けていたのか、美沙のスマートフォンの中には『☆お姉ちゃん☆』という名前のアルバムが作られていた。そのタイトルの上をピンク色の爪でタップする。美沙が手渡してきたスマートフォンを受け取り、そこにある写真を一つ一つ見ていった。

そこに写っているのは、紛れもなく紗世だった。

ただ、井瀬の記憶よりずいぶんと大人びている。井瀬が知る十代の少女ではなく、優しげな表情をたたえた同年代の女性になっていた。

姉妹で自撮りしたツーショット。両親との団欒(だんらん)風景。家のソファでくつろいでいる姿。

中には、粕谷拓実と並んで写っている写真もあった。

婚約指輪を左手の薬指につけ、恥ずかしそうにカメラを見ている紗世と、緊張のせいか身体を硬くしている粕谷。写真には写っていないが、そばで紗世の両親が見守っていて、その視線を意識しているのかもしれない。きっと、まだ家族に紹介されて間もない頃だったのだろう。

成長して〝女性〟になった紗世と、おととい会ったばかりの粕谷が、写真の中で仲睦まじげに顔を寄せ合っている。

胸の奥がうずいた。すべてが繋がっていく感覚は、血管に砂粒が流れるような痛みを伴うものだった。

「あと、卒業アルバムも持ってきたんです」

椅子の背にかけていた大きな手提げ袋から、美沙がエメラルドグリーンのアルバムを取り出した。こちらの表情を窺うようにしながら、そっとテーブルの上に置く。表紙には、『平塚学院高校』という文字があった。

こちらに引き寄せて、パラパラとページをめくった。『片岡紗世』という文字にふと目が留まり、その上にある個人写真を見つめる。

――紗世だ。

少し青白い肌。控えめな黒い瞳。セミロングの髪。幼さの残る顔立ちは、井瀬のよく知るものだった。

写真の中の彼女は、水色のシャツに紺色のブレザーを羽織っている。

手が震えた。指先で、写真の中の紗世をなぞる。

艶やかな黒髪を。

穏やかな微笑みを浮かべる口元を。

ありがとう、とやっとの思いで口に出し、卒業アルバムを美沙に返した。つるつるとした表紙が手から離れるとき、無理やり引き剝がされたような心地がした。

「お姉さんがどういう人だったか、聞かせてくれないか」

美沙にとっては、意味の分からない質問だっただろう。しかし、美沙は丁寧に答えてくれた。

昔から仲の良い姉妹だったこと。姉の紗世は美沙と違って大人しく、真面目で勉強がよくできたこと。中学の頃は合唱部で一生懸命活動していたこと。高校では特に部活はやらなかったが、大学でまた合唱をやり始めたこと。都内の女子大で初等教育を学び、卒業してすぐに幼稚園で働き始めたこと。社会人になって間もなかった去年の春、高校卒業後から付き合い続けていた粕谷拓実を初めて家に連れてきて、婚約したと報告してくれたこと。

「合唱が好きだったんだな」話を聞き終わってから、意図的に尋ねた。「それなのに、高校ではどうしてやらなかったんだろう」

「お姉ちゃん、高校に入ったばかりの頃、あまり元気がなかったんです。落ち込む時期がずっと続いて、理由は絶対に言わなくて。学校でいじめられてるんじゃないかとか、通学に時間がかかるから体調を崩したんじゃないかとか、家族で心配しました。でも、二年生になった頃には回復して、幼稚園の先生を目指すって言い始めたんです」

紗世が高校一年のときに落ち込んでいた理由を、井瀬はよく知っていた。もちろん、美沙に伝えるつもりはなかった。

「亡くなる前は、どんな様子だったんだ」

「普通でしたよ。でも、今思えば、ちょっと変なところはありました。メアドの管理を任せるなんて依頼してきたのもそうですし……あとは、急に部屋を片付け始めたり、毎晩アルバムを見返していたり。お姉ちゃん、自分が死ぬってこと、知ってたのかなあ」

「そんなわけないだろ」と、あえて強い口調で返す。

「ですよね。お姉ちゃん、毎日すごく楽しそうだったんです。電車に飛び込んで自殺なんてするはずありません。だから、やっぱりあれは不幸な事故だったんだと思います」

美沙の声が震え、言葉が途切れた。「最後の思い出が拓実さんとの花火大会デートでよかったね、って、お葬式のとき家族みんなで話してたんですよ」と消え入るような声で言い、目元に手をやる。

ぽとり、ぽとりとテーブルに涙の粒がこぼれた。

タクミ、という共通の名前を美沙が口にするたびに、その響きが深く胸に刺さる。美沙が落ち着くまで、井瀬は身じろぎもせずに待っていた。混雑しているカフェの中で、自分たちのテーブルだけが隔絶されているような気がした。周りの客の声は耳に入ってこなかった。

紗世によく似た若い女性が、とめどなくあふれる涙を拭っている。その姿を直視できず、井瀬はひたすら紅茶の表面を眺め続けていた。

「ごめんなさい。もう一つ、見てもらいたいものがあるんです」

ようやく泣きやんだ美沙が、身体をよじって手提げ袋の中を探った。

もう一つ、別のアルバムが出てくる。

「お姉ちゃんの、中学の卒業アルバムです」

美沙はあるページを開き、井瀬のほうへと向けた。

そこには集合写真が貼られていた。百名以上が写っている。全員、青いゼッケンをつけていて、頭にも同じ色のバンダナを巻いていた。

集合写真の右上に、マジックで描かれた赤い丸印があった。赤い線に囲まれている人物を見て、井瀬は思わず息を呑んだ。

「二年生の思い出を振り返るページにありました。体育祭の写真みたいです。一年生から三年生までのクラスが縦割りでチームになっていて、お姉ちゃんは赤組でした。でも、何故か、青組のところに赤い丸が描いてあるんです。遺品整理のときに見つけてからずっと、この男子が誰なのか気になっていました。個人写真のページにはないので、たぶん三年生の先輩なのかなって」

ドクドクと胸が波打つ。

美沙が興奮を帯びた口調で続けた。

「横浜の前は、私たち、平塚に住んでいたんです。お姉ちゃんが中学校、私が小学校を卒業するタイミングで、家族で横浜に引っ越しました。だけどお姉ちゃんは、中学のときに憧れていた先輩がいたみたいで、その人が通ってる平塚の高校をわざわざ受験して入学したんです。あの、この赤い丸の中に写っている男子って——」

もう、美沙の声は耳に入ってこなかった。

椅子から立ち上がる。膝がテーブルの脚にぶつかって、ティーカップの中の紅茶が揺れた。

「本当にありがとう」

美沙の言葉を遮って、深々と頭を下げる。数秒間その姿勢で静止している間、美沙は何も喋らなかった。

テーブルの上に千円札を一枚置いて、店の出口へと向かった。ところどころで、他の客が座っているテーブルにぶつかりそうになった。

どこをどう歩いたか分からない。気づくと、横浜駅の改札前に戻ってきていた。柱に寄りかかり、ずるずると座り込む。頭を抱え込み、目をつむった。

あの集合写真には見覚えがあった。

井瀬自身の卒業アルバムにも、同じ写真が載っていたからだ。

バスケットボール部で孤立し、クラスメートとも一定の距離を保っていた中学三年生当時の井瀬は――皆と同じようにピースサインを出すこともなく、最後列の右端に突っ立っていた。

つまりは、こういうことだったのだ。

二〇一一年、二月。高校の合格発表会場に向かっていた紗世は、二〇一八年八月四日に、電車事故で死ぬ夢を見た。

――白い杖をついた視覚障害者の方が向こうから来たのを避けようとして、バランスを崩して線路に落ちてしまうんです。

あの説明は一部本当だったかもしれないし、まるっきり嘘だったかもしれない。少なくとも、場所は花火大会直後の茅ヶ崎駅だったはずだ。二十二歳の紗世は、混雑しているホームから押し出されて転落し、電車に轢かれて死んでしまう。そんな夢を、十五歳の紗世は、高校の合格発表に向かう電車の中で見た。

その夢を皮切りに、さまざまな〝未来の夢〟を見るようになった。花火大会のときも隣にいて、線路に落ちた紗世に手を伸ばしてくれた、中学のときから憧れている一つ年上の先輩。その彼と同じ部活に入り、告白され、付き合い、プロポーズされる。中にはそんな幸せな夢もあった。

そして、いくつかの夢の現実化を経て、紗世は〝未来の夢〟の予知夢的性質に気がついた。

七年後に死ぬという未来を突きつけられ、紗世の気持ちは不安定になっていった。ただ、そんな中でも、憧れの先輩との関係が発展する未来が待っていると思うと胸が高鳴った。

夢のとおりに進めば、夏頃にサッカー部のマネージャーに欠員が生じ、帰宅部だった紗世に声がかかることになる。その日を楽しみに、紗世は高校に通った。

そんなとき、初めて〝死後の夢〟を見た。七年後に、憧れの先輩が自分と同じような明晰夢を見ているという夢だった。紗世の死からほどなく、電車に飛び込んで死ぬことになる――と、夢の中で出会った七年後の彼は話した。

彼の後追い自殺を防ぐため、紗世はある決断をした。自分と出会わなければ、先輩の命は救われるかもしれない。そう信じて、泣く泣くサッカー部のマネージャーの誘いを断った。

しかし、残酷なことに、先輩の運命は変わらなかった。紗世も先輩も両方死ぬという結果はそのままに、紗世は憧れの先輩に接触する術を失った。

紗世の明晰夢は更新された。

高校卒業後に交際する相手は、先輩の友人だという別の人物になった。一方、憧れの先輩の人生は捻じ曲がり、高校にも来なくなって、どんどん悲惨な方向へと落ちていった。

すべてが〝上書き〟された夢を見た、と紗世は表現した。

一人の男性との接点を永遠に失う、という決定的な変化を起こしてしまった紗世の場合――その範囲は、通常の予知夢だけにとどまらなかった。

高校生の紗世は、まったく新しい〝死後の夢〟を見始めた。

夢の中の時は、自分が死んだ直後。

二〇一八年の夏から冬にかけて。

片岡紗世という婚約者の存在を知ることなく人生を終えようとしている、中学の頃からずっと憧れていた先輩男子に、紗世は〝死後の夢〟を通じて会いに行った。

八月四日、人身事故で運転見合わせになった電車の中で出会った紗世は、最初から井瀬のことを知っていた。「どこかで、会ったことがありませんか」と恐る恐る訊いてきた。後ほど、井瀬と会う夢を見たから顔を知っていたと説明していたが、そうではなかった。

井瀬より一つ年下の片岡紗世は、二人が中学生の頃から、井瀬の顔と名前を一方的に知っていたのだ。

《オリジナル先輩》は——井瀬巧。

思えば、井瀬は、紗世の身体に触れたことがなかった。彼女が周りの物や人に触れるのも見たことがない。そして、電車の中と駅のホーム以外で、彼女に会ったこともなかった。

それは、片岡紗世と自分の生きる時間が違ったからだったのではないか。

彼女の姿が、井瀬だけが見ていた幻影だったからではないか。

もしくは——受け手側の井瀬自身も、無意識のうちに夢を見せられていたのかもしれない。

井瀬が何度も粕谷に会う夢を見たのと同じように、紗世は〝死後の夢〟の中で、電車に揺られている井瀬に会っていた。なかなか信じがたいが、井瀬が紗世と過ごしたあの幸せな時間こそが、何年も前に紗世が見た〝死後の夢〟そのものだったのだ。

そうとしか考えられない。紗世が井瀬と同じ卒業アルバムに写っていたことが、何よりの証拠だった。

どうして紗世は自分なんかに恋をしたのだろう、と考える。

そもそも、どこで自分のことを知ったのだろう。

中学の頃だとすると、体育館だったのではないか、と思う。井瀬はバスケットボール部で、一年生の頃からレギュラーとして試合に出続けていた。先輩と対立し、練習のときは仲間外れにされることも多かったが、体育館の隅で黙々と個人練習を続けていた。朝や部活のない放課後に、なんとか場所を見つけて技を磨いていたこともあった。

そんな姿を、一つ年下の紗世は、どこか遠くで見ていたのではないだろうか。

高校では、バスケットボールは続けなかった。中学のときのような人間関係はなくなり、会話をする友人は増えたが、あまり心を許す気にはなれなかった。練習が厳しくないという噂だったため、サッカー部に入った。初心者にしてはそこそこ上手くできたが、父親のパチンコ狂いとアルコール依存がだんだんとひどくなり、部活は休みがちになっていった。

気が向いたときにしか、練習に顔を出さなかった。最後に行ったのは、二年生の夏休みだったのではないかと思う。その後は、急に接近してきた五味渕と夜な夜な遊ぶことが増え、学校自体をサボるようになった。そして高校三年生の冬に傷害致死事件を起こし、少年刑務所に送られると同時に退学になった。

二年生の夏休みというのが、運命の分かれ目だったのだろう。

紗世か、五味渕か。

当時一年生だった片岡紗世がマネージャーとして途中入部していれば、最後に一度だけ顔を出した部活の練習で、井瀬は紗世と出会っていたはずだった。そこでどのような力が働いたのかは分からない。ただ、彼女とその日遭遇していれば、動機が純粋であれ不純であれ、あれが井瀬にとっての最後の部活出席になることはなかったのだろう。

あの日、井瀬は紗世に会うことができなかった。

紗世の代わりに井瀬が出会ってしまったのが、五味渕という悪友だった。

今思えば、電車に乗り込んできた紗世がひどく青白い顔をしていた日があった。〝死後の夢〟を見るときは時系列が前後することを鑑みると、紗世にとっては、あれが初めての井瀬との邂逅だったのかもしれない。

新しい〝死後の夢〟を見た紗世は、どれほどの衝撃を受けただろう。

自分の死を悲しんで自殺まで考えていた井瀬巧という名の婚約者が、父親を殴り殺して五年間も少年刑務所に収監されていた犯罪者に変わっていたのだ。自分の行動がもたらした結果を知り、恐れおののいたことだろう。夢の内容を元に戻そうと奔走しても結果が出ず、深く絶望したに違いない。

しかし彼女は、すぐに気持ちを切り替えて、井瀬に対して死に向き合うための示唆を与えようとした。駅や電車の中という限られた場所や時間の中で、できる限り井瀬に寄り添い、明晰夢についていろいろなことを気づかせようとした。

会う日をあらかじめ約束しておくことはできないし、電話やメールでやりとりすることもできない。おまけに夢を見る時期や時間は選べないから、制服を着ているときもあれば、私服のときもある。こちらは寒い冬なのに、コートを着ていないこともあった。

そもそも、井瀬に会いに来ていた紗世は必ずしも高校一年生ではなかったのかもしれない。明晰夢を見ていた期間が七年間にも及んだということは、数か月、もしくは数年おきに〝死後の夢〟を見ていた可能性だってある。

それが証拠に、紗世から受ける印象は毎回違っていた。幼くて青白い顔をしていた紗世にも、髪を切って少し大人っぽくなった紗世にも、私服姿で化粧をしている紗世にも、井瀬は会ったことがある。

そうした変化を苦労して隠しながら、あくまで二〇一八年に生きる女子高生を装って、紗世は井瀬の目の前に姿を見せていた。

正体を明かさなかったのは、信じてもらえるかどうか不安だったのかもしれないし、新しい恋人になる予定の粕谷拓実に配慮したのかもしれない。

彼女はただ、死を前にして苦しむ井瀬を、隣であたたかく見守っていた。

――そんなことがあっていいのだろうか。

未だに、彼女の口から語られた《オリジナル先輩》が自分自身であるということが信じられなかった。自分のような人間にも日向(ひなた)を生きるチャンスがあったということも、知らないところでこんなにも自分のことを想ってくれていた女性が存在したことも、自分のみじめで暗すぎる人生は一人の女性が自分を救おうとした証しだったということも、すべて嘘のようにしか思えない。しかし、卒業アルバムにつけられていた赤い丸が、それらが事実であることを証明している。

――私が死ぬのは、寂しいですか。

――え?

――井瀬さんは、私がいなくなったら悲しんでくれるのかなって。

いつだったか突然尋ねてきた紗世の声が、頭の中で再生された。

その瞬間、涙がはらりと井瀬の頬を伝った。

一粒だけだった。

ポケットの中から携帯電話を取り出し、よろよろと立ち上がりながら開いた。メールボックスの中から十二月五日に受信したメールを探し出す。

『今まで本当にありがとうございました』

井瀬の知らないところで二十二歳になった紗世が、今の井瀬に残した最後の言葉だ。

携帯電話を強く握りしめた。死んでいった紗世のためにも、残り一日ですべきことを見誤ってはいけない。

決意を胸に、井瀬は改札を出入りする人の群れの中へと一歩足を踏み出した。

歩きながら、ふと思った。

もしかすると、〝死後の夢〟というのは、死にゆく自分たちが、人生の心残りを清算するためのものだったのではないか、と。

この二日間、あてもなく電車に揺られているうちに、もう一つ思いついたことがあった。

――あの夢を、もう一度。

願いが届いたのかどうかは分からない。横浜駅から電車に乗り込んでまもなく、井瀬は崩れるように座席に倒れ込み、夢の世界へと意識を預けた。

それは、過去の夢だった。

二十四年間の人生において、もっとも忌まわしい一夜の夢だ。

深夜の公園で、井瀬は小石を足で転がしていた。大きい石から順に、狙いを定めて光の輪の外へと蹴り出す。サッカー部をやめてずいぶんと時間が経っていたが、感覚は鈍っていないようだった。

その横では、五味渕が街灯の柱にもたれかかり、暗い空を見上げて何かを楽しげに喋っていた。指の間にタバコを一本挟み、口に持っていっては煙を高く吐き出す。

高校三年生のときの日常。

それが非日常に変わったのは、帰宅途中の父親が公園に現れたせいだった。

ただ、悔しかった。自分以上に、友人をけなされたことが許せなかった。日頃から溜まっていた父親への憎悪と将来への不安が、一気に噴き出した。

殴り合いの末、父は失神して動かなくなった。

――そのくらいにしとけ。

五味渕に耳元で諭され、井瀬はようやく父から離れた。水道で血を入念に洗い流し、五味渕に呼ばれて街灯の下へと駆け戻った。

父の頭から大量の血が出ていた光景を、井瀬は片時も忘れたことがない。街灯の黄色い光が、砂に染み込む液体を赤黒く見せていた。

凍えるような、一月の夜のことだった。

川崎駅で電車を降りた。階段を上り、広い構内を歩いて改札を出る。

外はすっかり暗くなっていた。夜の寒さが、袖と皮膚の隙間から中へと侵入してくる。

家の方向へと速足で進みながら、携帯電話を取り出した。しばしためらってから、目的の番号を選び出し、通話ボタンを押す。

粕谷拓実は、すぐに電話に出た。

『もしもし、井瀬?』その声は緊迫感にあふれていた。『大丈夫か。何かあったか』

五味渕のところへ行く、と言って辻堂駅前で別れてから、その後粕谷に一度も連絡を入れていなかったことを思い出す。

「いや」

五味渕ら四人がクロだったことと、証拠は持って帰れなかったことを話す。鞄の中にタブレットを仕込んでいたことを見抜かれたと伝えると、「それだけ警戒してたってことか」と粕谷は電話の向こうで歯噛みした。

「今日は別件で電話したんだ」

『別件?』

「片岡紗世について、だ」

名前を出すと、粕谷はしばらく黙り、『紗世がどうかしたか』と不安げに尋ねてきた。

「彼女、俺と同じ高校だったよな。粕谷とは、どうやって出会ったんだ」

『……やっぱり井瀬は、紗世のことを知ってたのか』

「ん？」

『今だから言うけどさ——彼女が本当に好きだったのは、井瀬のほうだったんじゃないかって思ってた』

「何を言い出すんだ」

『井瀬には勝てないんだよな、昔から。もちろん、負けたこともないつもりだけど』

携帯電話から、粕谷の寂しそうな笑い声が聞こえてきた。

『井瀬が会ってくれなくなった高校二年の秋以降、僕が何度も井瀬の高校を訪ねていったこと、覚えてるか？　夏休みが明けてからしばらくは、井瀬が学校をサボっていたみたいだったから、会えない日のほうが多かったんだ。そんな日は、サッカー部の練習に来ていないかどうか、グラウンドを眺めて井瀬の姿を探したりしてた。あるとき、僕と同じような行動をしている女子がいることに気がついたんだ。話しかけてきたのは向こうのほうからだったよ』

——もしかして、井瀬さんのことを探してますか？

『それで僕らは、ときどき話すようになったんだ。僕は自分のことを井瀬の小学校の同級生だと紹介した。紗世のほうは、井瀬の落とし物を拾ったから返したいんだとか、確かそんなことを言ってたかな。それが本当の理由ではないんだろうと思いつつ、僕はだんだん彼女に惹かれるようになってしまった。なんとなく卑怯な気がして、ずっと井瀬には言えなかった』

「別に、卑怯ってことはないさ」

『ごめん』

「謝られる意味が分からねえよ」

　感情を隠そうとして、逆に語気を強めてしまった。

「接点が何だったのか気になっただけだ。俺は直接の知り合いってわけじゃないから、どうでもいい」

『でも――』

「墓の場所を教えてもらえるか」

　ふと思いついて、尋ねた。

「お前の婚約者だったんだろ。俺も、一度くらい手を合わせておこうと思う」

　粕谷は何かを喋りかけていたが、言葉を呑み込んだようだった。霊園の名前を告げて、『横浜市内だ』と囁くように言った。

「もう一つ、訊きたいことがある」

『どうした？』

「粕谷の意見を聞かせてほしい」

もともと、こちらが本題だった。

井瀬は、この二日間で導き出した一つの仮説について、粕谷に話していった。井瀬が語る間、粕谷はたまに相槌を打つ以外、ほとんど無言で耳を傾けていた。

話し終え、粕谷の反応を待った。しばらくの間、何も音が聞こえてこなかった。

『その可能性はあるな』

ようやく、粕谷が呻くように口にした。

その言葉を聞き、驚くほど簡単に決心が固まった。粕谷から見えないことは分かっているが、自然と頭（こうべ）を垂れた姿勢になる。

「今までありがとう」

『え？』

「お前は俺の分まで生きてくれ。あと、片岡紗世の分も」

『おい、井瀬、何を考えて――』

携帯電話を耳から離し、ゆっくりと通話終了ボタンを押した。

暗くて狭い三・五畳のねぐらへと歩を進める。車道を走り去っていったトラックの排気ガスが鼻をついた。

明日家を出たら、もうあの部屋に戻ることもないのかもしれない。

二月四日の足音は、すぐそこまで迫っていた。

二〇一九年二月四日（月）

頬の皮がピリリと突っ張る。

冷たい風が吹き、井瀬はコートの襟に口元をうずめた。

墓石が立ち並ぶ、緩やかな坂を見上げる。その先には、真っ青な空が広がっていた。下のほうにだけ、薄い雲がたなびいている。

坂のてっぺんと、白く霞(かすみ)がかった空との境目を眺めていると、何もかも忘れられるような心地がした。

視界の端には、坂をゆっくりと上っていく他の墓参り客の姿が映る。それなのに、空と太陽と自分くらいしかこの場所にいないような気になるのが不思議だった。

片岡家之墓、と刻まれた墓石の前に、井瀬は佇んでいた。

銀色の花立てには、まだ新しい花が活けられていた。抱えてきた花束をどうしようかとしばらく考えてから、墓石の横にそっと立てかけた。控えめに包み紙の間から顔を覗かせている菊の花を見下ろして、自分にはこれくらいがちょうどいい、と思い直す。

この墓石の中に、紗世が眠っている。

彼女がちょうど半年前にこの世を去ったということは、頭では理解していても、なかなか素直に受け入れることができなかった。

――本当は、井瀬さんに想われたかったたな。

彼女と最後に会ったとき、やはり紗世はそう言っていたのだろうと思う。音の似ている苗字を挙げてごまかしていたが、聞き間違いではなかったのだ。

昼下がりの太陽が、白い御影石を横から照らしている。

井瀬は手を合わせ、じっと目をつむった。

長い間、そうしていた。

井瀬が乗り込んだとき、事務所には珍しく四人もの人間がいた。入ってきた井瀬を見るやいなや、越沼、佐藤、引本の顔が凍りついた。

その中で、五味渕だけが余裕の笑みを浮かべていた。

「もう来ないんじゃなかったのか」

椅子から立ち上がり、にやけ顔で尋ねてくる。質問には答えず、井瀬は五味渕のふてぶてしい顔を睨みつけた。

「テレワークはもうやめたのか」

「井瀬の目を気にする必要がなくなったからな」

「開き直ったわけだ」

「人聞きの悪い言い方をするなって」

「お前に話がある」

短く告げると、五味渕はかすかに首を傾げた。

「何だ。退職金の件か」

「違う」

「わざわざ姿を見せたってことは、前向きな返事がもらえると思っていいよな」

「決めつけはよせ」

「何も、無理にやめなくたっていいんだぜ。こちらに寝返るというのも一つの選択肢だ」

「今日は別件で来た。他の三人はどうでもいい。言っただろ。お前に話があるんだ」

「ん？」

五味渕はぴくりと眉を動かした。視線がぶつかり合う。井瀬は決して目を逸らさなかった。

「ただの雑談ってわけじゃなさそうだな」

「ああ」

「分かった、外で聞こう。そのほうが話しやすいだろ」

そう言って、五味渕は椅子の背にかけてあった黒いダウンジャケットを羽織り始めた。ゆっくりとこちらに近づいてきて、壁から社用車の鍵を取り上げる。「車の中なら暖房が効くから」と有無を言わさぬ口調で言い、そのまま入り口の扉を押し開けた。同僚の目を避けるということは、薄々用件に気づいているのかもしれない。

五味渕に続いて、事務所を後にする。部屋に残っている三人を一睨みしてから、外へと出た。

建物裏の駐車場へと回る。砂利の上を歩いて、二人して車に乗り込んだ。五味渕が運転席、井瀬が助手席に座る。

「いやあ、最近は寒いな。今日も雨予報だし、ここからもっと気温が下がるらしい」

五味渕がぶるりと身を震わせた。井瀬は五味渕の白々しい世間話に反応することなく、ポケットの中に手を突っ込んだままフロントガラスの向こうを眺めた。灰色に汚れた建物の壁と、埃をかぶった室外機が視界に映る。

「で、話ってのは？」

　痺れを切らしたのか、五味渕のほうから急かしてきた。わざと十秒ほど間を置いてから、井瀬はゆっくりと切り出した。

「俺が親父に暴行を加えて死なせた事件、覚えてるか」

「当たり前だろ。目の前で起きたんだから」

「粕谷に指摘されて初めて気づいたんだけどさ。裁判では、俺が素手だけでなく石も使って殴ったと供述したことにされていたらしい」

「へえ、そうなのか」

「俺が取調室でふてくされて大人の話を聞き流している間に、検察にとって都合のいい供述内容が捏造されていたんだ。粕谷もずいぶん憤慨してたよ。警察や検察がこれほど腐っているとは、ってな。五味渕はどう思う？」

「そりゃ、ありえないことだよな。井瀬は親父さんを殺そうとなんてしてねえし、それは俺が一番よく知ってる。警察もひどいことをするもんだな」

　でも――、と井瀬は腕を組んで続けた。

「よくよく考えてみると、理由が分からない。大きな前科があるわけでもない十八歳の少年相手に、警察や検察が事実を捻じ曲げてまで自分たちに有利な供述内容を作り上げる必要がどこにあるんだ？　どうして俺は、やってもいないことをやったことに

された んだ？」

そこで、井瀬はある可能性に思い当たった。

——あれが、決めつけではなかったのだとしたら。

警察は、決定的な証拠を手にしていたのではないか。父の死は偶然ではありえないと、確信を持って捜査を進めていたのではないか。

彼らが真相に辿りつけなかったのだとすれば、それは間違いなく、井瀬のせいだ。

「あのとき親父を殺したのは、お前だな？」

暖房の風が、彼の前髪を吹き上げる。五味渕は、しばらく答えなかった。

「証拠でもあるのか」

淡々と尋ねてきた五味渕に対して、「石だよ」と返した。

「親父が公園に現れる直前、俺らは公園の真ん中にいた。街灯のすぐ下だ。寒い夜だったから、少しでも身体を動かそうと、俺は石を蹴って遊んでいた」

光の輪の、中から外へ。見える範囲に転がっている石を、大きいものから順に、次々と。サッカーボールに見立てて蹴り出すと、石は暗がりへと吸い込まれるように消えていった。

その直後、父親が公園に現れ、殴り合いの喧嘩になった。

――やばいぞ。意識が戻って立ち上がろうとした親父さんが、また倒れて頭を打った。

公園の水道で手に付着した血や砂を洗い流していた井瀬を、五味渕が慌てて呼びに来た。街灯の下へと戻ると、父親が頭から大量の血を流して意識を失っていた。地面に再び倒れた父の頭の真下に、表面の尖ったこぶし大の石が転がっていた――ということを、井瀬は後から警察に聞かされて知った。

「俺がわざわざ持ってきたのでない限り、そんなに大きな石があったはずがないって?」

はは、と五味渕が口を開けて笑った。

「近くの石を全部蹴り出したってのは、単なるお前の記憶だろ。まったくあてにならないし、証拠にもならない。六年も経ってから勝手なことを言い出すなよ」

「しらばっくれるな。確信があるから言ってんだよ」

客観的な証拠になりえないことは分かっている。だが、これが紛れもない真実であるということを井瀬はよく知っていた。

明晰夢が見せてくれたのだ。これまでの思い込みを覆す証拠が、あの〝過去の夢〟の中にはっきりと存在していた。

「親父がすっかり伸びていたのを見て、計画を思いついたんだろ。俺が公園の隅で水道を使っている間に、手頃な石を拾ってきて後頭部に一撃を加えたんだ。その石を親父の頭の下に置いておけば、偶然死んだように偽装できる」

「想像力が豊かだな」

「まあ結局、警察には見破られてたみたいだけどな。殴られて脳震盪を起こした人間が、仰向けに地面に倒れただけで、あれほどの怪我をするかどうか。答えはノーだったんだろう。でも、警察はあくまで俺がやったと思い込んだ。仕方がないことだ。警察も、検察も、粕谷拓実も、どれだけ頭を絞ったって真相に辿りつけるはずがない。俺自身が、真犯人の存在を隠してしまったんだからな」

あの事件の場に五味渕がいたことを知っているのは、井瀬と父親だけだった。父が死んだと直感してすぐ、井瀬は五味渕の背中を押し、公園の出口を指し示した。

——俺の共犯だと思われるぞ。警察が来る前に逃げろ。急げ。

そうして、本当の殺人犯を逃がしてしまった。井瀬は、一緒にいた五味渕のことを、一言も警察に話さなかった。

五味渕を疑おうなどとは、この間まで考えたこともなかった。詐欺の件が発覚してから、高校時代の自分たちの関係を改めて振り返ってみたのだ。

友情という脆い壁で覆われていた真実は、ひどく残酷なものだった。

「動機は想像がつく。親父がバイクの飲酒運転を学校にチクったせいで、就職の内定を取り消されたからだろ。そのうえ社会不適合者だとかクズだとか好き放題罵られて、我慢できなくなったんだろ」

酔っ払って帰ってきた父親が、遊びに来ていた五味渕の顔面を殴ったこともあった。父親は、床に倒れ込んだ五味渕に、さらにウイスキーの酒瓶で殴りかかろうとした。井瀬が間に入って止めなければ、五味渕は大怪我をしていたかもしれない。

それらの出来事を、五味渕はひどく根に持っていたのだろう。それを証拠に、このあいだ井瀬が居酒屋で父親への複雑な思いを吐露したときも、「もともと死んでも仕方のない人間だったんだよ」と悪態をついていた。

善人を騙して金を奪い取ることを綿密に計画するような人間だ。気に入らない人間を排除するために井瀬にすべての罪を押しつけることくらい、平気でやりかねない。目の前で勃発した公園での親子喧嘩は、五味渕にとって、罪に問われずに復讐を遂げる格好の機会だったのだ。

「なあ、どうなんだよ」

シートの端に手をつき、詰め寄った。五味渕は窓枠に肘をついたまま、口元に笑みを浮かべていた。

「どうせこの会話も録音してるんだろ」

「してねえよ」――嘘だった。鞄の中では、借りっぱなしになっている粕谷のタブレットが音を記録し続けている。

「まあ、お前の親父が最低な人間だったのは確かだな。大嫌いだったよ。あいつこそ人間のクズ、社会のゴミだ。地べたを這いずり回って生きてたのは、お前の親父のほうじゃないか」

五味渕がへらへらと笑いながら言った。

「そういう奴を排除する絶好の環境が目の前に突如用意されたら、利用しようと考えるのも無理ないよな。お前だって、親父がいなくなってせいせいしたはずだ」

「おかげで俺は五年も刑務所に閉じ込められたんだぞ。お袋だって自殺したんだ」

「自分がやったと思い込んだのが運の尽きだ」

「俺は……俺は、五味渕のことを友人だと思ってたから逃がしたのに」

「お前が俺を見ていたように、俺もお前のことを見ていたと思ったら大間違いだ」

自供したも同然だった。五味渕の口調や表情のすべてが、事の真相を物語っている。嘲笑する五味渕を睨みつけ、拳を握りしめた。手が出そうになるのを懸命に堪える。ぶるぶると震える右腕を左手で押さえ、荒い息を吐いた。

復讐の連鎖は不幸だ。

――誰かが、どこかで止めなければならない。

そう自分に言い聞かせた瞬間だった。

視界の端で、銀色のものがきらめいた。

危険を感じ、とっさに窓側へと身を引く。五味渕が振りかざした何かが井瀬の肩をかすめ、助手席の背に突き刺さった。

肩に鋭い痛みが走った。思わず目を見開き、こちらにのしかかるように身を乗り出してくる五味渕の手元を凝視する。

ナイフだった。

銀色の刃に、少量の血がついている。

五味渕は無言で椅子の背からナイフを引き抜いた。もう一度、井瀬の首に向かって振り下ろしてくる。

無我夢中で五味渕の手をつかんだ。その拍子に刃先に指が触れ、鮮血がにじみ出す。先ほど切られた肩からも血が流れ出ているようだった。右腕から次第に力が抜けていき、銀色の刃先が首へと迫る。

ようやく気づいた。

井瀬から「話がある」と切り出しただけで、五味渕が社用車の中で話すことを提案してきた理由。あれは、内容の予想がついていたわけではなく――。

「退職金ってのは、真っ赤な嘘か」

背中をドアに押しつけ、刃先を首元から遠ざけようと力を込めながら、歯の間から声を絞り出す。上から体重をかけられている分、体勢が不利だった。

「返事の内容にかかわらず、殺す気だったんだな」

ナイフをあらかじめ用意していたということは、そういうことだろう。取り出す瞬間はよく見ていなかったが、車の中か、ダウンジャケットの内側にでも忍ばせていたに違いない。井瀬が再び姿を現したら、問答無用で殺害すると決めていたのだ。井瀬と粕谷の口さえ封じてしまえば、ＮＰＯ法人という皮をかぶった彼らは、今後も莫大な金を得ることができる。

井瀬の必死の問いに、五味渕は答えなかった。ただ無言で、ナイフに体重をかけ続ける。

じりじりと刃が迫ってきた。冷たいものが、首にちくりと当たる。

もうダメか——と覚悟した瞬間、寄りかかっていた助手席のドアが勢いよく開いた。井瀬は背中から外に転がり落ちた。

同時に、前のめりに体勢を崩した五味渕の手からナイフが滑り落ちる。井瀬のものでも五味渕のものでもない手が上から伸びてきて、助手席のシートに落ちたナイフを奪い取った。

「井瀬、大丈夫か！」

粕谷拓実の声だった。片手に井瀬の血液がついたナイフを持って、反対の手をこちらに差し伸べている。

井瀬は無言で立ち上がり、粕谷の手からナイフをもぎ取った。

運転席側へと回り、乱暴にドアを開ける。助手席へと逃れようとする五味渕の腕を渾身の力でつかみ、ずるずると外へと引きずり出した。

腹の中が煮えくり返っていた。気温が感じられないくらい、身体中が熱を発している。

――お前だったのか。

ナイフで俺を殺そうとしたのは。

親父を殴り殺して、俺に罪をかぶせたのは。

俺を刑務所に五年も閉じ込めたのは。

詐欺の片棒を担がせたのは。

坂口政子の幸せそうな笑顔が、ちかちかと脳裏で点滅した。

もう、あふれ出る感情を抑えることができなかった。

白いライトバンの車体に沿って逃走しようとする五味渕を捕まえ、井瀬はナイフを思い切り振り下ろした。

肉に突き刺さった感触があった。

五味渕が小さな悲鳴を上げ、脇腹を押さえながら崩れ落ちる。白いボディに、点々と赤い血が飛んだ。

――こいつさえいなければ。

一度燃え上がった怒りの炎は止めることができなかった。少年刑務所で苦しんだ五年間の思いを腕にのせ、悶絶している五味渕の脇腹に向かってもう一度ナイフを突き出す。

また悲鳴が上がる。その直後、後ろから羽交い絞めにされ、ナイフを取り上げられた。

「井瀬！　何やってるんだ！」

粕谷の怒鳴り声だった。強い力で引っ張られ、よろよろと後ろに下がる。

拘束が解かれた瞬間、不意に既視感を覚えた。

立ち上る白い息。

蒸発しそうなほど熱い眼球。霞がかった視界。

白いライトバンのボディにべったりと付着した赤い染み。

大きく開いた社用車のドア。

その横にもたれかかるようにして倒れ、脇腹を両手で押さえている五味渕。

砂利の上に落ちている、ダウンジャケットからこぼれた赤い羽毛。

明晰夢で見たとおりの光景だった。

はっと息を呑み、後ろを振り返る。

すぐそばに、粕谷拓実の整った顔があった。

「いくら電話しても出ないから、心配になってタブレットのGPS情報を追ってきたんだ。このナイフは五味渕のか？　先にあっちが襲ってきたんだな？」

粕谷が早口で言い、片手を上げる。その手に握られた血まみれのナイフと、その向こうに広がる灰色の空が、ひどく対照的に映った。

発作的に手を伸ばす。井瀬は、粕谷が手にしているナイフを再び取り上げた。

あのときと一緒だった。深夜の公園。街灯の黄色い光の下。目の前で父親が死んだとき、井瀬は五味渕が共犯として疑われることを一番に案じた。

今回も同じだ。

――粕谷を守らなければいけない。

粕谷拓実の目を見つめたまま、ナイフを彼の脇腹に突き立てた。

形のよい目が、大きく見開かれる。直後、粕谷の表情が苦悶に歪んだ。

「どうして……」

「お前は、俺と違う人間だからな」と、静かに告げる。「これで、俺の共犯とは思われない」

ナイフから手を離すと、粕谷は刺さったままのナイフを押さえてその場にしゃがみこんだ。力を加減したから、深い傷ではないはずだ。警察がここに駆けつけたとき、粕谷は五味渕と同じ被害者側と判断されるだろう。

すべては明晰夢のとおりに進んでいた。予想と違ったのは、五味渕に大怪我を負わせたのも、粕谷を刺したのも、両方自分の仕業だったということだ。

ふと、社用車の方向へと視線を向ける。

次の瞬間、井瀬はぎょっとして後ずさった。

白いライトバンのドアにもたれかかっていた五味渕が、目をつむって動かなくなっていた。唇は色を失っていて、脇腹に当てていた手はだらりと垂れ下がっている。

――死んだ？

その途端、違和感を覚えた。

あと一つだけ、現実化していない予知夢がある。五味渕とともに鴨宮駅のホームから転落する、あの夢だ。二月四日、十六時五十四分。その瞬間を待たずして五味渕が死んだということは――。

不意に足首をつかまれ、驚いて飛びのいた。砂利の上を這っている粕谷が、懸命な目をしてこちらを見上げていた。そこで初めて、彼が例の格子柄のコートを着ていることに気がつく。

「井瀬、聞いてくれ。僕は、間違って自分で自分を刺したと言い張ることにする。五味渕については、正当防衛だったと主張すればいい。また五年も刑務所に入るようなことには絶対にならない。僕が保証する。だから、すぐに救急車を呼んでくれ。今ならまだ助かるはずだ。人命救助に努めれば、刑の減免にも繫がるし――」

粕谷は、今の五味渕の姿を確認せずに言っている。もう手遅れだということが分かっていないのだろう。

井瀬はぱっと身を翻し、駐車場の出口へと走った。

「おい、井瀬！」

粕谷の呼びかけは無視した。建物の表へと回り、全速力で道を駆ける。道を歩く人々が、驚いた顔をして井瀬をよけた。古びたマンション、小ぢんまりとした一軒家、シャッターが閉まっている店。見慣れた景色が飛ぶように過ぎていく。

今、五味渕が死んだ。井瀬がこの手で殺したのだ。つまり、彼は今日、鴨宮駅に現れることができない。

――未来が、変わった？

そうとしか思えなかった。少なくとも、五味渕とともにホームから転落するという未来はもう訪れることがない。

無事に死を回避したことになるのだろうか、と走りながら考えた。

混乱が井瀬を襲う。同時に全身を駆け巡ったのは、未来を変えたことに対する喜びではなく、言いようのない恐怖の感情だった。

もしかしたら、もう井瀬が死ぬことはないのかもしれない。死を回避するという、一時は不可能に思われた目標を無事達成することができたのかもしれない。

だが、本当にそれでよかったのだろうか。

井瀬はたった今、正真正銘の殺人犯になった。じきに警察が追ってきて、身柄を拘束される。今回は、六年前とは違う。十八歳の少年は、今や二十四歳の成人男性だ。罪状も、傷害致死ではなく、殺人罪。そうなると、警察に捕まったが最後、もう刑務所からは出られない。

電車に轢かれて死ぬという結末は、人を殺してまで変えなければならないものだったのだろうか。

一生をあの灰色の塀の中で過ごすという未来を、自分は迎えたかったのだろうか。

それなら、死んだほうがましだったのではないか。

そう自問自答しながら、顔を上げた。

そして驚いた。

井瀬は、鴨宮駅のホームに立っていた。無意識のうちに、足が通い慣れた道を辿っていたらしい。

ホームの外は、急激に暗くなり始めていた。もうすっかり夕方だ。冬の陽はあまりにも短い。

発車案内板を仰ぎ見た。十六時五十四分発、という表示が目に刺さる。

そうか、と不意に思いついた。

死んだほうがましなのであれば、自ら命を捨ててしまえばいいのではないだろうか。

次の電車に飛び込んでしまえば、刑務所に逆戻りしなくて済む。経緯は違うが、二月四日の十六時五十四分に死ぬという結末も変わらない。

――いや、でも。

自殺という選択は、してはいけないように思えた。紗世が未来を変える前、井瀬は列車への飛び込み自殺を遂げる予定だった。その悲惨な未来を変えるために、紗世は大きな犠牲を払った。それなのにまた自殺を選択するという行為は、彼女の思いを踏みにじることになるのではないか。

井瀬の心は揺れた。白い蛍光灯を見上げ、大きく息を吐き出す。それからポケットに両手を突っ込み、ぼんやりと遠くの景色を眺めた。

ホームの外では、雪が降り始めていた。

水分を多く含む、雨のような雪だった。さっきから空が灰色に染まっていたのは、日暮れのせいだけではなかったようだ。

強い風がホームを吹き過ぎた。井瀬の短い髪がざわざわと揺れる。

『まもなく、一番線に――』

スピーカーからアナウンスが流れた。ふと我に返り、井瀬はポケットから携帯電話を取り出した。ホーム画面で、時刻を確認する。

『二〇一九年二月四日（月）十六時五十四分』

風が凍えるほど冷たい。だが、井瀬の身体は燃えるように熱かった。

「くそっ」

決められなかった。自分の弱さを思い知り、焦燥感に苛(さいな)まれて足を踏み鳴らす。遠くで警笛の音がした。同時に、後ろで数人の客の悲鳴が聞こえた。

バタバタという大きな足音がこちらに近づいてくる。それが途中で止まり、聞き覚えのある叫び声がホームに響いた。

「井瀬！」

後ろを振り向くと、すぐ近くで揉み合っている二人の男がいた。

手前で、こちらにほぼ背を向けているのが五味渕だ。黒いダウンジャケットが血に濡れてかてかと光っている。

その向こうには、格子柄のコートを羽織った男がいた。五味渕の身体に隠れて顔は見えないが、間違いなく粕谷だ。彼のコートにも、赤黒い染みが点々と飛んでいるようだった。

五味渕が懸命に粕谷の拘束を振り払おうとしている。粕谷は五味渕の両腕をがっちりとつかみ、井瀬から遠ざけようと引っ張っていた。

一瞬、どういうことか分からなかった。死んだはずの五味渕が、どうしてここに現れたのか。なぜ粕谷が五味渕を必死で止めようとしているのか。

「気をつけろ。致命傷を負ったふりをして、井瀬を油断させようとしていたんだ！」

五味渕と揉み合っている粕谷の声が聞こえてきた。

その言葉で、すべてが繋がった。

限りなく絶望的な瞬間を迎えているはずなのに、安堵が胸の中に広がった。ほっと息をつくと同時に、どんどん視界が明るくなっていった。

よかった——と心の中で呟く。未来は、まったく変わっていなかった。

最初から、今目の当たりにしている光景こそが、夢で見ていた未来そのものだったのだ。

覚悟を決めるまでに、時間はかからなかった。井瀬は素早く足を動かし、揉み合っている五味渕と粕谷のもとに駆けつけた。

粕谷に襲いかかっている五味渕の腕を後ろから両手でつかみ、荒々しくこちらに引き寄せる。

五味渕の手が粕谷から離れる。その勢いで身体が反転し、五味渕ともつれあいながら黄色い点字ブロックを踏み越える。

みぞれが降りしきる外の景色が網膜に映った。遠くから近づいてくる電車のライトが、白い粒を照らしている。

耳元で、五味渕の咆哮が聞こえた。同時に、背中に大きな力が加わり、井瀬は線路に向かってバランスを崩した。

その力に、井瀬は抵抗しなかった。代わりに、井瀬をたった今線路に向かって突き飛ばそうとした五味渕の腕を、渾身の力で握りしめた。

――死ぬのなら、お前も一緒だ。

絶対に離すまいと決めていた。そのまま、ホームに踏みとどまろうとすることなく、井瀬は重力に身を預けた。転がり落ちる直前、身体が横に回転した。井瀬に腕をつかまれたままバランスを崩した五味渕の、恐怖に満ちた顔が見えた。

身体が宙に浮いた。五味渕の絶叫があたりに響く。

「井瀬！」

粕谷が大声で叫ぶのが聞こえた。蛍光灯のともるホームの縁に、格子柄のコートを着た男が立っていた。粕谷の顔は、逆光でよく見えなかった。

こちらに向かって手を差し伸べようとする粕谷の影が、小学生の頃の姿と重なった。